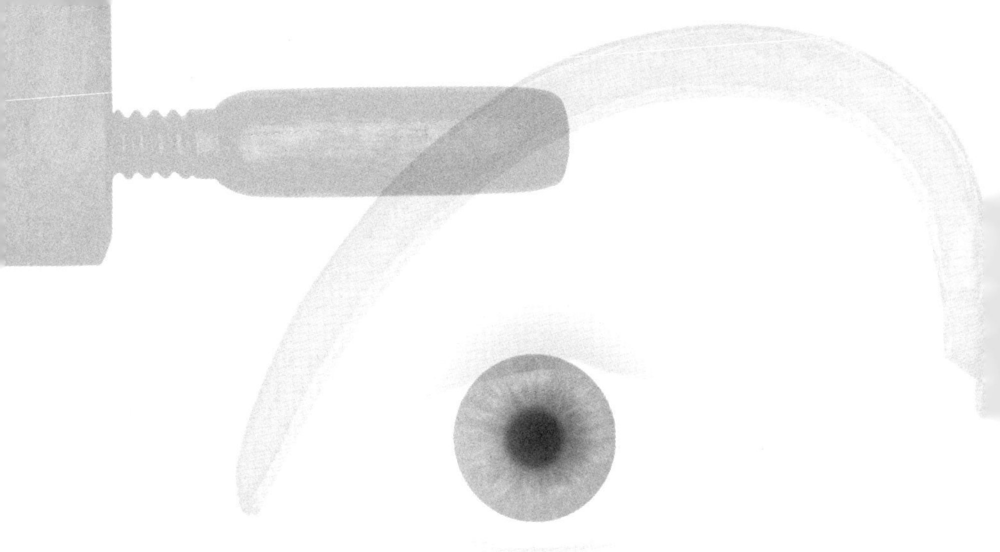

LINK 05

一九八四

Nineteen Eighty-Four

George Orwell

喬治・歐威爾—著
邱素慧　張靖之—譯

目次

【導讀】

《一九八四》一甲子
——重讀歐威爾的預言與寓言

單德興

預言小說／寓言小說

歐威爾的傳世之作《一九八四》既是預言小說，也是寓言小說。之所以是預言小說，是因爲完成於一九四八年十一月的這本書，把時間設定於三十六年後的一九八四年（將「四八」換爲「八四」）。歐威爾在一九四七年五月寫給出版社的信中透露：「這是一本有關未來的小說。」作者把一生所見證與體驗到的殖民統治、社會壓迫、政治鬥爭、思想傾軋，都投射入自己最後這部長篇小說中，並以出奇的想像力，建構出一個未來世界——一個隨時隨地都活在「老大哥」（Big Brother）監視下的世界。此書一出版就轟動，不僅一般讀者歡迎，連著名的文學批評家與知識分子都紛紛表示肯定。不僅如此，時序接近一九八四年時，有關這本小說的文章紛紛出籠（包括《時代週刊》的封面故事），有如徵文比賽一般；該年也舉辦不少相關的研討會，免不了比對並評論歐威爾虛構的一九八四與眞實的一九八四之間的異同。

如果《一九八四》僅止於預言小說，那麼就會像許多預言一樣，在未實現時就被棄如敝屣，甚至淪爲笑柄。然而，此書非但不如此，反而隨著時間的推移，益發讓人佩服作者的遠見和深意。換言之，在其預言小說的年限屆滿、色彩褪卻之後（僅僅三十六年，不像赫胥黎的《美麗新世界》背景設定於六百年之後），寓言小說的價值與意義益形彰顯，更讓人領會到其普遍性。因此，當今讀者閱讀《一九八四》時，並不因爲書中的預言（如全世界合併成三個獨裁的大國——大洋國、歐亞國、東亞國）未兑現而訕笑作者，反而對書中描述的各種科技監控、思想管制、言語操縱、歷史竄改、極權統治……心有戚戚焉，甚至不寒而慄。

歐威爾的生平與寫作理念

《一九八四》所反映的「殖民統治、社會壓迫、政治鬥爭、思想傾軋」與作者傳奇的一生有關。歐威爾本名艾瑞克・亞瑟・布萊爾（Eric Arthur Blair, 1903-1950），出生於印度，父親理查・布萊爾（Richard Blair）當時服務於英國殖民統治下的印度總督府鴉片局。歐威爾返回英國接受小學和中學教育，又於十八歲前往緬甸仰光擔任印度皇家警察。這些第一手經驗讓他深切體認到帝國主義的殖民統治，以及統治者與被統治者之間的關係，也逐漸反省自己身爲英帝國殖民統治的一員，並深覺羞恥，遂於一九二七年辭職。日後，他把這些經驗寫入長篇小說《緬甸歲月》（*Burmese Days*）和著名的自述〈獵象記〉（"Shooting An Elephant"，此文曾收入台灣一些大學的英文讀本）。也正因爲如此的親身體驗，使他深惡痛絕帝國主義的行徑。

就社會壓迫而言，歐威爾在英國上學時就對學校的高壓管理頗爲反感，家境並不富裕的他廁身於社經地位優越的同學之間，深切感受到階級的差異。在辭去殖民地的警察工作之後，他曾先後居住在巴黎和倫敦的貧民窟，體驗下層社會和遊民的生活，於一九三三年寫出第一本書《巴黎・倫敦流浪記》（*Down and Out in Paris and London*）。這些經驗使他堅信只有社會主義才能消滅階級差異及貧富不均。一九三七年出版的《通往威根碼頭之路》（*The Road to Wigan Pier*）是他第一部以社會主義爲主題的著作，描寫經濟大蕭條時期他在北英格蘭與貧窮、失業的礦工共同生活的日子，結合了報導文學與社會批判。

《通往威根碼頭之路》出版前，歐威爾接受一家英國出版社委託，於一九三六年十二月抵達西班牙，報導有關內戰的消息，後來更加入當地的「馬克斯派統一工黨」（Partido Obrero de Unificación Marxista），奉派前線加入戰鬥的行列，不幸遭子彈擊中咽喉，住院治療。這時蘇聯支持的史達林派共產黨開始鎮壓非主流的統一工黨，歐威爾被打爲托洛斯基派，甚至有性命之虞，不得不潛返英國。回到英國後他天天留意有關西班牙的報導，發覺支持共產黨的報導滿紙謊言與扭曲，使他體認到政治的醜陋與欺詐，以致終生對共產主義保持警覺。他在《向加泰隆尼亞致敬》（*Homage to Catalonia*, 1938）中生動地描述了他的西班牙經驗。而他對共產主義的幻滅與極權主義的批判，則深刻地呈現於《動物農莊》（*Animal Farm*, 1945）和《一九八四》中。

歐威爾在〈我爲何寫作〉（"Why I Write", 1947）一文中細訴了自幼就懷抱的作家夢，以及人生的經歷如何形塑他的信念與寫作。他明確地說，「自一九三六年起，我所寫的嚴肅作品中的每一行都直接或間接地反對極權主義，支持民主的社會主義。」他不諱言寫作時難以避免政治與立場，並主張認清一己的政治立場更有利於藝術的呈現：「在我們這樣的時代，以爲可以避免去寫這類題材，這種想法在我看來是胡說。每個人都以某種方式寫它們，問題只是站在哪一邊，採取哪種方式。而愈是意識到自己的政治偏見，就愈有可能採取政治行動而不犧牲自己的美學與知識的誠信。」他進一步坦陳自己的願望與寫作動機：「過去十年來，我最想做的就是把政治寫作變成藝術。我的出發點總是一種黨派意識（partisanship），一種不正義感。我坐下來寫一本書時，不會對自己說：『我要寫出一部藝術品。』我之所以寫作，是因為我要揭穿某個謊言，我要引人注意某個事實，而我最初的關切就是要人聽聞（to get a hearing）。」即使他的出發點如此，但寫出來的作品卻能以深刻的觀察與藝術的手法，超脫一時一地的黨派意識與政治立場，而讓歷代讀者聽聞並關切一些與人性普遍相關的現象。

〈我為何寫作〉這篇夫子自道的文章也預告了歐威爾的下一部長篇小說《一九八四》。他說，《動物農莊》是他完全自覺地「嘗試將政治目的和藝術目的合為一體的第一本書。我七年沒寫長篇小說了，但我希望很快就寫另一本。那本必然是失敗之作，每本書都是失敗之作，但我的確多少清楚知道我要寫的是什麼樣的書。」的確，歐威爾知道自己這次要寫的是什麼樣的書，但「失敗之作」的預言卻未成真。今天讀者之所以知道歐威爾，主要是因為《一九八四》，而"Orwellian"一詞也就普遍用來形容他的作品與特色，尤其是《一九八四》。

集一生大成的嘔心瀝血之作

歐威爾逝世前一年出版的《一九八四》，是集一生大成的嘔心瀝血之作，這絕非誇大之詞。

如前所述，此書綜合了作家一生的豐富經歷，以及由此而來的政治與藝術信念；也因爲他自幼健康欠佳，寫作此書時更是一邊與肺結核纏鬥，一邊奮力在打字機上敲出一字一句，出版次年便以四十七歲的英年溘然長逝，爲世人留下了珍貴的遺產。

全書從一開始的「時鐘剛敲過十三下」就露出蹊蹺，第二節的「仇恨週」令人不寒而慄，「老大哥在看著你」也讓人覺得無所遁形；接下來的「電幕」、「思想警察」（Thought Police）使人時時處處受到監控；黨的三句口號「戰爭就是和平」、「自由就是奴役」、「無知就是力量」明顯地混淆黑白，卻也已積非成是，爲人民普遍接受，奉行不渝；至於整個政府的四個部則不僅名實不副，甚至背道而馳——眞理部「負責新聞、娛樂、教育、藝術」，卻時時製造與傳播謊言；和平部「負責戰爭」；仁愛部「維持法律與秩序」，其實卻負責偵察、鎭壓、拷打；富裕部「負責經濟事務」，實際業務卻與貧窮、飢餓相關。這些在在涉及語言操控。

男主角溫斯頓便是活在這樣一個是非顚倒、謊言橫行、高壓統治、處處遭到監視的世界裡。在眞理部工作的他，每天從事的就是炮製謊言、修改記憶、竄改歷史，因爲黨的口號是：「誰控制過去就控制了未來，誰控制現在就控制了過去。」即使他有心遵從黨的旨意，但人性中依然有尋求自由、不願受到壓抑與控制的本能，因此他在日記裡大膽寫下「打倒老大哥」，甚至與情人茱莉亞幽會，兩人相濡以沫。然而這些尋求自由的人性本能都是老大哥眼中無法忍受的脫軌行爲，而兩人自以爲安全的幽會之地——古董店，竟也在電幕的監視下，於是雙雙被捕。溫斯頓在獄中赫然發現，審訊自己的竟然是原先自認的「知己」，而他在百般折磨下，最終爲了自保只好犧牲情人，卻發現情人爲了自保也出賣了他。此時連人性中最基本的愛情、信任與尊嚴都摧殘殆盡。經過改造之後的男主角覺得自己脫胎換骨，全盤接受黨的說法（包括2+2=5），「什麼都招認，什麼人都咬」，「等待已久的子彈穿進了他的腦袋」。全書結束時，「他戰勝了自己。他熱愛老大哥。」

《一九八四》以各種手法呈現出深遠的寓意，其中最令人稱道或值得警惕的，很可能就是所謂的「新話」了。根據《牛津英語辭典》（*Oxford English Dictionary*），此字「原先來自歐威爾《一九八四》中反面烏托邦（dystopia）用作官方宣傳的人爲語言，後來則指任何墮落形式的英文，尤其是官方宣告或政治宣傳中所使用的曖昧或委婉的語言」。這種新話往往被用來危害思想，蒙蔽眞相，粉飾太平。爲此，歐威爾在書末煞有其事地附錄了〈新話法則〉，說明創造新話的種種方法及原則，包括刪去某些字，從某些字中移除不符正統的意思，爲了政治目的創造新字等等。其中一些新話，如先前提到的「老大哥」、「思想警察」，又如「思想罪」（Thoughtcrime）、「犯罪停止」（Crimestop）、「雙重思想」（Doublethink）等，不僅在英文裡流傳，甚至在中文裡也爲人所用。這篇雖是附錄，卻與正文相互輝映，揭露了以詖辭蒙蔽眞相的種種手法及其原則，提供了讀者檢視（政治）語言的照妖鏡。遺憾的是，如此重要的附錄卻爲許多中譯本所漏譯或僅有節譯。

《一九八四》的中譯

其實，《一九八四》在中文世界的領受史（reception history）本身就具有相當的意義與寓意。張靜二彙編的《西洋文學在台灣研究書目（1946-2000）》（2003）列出了七位中譯者：最早的中譯本出現於一九五〇年，譯者爲王鶴儀；三年後出現鈕先鍾的中譯本；一九七四年（彭）邦楨的譯本由黎明文化事業公司（另一份資料爲國防部總政治作戰部）出版；爾後還有邱素慧、谷郁、劉紹銘、董樂山等人的譯本。除了張靜二所列的譯者之外，還有萬仞、林憲章、林淑華、王憶琳等人的譯本。由此可見台灣出版界與譯者對此書青睞有加。其中，董樂山的譯本原先在中國大陸出版。劉紹銘在一九九〇年所撰的〈東大版「一九八四」譯本前言〉中指出，此書的中國大陸譯本「公開出現得比較晚。朋友給我『搜購』到的，只有廣州花城出版社的版本，譯者是董樂山。出版年份是一九八八年六月，只印了四百二十冊」。

由以上簡述可知，《一九八四》第一個中譯本距離原書出版只有一年，即使就今日而言都非常迅速，何況在思想封閉、資訊欠缺、兵荒馬亂的一九五〇年。之所以有如此超高的效率，最主要的原因就是書中對極權統治的批判十分符合當時的冷戰氛圍與執政當局的政治立場，把《一九八四》視爲反共小說（文壇耆老王鼎鈞在近作《文學江湖》中提到，中國廣播公司播出鈕先鍾的譯本，「應是中國第一部專爲廣播而翻譯的小說」，甚至還在一九五二年三月「中國第一部以原稿播出的〔反共〕小說」《歸隊》之前。他並指出歐威爾之作和匈牙利小說家凱斯特勒的《正午的黑暗》、張愛玲的《秧歌》，都是「美國新聞處推廣的冷戰文宣」）。反諷的是，當時高壓統治、特務橫行、白色恐怖籠罩的台灣，其實也處於「老大哥無所不在」的情境，與中共的極權統治只是五十步笑百步，甚至到了一九八四年，台灣尚且處於戒嚴狀態，政治迫害時有所聞。不知當時台灣的出版界與譯者是否也領悟到這一點，在表面上反共的同時，也暗中嘲諷、批評任何的高壓統治？

而這本控訴極權統治的小說在中國大陸出版之晚、數量之少，也反映了對此書的忌諱。董譯在大陸出版的第二年發生了天安門慘案，接著是一連串的搜捕，株連甚廣，此事至今尚未平反。在慘案發生次日，國務院發言人袁木「很負責地」向全世界宣告，天安門廣場「沒死一個人」，讓人想到要向《一九八四》裡的眞理部取得事實眞相簡直是緣木求魚。

對當今世界的啓示與魅力

如今距離一九八四年已整整四分之一個世紀，距離《一九八四》的出版更是整整一個甲子，然而書中所描述的情況消逝了嗎？非常遺憾的是，即使時至今日，歐威爾所描述的世界不僅存在，而且以各種方式出現在世界各地，有些堂而皇之，有些隱晦曖昧，有些得到默許甚或歡迎，有些更是勢不可擋。

大約十年前，筆者在倫敦地鐵站牆上看到一張大幅廣告，上面寫著：「我們知道這條大街上有兩戶人家還沒繳交電視收視費。」英國的無線電視必須繳交價格不菲的收視費，有人爲了省錢而不繳，相關單位就如此明目張膽地在公共場所恫嚇，立即讓我聯想到《一九八四》裡的老大哥和美國冷戰時期搜捕共產黨的麥卡錫主義（McCarthyism）。晚近的例子則是有關英國強化政府監控權的爭議。據報導，英國是架設閉路電視攝影機（closed-circuit television，即街頭監視器）最多的國家，占全球的五分之一到四分之一，人民的日常作息平均受到三百架閉路電視的監控。但工黨政府以反恐與治安爲由，力主警察和安全單位應該有權監控所有的電子郵件、電話與網路活動，裝置更多的監視器。這個主張遭到曾任軍情五處MI5第一位女情報頭子林明敦（Stella Rimington）的公開批評，指責政府假借防制恐怖主義之名，把英國變爲「警察國家」。

至於台灣爲了治安而廣設監視器，大家早已習以爲常，甚至視爲理所當然，電視新聞中監視器拍攝畫面更是無日無之。晚近媒體報導，台北市將花費十六億元裝設一萬三千六百個智慧型錄影監視系統，以達到「預防犯罪、總量管制、智慧辨識、穩定安全、即時通報」五大目標，落實「預防爲先、偵防並重」的功能。警政署也在積極提倡「加強推動社區安全e化聯防機制」，計畫在五年內打造全台「電子城牆」。這些措施宣稱有利於治安、交通與防災，卻使得國人的一舉一動都可能遭到監控，相關影像也有外洩之虞，引發侵犯隱私的疑慮。面對種種歐威爾式的情境，傅柯有關「監視」（Michel Foucault, "surveillance"）以及知識／權力的論述提供了深刻的警示。

即使在號稱民主、自由的美國，以誑辭蒙蔽眞相的作法也所在多有，如以擁有「大規模毀滅性武器」爲由入侵伊拉克，造成多少人家破人亡，後來證明該指控全屬子虛烏有。著名的語言學家／公共知識分子喬姆斯基也以「製造共識」（Noam Chomsky, "Manufacturing Consent"）來揭發官方與媒體如何沆瀣一氣，操縱資訊，各謀其利。換言之，《一九八四》中所描述的種種操控以更精緻的手法出現於今日，值得我們時時警覺，處處提防。而科技的進步（如Google map）更把電影《全民公敵》（*Enemy of the State*）中那種「無所逃於天地之間」的情節，化爲當今日常生活中的現實。就這層意義而言，《一九八四》的預言／寓言意義更值得深思。

本文脫稿之際，讀到兩則新聞。一則報導近來世界各國加緊追查逃漏稅，以金融業聞名的瑞士成爲眾矢之的。該國總統兼財政部長莫茲（Hans-Rudolf Merz）爲銀行保密制度辯護時說：「只要我依法納稅，我不希望國家窺探我的銀行帳户……只要我們維持成熟、理性，國家當局就不該像歐威爾的《一九八四》裡所描述的那樣跟蹤我們。」足證歐威爾所描述的威脅多麼深入人心。第二則消息則是日本作家村上春樹的第十二部長篇小說即將於今年初夏在日本問世，書名赫然是《1Q84》（小寫「1q84」），他並表示：「這是我有史以來企圖心最大的作品！」他在以《海邊的卡夫卡》獲頒西班牙第十三屆「聖克萊蒙大主教文學獎」的典禮上說：「歐威爾寫《一九八四》是看向未來，但我寫這部小說剛好相反，我回望過去，但同時也展望未來。」村上的小說內容如何尚不得而知，但從書名與這段話就可知道這部新作是對歐威爾的呼應與致意。這些在在印證了《一九八四》的啓示與魅力歷久不衰，值得一讀再讀，反覆尋思，而且提醒人們時時警覺並反制任何形式的監控與詖辭。

二〇〇九年四月六日　台北南港

（作者為中央研究院歐美研究所研究員兼副所長、中華民國比較文學學會理事長）

第一部

1

一個晴朗而寒冷的四月天，時鐘剛敲過十三下。溫斯頓．史密斯把脖子縮進衣領裡，躲避寒風的吹襲，他快速地溜進勝利大廈的玻璃大門，卻沒能防止一股在寒風中打滾的砂塵也給帶進了門裡。

一跨入門廊，就聞到一股燉煮白菜和破地毯的氣味。門廊一端的牆上貼著一幅擺在室內顯得太大的彩色海報，上面印著一張大臉，有一公尺多寬，是一個年約四十五歲的男子的臉，留著兩撇濃黑八字鬍，面部輪廓俊美中帶著粗獷。溫斯頓朝樓梯走去，不必去想乘電梯，因爲即使在最好的時候，電梯也很少在運作，何況現在白天都會停電，這是爲了「仇恨週」所實行的節約措施。溫斯頓的公寓房間在七樓。他雖然只有三十九歲，右腳腳踝上卻患了靜脈潰瘍，因此爬得很慢，一路上停下來休息了好幾次。在每層樓的樓梯間，電梯對面的牆上都有那幅印著大臉的海報注視著路過的人，它是屬於那種設計巧妙的畫像，不管你走到哪裡，畫中人的一雙眼睛都會跟著你；海報下方有一行字寫著：**老大哥在看著你**。

走進寓所，只聽到有一把圓潤的嗓子正在唸一連串與生鐵產量有關的數字，聲音是從右邊牆上嵌著的一塊像毛玻璃一樣的長形金屬板發出來。溫斯頓把開關轉了一下，聲音稍微小了一些，但一字一句仍清晰可聞。這東西叫做電幕，你可以把聲音捻得輕些，但卻無法完全關掉。溫斯頓走到窗前，瘦弱的身材套著那襲藍色工作服——那是黨的制服——益發顯出他的單薄。他的頭髮很淡，臉色天生紅潤，皮膚卻因爲用了粗肥皂和鈍剃刀，再加上剛剛過去的寒冬，而顯得很粗糙。

窗外一片寒冷景象，即使透過緊閉的玻璃窗也感覺得出來。下面的大街上，陣陣小旋風把塵土和紙屑捲起，雖然陽光普照，天空一片蔚藍，但是除了到處張貼的海報以外，一切都顯得黯然無色。那滿臉黑鬍鬚的面孔從各處居高臨下地俯視著街上行人，正對面那棟房子的牆上就有一幅，上面的文字寫著「**老大哥在看著你**」，一雙黑眼睛則定定地盯著溫斯頓的眼睛。下面大街上有另外一幅海報，撕破了一角，不時在風中拍打著，一忽兒蓋上、一忽兒又露出海報上唯一的一行字「**英社**」。遠處有一架直升機不斷在屋頂之間往下飛，像青蠅般盤旋了一會，又繞著彎飛走了，那是警察巡邏隊，正在窺視各家的窗戶。其實，巡邏隊還無所謂，只有思想警察才是最可怕的。

溫斯頓背後的電幕仍在喋喋不休地傳出關於生鐵產量和第九個三年計畫超額完成的報告。這種電幕可以同時收發，溫斯頓發出的任何聲音，只要不是極低聲的細語，都會被電幕接收到；而且，只要是在金屬板的視線範圍內，他的一舉一動也都會被看到。當然，你沒有辦法知道什麼時候有人監視、什麼時候沒有，思想警察究竟有多常、或用什麼方式來接收某個人的線路，你只能用猜的，你甚至可以想像，他們每時每刻都在監視著每個人，反正只要他們想要，就隨時可以接上你的線路。因此，你必須在這樣的假設之下生活：你發出的每一個聲音，都有人在聽著；你的每一個舉動，除非是在黑暗之中，都有人監視著——實際上，這種假設已經從習慣變成你生活的本能了。

溫斯頓一直背對著電幕，這樣讓他感到比較安全，儘管他很清楚，即使只是背部也會透露一些什麼。一公里外，灰暗的市景之上高聳著一幢白色大廈，這就是溫斯頓工作的地方「眞理部」。他懷著一種朦朧的厭惡心情想著，這就是倫敦，一號航空基地的首府，而一號航空基地則是大洋國人口第三大省份。他努力想擠出一些孩提時代的記憶，好記起倫敦是否一直就是這個樣子：那些四面牆用木頭撐著、破窗戶用硬紙板塡補、破屋頂用波狀鐵皮蓋上、花園圍牆東倒西歪的破敗十九世紀房子，是不是一直都存在？還有那塵土飛揚、瓦礫堆上野草蔓生的空襲地點；那炸彈清出的一大塊空地上冒出許許多多像雞籠般髒兮兮的木房子，是不是一直都是這樣？可是沒有用，他回想不起什麼，除了一系列沒有背景、看不出所以然的亮晃晃畫面之外，童年的記憶已經蕩然無存了。

眞理部用「新話」❶來說叫「眞部」，它的辦公大樓與極目望去的任何建築物都截然不同，那是一幢金字塔式的巨形建築，用閃閃發光的白色混凝土築成，一層接一層，高聳入雲，高達三百公尺。從溫斯頓站著的地方望去，剛好可以看到白色牆面上用漂亮字體寫著的三句黨的口號：

戰爭就是和平
自由就是奴役
無知就是力量

❶新話（Newspeak），大洋國的官方語言。

據說，眞理部大廈的地面房間有三千間之多，地下室房間也差不多是這個數目。倫敦只有其他三幢建築物在外表上及面積上能與之相比，這些大廈使四周的建築物猶如小巫見大巫，所以站在勝利大廈的屋頂上，這四幢建築物會同時映入你的眼簾。它們是整個政府機關四個部門的所在地：眞理部負責新聞、娛樂、教育與藝術，和平部負責戰爭，仁愛部維持法律與秩序，富裕部負責經濟事務。用新話來說，它們分別是眞部、和部、愛部、富部。

其中仁愛部是最可怕的，整幢大廈找不到一扇窗口。溫斯頓從來沒有到過仁愛部，甚至沒有走近離它半公里以內的地方。那裡除因公之外，誰也不能隨便出入，縱使獲准進去，也得經過層層的電網、鋼門和看不見的機關槍陣地。即使在鄰近大廈外圍的街道上，也有身穿黑制服、手持警棍、長得凶神惡煞的警衛往來巡邏。

溫斯頓突然轉過臉來，這時他已經裝出一副安詳樂觀的樣子，面對電幕的時候，最好是擺出這種表情。他走出房間，踱進狹小的廚房。在這個時間離開眞理部，代表他犧牲了在公共食堂的午餐，而他也知道，廚房裡除了一塊必須留作明天早餐的黑麵包以外，什麼果腹的東西也沒有了。他從架上取下一瓶無色液體，上面只貼了「勝利牌琴酒」的簡單白色標籤，瓶內的酒發出一股令人作嘔的油味兒，像中國米酒一樣，他倒了幾乎一滿茶杯，像服藥一樣鼓起勇氣咕嚕一口吞了下去。

他的臉馬上紅起來，淚水也流了出來。這東西喝起來像硝酸，而且喝下去的時候感覺後腦勺好像挨了一記橡皮棍似的，不過接下來肚子裡火燒的感覺就消退了，眼中看到的世界也美好起來。他從一包皺巴巴、上面標著「勝利牌香菸」的菸盒裡拿出一根菸，心不在焉地舉著，菸掉到了地上。他再拿出第二根，這次就比較成功了。他走回客廳，在電幕左邊的小桌子旁邊坐下，從抽屜裡拿出筆桿、墨水和一本厚厚的四開大小記事本，紅色書背、大理石花紋封面。

不知怎麼，電幕的位置有些不正常。若按正常擺法，它應該會安裝在端牆上，好看到整個房間，但現在它卻是安裝在正對窗戶的側牆上。電幕的一邊有一面凹壁，在修建這間房子的時候，大概是設計來放書架的。現在溫斯頓就坐在那個地方，而且盡量往裡面坐，這樣就不在電幕的控制範圍之內了，不過這也僅僅就視線而言，電幕當然還是收得到他的聲音，但只要他坐在目前的位置，電幕就看不到他。一方面就是由於這間房子與眾不同的布局，讓他想到要做他現在要做的事。

讓他想做這件事的另一個原因，則是他剛剛從抽屜裡拿出來的那個本子。這是一本特別精美的本子，它那光滑的乳白色紙張，因年代久遠而有些泛黃，是一種至少有四十年未見生產的紙張。不過，他猜想這個本子的年代還要久遠得多，他是在市區裡一個貧民窟（是哪個貧民窟他已經記不得了）的一間發出霉味的舊貨鋪看到它躺在櫥窗裡，他一眼就看上了，極度想要得到它。照理黨員是不可以去一般商店的（這叫做「在自由市場上做買賣」），不過這條規矩並沒有嚴格執行，因爲有些東西一定得到商店去才買得到，例如鞋帶、刀片等。他很快地朝大街兩頭望了望，就溜進鋪子裡，用二元五角錢把本子買了下來。當時他並沒有想到要買來做什麼用，只是懷著罪惡感，把本子放進公事包裡提回家，即使裡面什麼也沒有寫，擁有這樣一件東西也是會透露出某種訊息的。

他現在要做的事情就是寫日記。寫日記並不犯法（沒有什麼事情是犯法的，因爲法律早已不存在了），但如果被查出來的話，可以相當肯定會被判處死刑，或關進強迫勞動營至少二十五年。溫斯頓在筆桿上插上筆尖，用嘴舔了一下，把上面的油去掉。這種墨水筆已經成了古董，連簽名也很少用了，他悄悄地花了不少力氣才買到一支，只因爲他覺得那精美的乳白紙張只配用眞正的墨水筆尖，而非自來水筆書寫。實際上，他已經不習慣用手寫字了，除了簡短的字條以外，如今不管什麼都是以口述方式錄進說寫器裡，但是他現在要做的事當然不能這樣辦。他把筆尖沾了沾墨水，遲疑了一下，感覺到腸子裡一陣震顫，要在紙上留下墨跡是個關鍵性的舉動。他用細小笨拙的字體寫道：

一九八四年四月四日

他身子往後一靠，一種全然無助的感覺淹沒了他。首先，他無法確知今年是一九八四年，只能說大概是這個日期，因爲他相當確定自己三十九歲了，而且相信自己是在一九四四或一九四五年誕生的；可是現在要確切說出某個日期是在哪一年、或哪兩年內發生的，卻根本不可能。

他突然想到，他寫日記是爲了誰？爲了將來，爲了下一代。他的思緒在紙上那個不確定的日期上打轉了一會，腦海中突然浮現新話裡的一個詞「雙重思想」，猶如一記當頭棒喝，他第一次領悟到他要做的事情有多麼艱鉅：你要怎麼跟未來溝通？從本質上來講，這根本辦不到，未來只有兩種可能，跟現在一樣或跟現在不一樣，若是前者，未來也不會聽他的；若是後者，他現在的困境就沒有任何意義了。

有好一會，他呆呆地坐在那裡看著面前的日記本。電幕上的節目已經換了刺耳的軍樂。奇怪的是，他似乎不只喪失了表達的能力，甚至忘記了他原來想要說的是什麼。過去幾個星期以來，他一直在爲這一刻作準備，除了勇氣，他從來沒想過還需要什麼別的。實際開始寫的時候會很容易，他只要把多年來無休無止的、不停在腦海裡叨叨絮絮的獨白付諸筆墨就行了。然而這一刻，連那獨白也枯竭了，而且他的靜脈潰瘍也癢了起來，讓人難受得很，但他不敢去抓，因爲一抓就會發炎。時間一分一秒過去，除了前面白紙的空白、腳踝上皮膚的發癢、音樂的聒噪，還有琴酒帶來的微醺，他什麼也感覺不到。

突然間，他開始慌慌張張地寫了起來，只模模糊糊地知道自己在寫的是什麼。他細小而稚氣的筆跡在頁面上潦草地塗鴉著，先是省略了大寫字母，最後連句號也不寫了：

一九八四年四月四日。昨晚去看電影，全是戰爭片。有一部很不錯，講一艘滿載難民的船在地中海某地被炸。觀眾看到一個大胖子在水中逃命、想要擺脫在後面追的直升機的鏡頭，都覺得很好笑。起初你看到他像一隻海豚一樣在水中掙扎，然後鏡頭透過直升機的瞄準器拍他，最後他滿身彈孔，周圍的海水都染紅了，他突然沉了下去，好像彈孔裡灌進了海水一樣，看到這裡，觀眾又叫又笑。接著的一幕是一艘滿載兒童的救生艇，一架直升機在上面盤旋，有個中年婦人坐在船頭，可能是個猶太人，手裡抱著一個年約三歲的小男孩。小男孩驚聲尖叫，把頭貼緊他母親的胸口，好像要鑽進她身體裡似的，婦人用胳臂摟著孩子，安慰著他，儘管她自己也嚇得臉色發青。她一直竭盡所能用胳臂掩護孩子，彷彿以爲自己的胳臂能夠替孩子擋子彈似的。然後直升機投下一枚二十公斤的炸彈一陣可怕的爆炸之後救生艇炸成粉碎。接著出現一個很精采的鏡頭一個小孩子的手臂飛了起來越飛越高一直飛到天空中一定是有一台攝影機在直升機機頭内追蹤拍攝的這時黨員座位那邊爆出許多掌聲但無產者座位那裡有個女人突然吵了起來大聲說他們不該在孩子面前放映這種畫面他們沒必要在孩子面前放映是不對的最後警察把她帶出去帶出去我想她應該不會遭到什麼吧沒有人會把無產者說的話放在心上無產者的典型反應他們從來不……

溫斯頓停下筆，一半是因爲他手指抽筋了。他不知道是什麼讓他把這些胡說八道傾吐出來，但奇怪的是，他在寫這篇日記時，一段完全不同的回憶在他腦海裡漸漸明朗起來，而且清楚得幾乎就像寫下來一樣。這時他才明白，就是因爲這另外一件事，他今天才會突然決定回家，開始在那本記事本上寫日記。

這件事情是當天早晨在部裡發生的，如果這樣一件模模糊糊的事情也可以說是「發生」的話。

將近十一點鐘光景，在溫斯頓工作的紀錄處，工作人員把椅子從小隔間裡拖出來，在大廳中央排好，面對著大電幕，準備舉行「兩分鐘仇恨」。溫斯頓剛在中間的一排椅子上坐下來，就看到兩個雖然面熟、但從來沒有交談過的人出其不意地走了進來。其中一個是他時常在走廊上遇見的女孩，他不曉得她叫什麼名字，只知道她在小說處工作。他有時看到她拿著扳手，滿手油垢，因此他猜她的工作大概是維修小說寫作機器。她外表看來很大膽，年約二十七，一頭濃密的黑髮，滿臉雀斑，動作輕快敏捷，一如運動員。一條作爲「青少年反性團」標誌的狹長猩紅腰帶圍在她的工作服外，在腰上圍了好幾圈，鬆緊度恰好凸顯出她的臀部曲線。溫斯頓打從初次看見她以來，就不喜歡她，他知道爲什麼，那是因爲她努力營造出一種曲棍球場、冷水浴、團體遠足，總體而言思想清純的味道。他幾乎厭惡所有的女人，尤其是年輕貌美的女孩，女人、特別是年輕女孩，往往是黨內最褊狹的擁護者，她們盲目地生吞口號，喜歡當業餘密探，是非正統思想的檢查員。而這個女孩給他一種比別的女人更危險的印象。有一次兩人在走廊上擦身而過，她很快地橫瞟了他一眼，那一眼彷彿看穿了他，頓時使他心裡充滿一種黑色的恐懼。他甚至閃過這樣的念頭：她有可能是思想警察的特務，儘管這種可能性確實很低。但是只要她在附近，他仍然有一種奇怪的不安，一種混雜著恐懼與敵意的不安。

另外一個人叫做歐布朗，他是「內黨」的黨員，擔任很重要的職務，高高在上，溫斯頓對他職務的屬性只有一個模糊的概念。椅子周圍的人看到有穿黑色工作服的內黨黨員走進來，都暫時安靜下來。歐布朗身材魁梧，頭頸肥厚，有一張粗壯、詼諧而無情的臉。雖然外表令人望而生畏，他的舉止卻自有迷人之處。他有一個調整鼻梁上眼鏡的小動作，奇怪地令人感到格外可親，不知怎地給人一種文明的感覺，讓人聯想到十八世紀的紳士端出鼻菸匣款客——如果還有人會用這種方式去想的話。溫斯頓十多年來大約看過歐布朗十來次，他覺得深深受到吸引，並不只是因爲歐布朗文雅的風度和他拳擊手般的體格形成強烈對比，讓他對他產生興趣，更主要還是由於他暗地相信——或許連相信都還不是，而只是一種希望——歐布朗的政治信仰並不完全正統。他臉上有某種表情讓人難以抗拒地想要這麼相信，再者，寫在他臉上的可能也不是不正統，而是智慧。無論如何，他的外表讓人覺得可以跟他傾談——只要你能躲過電幕和他單獨在一起的話。這時候，歐布朗看了一下手錶，發覺已經快十一點了，顯然決定留在紀錄處裡參加「兩分鐘仇恨」時間。他在溫斯頓那排坐下，跟溫斯頓隔了幾張椅子，一個在溫斯頓隔鄰隔間工作的黃褐色頭髮小婦人坐在他們中間。那個黑髮女孩就坐在他們後面。

接著，大廳一側的大電幕上迸發出一陣可怕的摩擦聲，彷彿一台巨型機器沒油了，聽得人咬緊牙關，毛髮直豎。「仇恨」就此開始了。

像往常一樣，電幕上現出「人民公敵」艾曼紐・戈斯坦的面孔，觀眾席中噓聲四起，那黃褐色頭髮的小婦人尖聲低呼，聲音裡混雜著驚悸和厭惡。戈斯坦是個叛徒、變節者，很久以前（到底多久沒有人記得了），他曾經是黨的領導人物之一，地位幾和老大哥相等，後來從事反革命活動，被判死刑，卻不知怎地給他逃脫，下落不明。「兩分鐘仇恨」節目每日不同，但無不以戈斯坦爲主要人物。他是頭號叛徒，第一個玷汙黨的純潔的人，後來的一切叛黨罪行、一切變節、破壞、邪說、偏差，都是他直接教唆出來的。他仍活在世上的某個角落，策畫著他的陰謀，可能是在海外，得到外國後台老闆的庇護；甚至可能如謠傳所說，就藏匿在大洋國國內。

溫斯頓眼睛的隔膜一陣抽搐。每次看到戈斯坦的臉，他內心總不免充滿複雜的痛苦情緒。那是一張瘦削的猶太人臉，一頭蓬鬆的白髮，一小撮山羊鬍——一張聰明人的臉，可是有些與生俱來的卑鄙相，長長尖尖的鼻子有一種老態龍鍾的蠢樣，鼻尖上架著一副眼鏡。這張臉很像綿羊的臉，聲音也有綿羊的味道。戈斯坦正在對黨的主義進行他一貫的惡毒攻擊，那樣的攻擊誇張而不合理得連一個小孩子都看得出來，聽來卻又似乎有那麼一點道理，讓你覺得必須警惕，因爲別人的頭腦要是沒有你那麼清醒，可能就會受騙。他在謾罵老大哥，他譴責黨的專政，他要求立刻與歐亞國達成和平協議，他主張言論自由、新聞自由、集會自由、思想自由，他歇斯底里地喊著革命被出賣了——所有這些都是用多音節詞語飛快地說的，模仿著黨的演說家一貫的講話方式，甚至用上了新話的詞彙；說眞的，比現實生活中黨員一般會用的新話詞彙還多。而在他說話的時候，爲了避免有人懷疑戈斯坦的花言巧語是眞的，電幕上他腦袋後面從頭到尾都有無窮無盡的歐亞國軍隊列隊經過——一隊接一隊有著亞洲臉孔的結實士兵面無表情，蜂擁而過電幕的表面，消失在螢幕一邊，取而代之的只是一模一樣的一隊士兵。士兵們節奏單調的踩踏聲，成了襯托戈斯坦的斷叫聲的背景音。

「仇恨」節目進行不到三十秒，廳內一半的人就爆發出失控的怒吼。電幕上洋洋自得的羊臉，以及羊臉後面歐亞國可怕的軍力，都讓人無法忍受；此外，只要看到戈斯坦的臉，甚至只要想到他這個人，就足以讓人產生恐懼和憤怒的情緒了。他已是大家仇恨的對象，比起歐亞國或東亞國都更常被人仇恨，因爲當大洋國和其中一國發生戰爭時，和另外一國總會和平相處。然而說來奇怪，雖然每一個人都仇恨、鄙視戈斯坦，而且每天在講台上、電幕上、報紙和書本上，他的言論被駁斥、抨擊、嘲笑總有一千次以上，讓大家看到這些言論是多麼可悲的胡說八道；但他的影響似乎從來沒有減低過，總有一些新笨伯等著受他的唆使，思想警察沒有一天不曾查出有間諜和破壞分子在他的指揮下行動。他是一支龐大的影子軍的總司令，這支軍隊是旨在推翻現政權的地下陰謀組織，名字據說叫做「兄弟會」。大家私底下傳說戈斯坦還寫了一本可怕的書，集異端邪說之大成，到處祕密散發。這本書沒有書名，大家提到它時只說「那本書」，不過大家都只是隱約從謠傳中知道這些事情，關於兄弟會和這本書，一般黨員只要能夠避免，總是絕口不提的。

「仇恨」時間進入第二分鐘後，就達到了狂熱的程度，大家在座位上暴跳如雷，拉直嗓子高聲叫著，想把電幕上戈斯坦令人發瘋的羊叫聲壓倒。那個黃褐色頭髮小婦人面孔漲紅，嘴巴一張一閉，像一條離水的魚兒。甚至連歐布朗抑鬱的臉也通紅了，他坐得筆直，強壯的胸膛一起一伏，不斷顫抖著，好像心頭正湧起洶湧的怒潮一樣。溫斯頓背後那個黑髮女孩開始大叫：「賤豬！賤豬！賤豬！」突然，她拿起一本厚厚的《新話辭典》，對準電幕投擲過去，剛好打中戈斯坦的鼻子，彈了開去，但他的聲音頑強如故。溫斯頓神志出現片刻的清明，他發覺自己也跟著人家叫嚷，同時腳跟猛力踢著座椅的橫檔。「兩分鐘仇恨」的可怕，不是你必須參與演出，而是想不加入是不可能的，不用三十秒鐘，任何虛飾僞裝都不需要了，一種夾雜著恐懼和復仇心理的可怕狂態，一種想要殺人、虐待人、用鐵鎚打扁別人臉孔的慾望，猶如電流一樣穿過人群之中，使你甚至違背自己的意志，變成了面孔扭曲、亂叫亂跳的瘋子。但是，你所感受到的憤怒是一種抽象而沒有特定目標的情緒，可以從一個目標轉向另一個目標，就像噴燈的火焰一樣。因此，有一刻溫斯頓的仇恨根本不是針對戈斯坦，反而是針對老大哥、黨和思想警察，在這種時候，他的心是向著電幕上那個孤獨的、被嘲笑的異類，那個謊話世界中眞理和理智的唯一捍衛者。然而，下一刻他又會和周圍的人站在同一陣線，覺得攻擊戈斯坦的那些話都是眞的，在這種時候，他心底對於老大哥的厭惡就會變爲崇拜，老大哥的形象也高大起來，似乎是一個所向無敵、無所畏懼的保護者，像磐石般屹立在那裡，抵抗從亞洲蜂擁而來的敵人；而戈斯坦儘管孤立無援，甚至連有沒有這個人都不確定，卻如同一個邪惡的魔法師，只要用他聲音的力量，就足以摧毀文明的結構。

有時候，你甚至可以憑意志把仇恨轉向不同的對象身上。突然間，就像做噩夢醒來時猛地坐起來一樣，溫斯頓猛然把對電幕上那張臉的仇恨心理，轉向坐在他背後的那個黑髮女孩身上。一些鮮明、美麗的幻影在他腦海裡閃現，他要用橡皮棒打死她；他要把她赤裸裸地綁在火刑柱上，像聖賽巴斯汀一樣用亂箭射遍全身；他要強姦她，在達到高潮時割斷她的喉管。而且，他比以前更清楚他為什麼仇恨她，他恨她是因為她年輕美麗卻毫無性感，因為他想和她上床卻永無可能，因為她那甜美柔軟的纖腰似乎在引你用手摟住它，但卻圍著一條可憎的猩紅腰帶，像一種挑釁的貞潔象徵。

「仇恨」達到了高潮，戈斯坦的聲音已經變成真的羊叫，他的臉轉瞬間也變成了羊臉。接著，羊臉又化為一個歐亞國的士兵，嚇人的壯碩身軀似乎正挺胸前進，他的衝鋒槍正在轟鳴，好像就要衝出電幕外，嚇得第一排的人眞的紛紛後仰。但正在此時，螢幕上的敵人形象卻化為黑髮黑鬚的老大哥面孔，全部人才深深地舒了一口氣，他的面孔充滿力量和神祕的沉靜表情，並且大得幾乎塡滿了整個螢幕。沒有人聽見老大哥在說什麼，他只是說些鼓勵的話，那種話都是在戰場上的槍砲聲中說的，雖然聽不清每一個字，但說了卻足以恢復信心。接著，老大哥的臉又逐漸褪去，電幕上顯出了用粗體大寫字母寫成的三句黨口號：

戰爭就是和平
自由就是奴役
無知就是力量

但是老大哥的臉似乎在電幕上停留了幾秒鐘，好像它在大家眼球上留下的印象太過深刻，不易即時消失一般。那個黃褐色頭髮的小婦人撲到前面一排的椅背上，向著電幕張開兩臂，發出一聲顫抖的咕噥，聽來好像在說：「我的救世主啊！」然後又兩手掩面，顯然正在禱告。

此時，全部人開始緩慢、低沉而有節奏地吟誦著：「B—B！……B—B！……B—B！」❷一遍又一遍，在第一個B和第二個B之間停頓很久，那緩慢深沉的低吟，不知怎地有一種野蠻的味道，彷彿可以在背景中聽到赤腳的踩踏和手鼓的敲打聲。他們這樣吟誦了大概有三十秒。這種反覆吟唱常常會在感情澎湃時聽到，部分原因是對老大哥英明偉大所唱的讚歌，但更多是一種自我催眠，故意用有節奏的噪音在麻痺自己的意識。溫斯頓體內開始冷下來，在「兩分鐘仇恨」中，他無法不和大家一樣陷入狂熱，但是這種次人類的「B—B！……B—B！」吟唱總讓他充滿恐懼。當然，他也和大家一起吟唱，沒辦法不那麼做。掩飾你的感受，控制你的表情，大家做什麼你就做什麼，這些都已經是本能的反應。但是，有那麼兩三秒鐘的時間，他的眼神很可能出賣了他自己，就是在這一瞬間，那件重大的事情發生了——如果那件事情眞的有發生的話。

在那一瞬間，他和歐布朗四目交投。歐布朗已經站了起來，他摘下眼鏡，正要用他註冊商標般的小動作把眼鏡架回鼻梁上。但這當中有一刻他們兩人的目光相遇，就在那一瞬間，溫斯頓知道——是的，他眞的知道！——歐布朗正和他想著相同的事。兩人的眼神交換了一個明確的聲息，彷彿兩人的心打了開來，思想可以通過眼睛傳達給對方。歐布朗似乎在對他說：「我和你站在一起，我完全知道你的感受，你的輕蔑、仇恨和厭惡我全都知道。可是不用擔心，我和你站在一起！」接著，這種一閃而過的心靈相通消失了，歐布朗的面部表情又和其他人一樣高深莫測了。

情況就是這樣，而他早就已經開始懷疑這件事到底是不是眞的發生過。這種事情從來不會有後繼發展，只是使他保持一種信念，或者說希望，就是除了他以外，還有其他人也是黨的敵人。或許關於龐大地下陰謀組織的謠傳，是確有其事——或許「兄弟會」眞的存在！儘管有無休止的逮捕、招供和處決，你仍然無法確信「兄弟會」眞的不只是謠言而已。他有時候相信，有時候不信。他看不到任何證據，有的只是驚鴻一瞥的現象，可能代表著什麼，也可能根本沒什麼，例如無意間聽到的談話片段、廁所牆壁上模糊的塗鴉，甚至有過一次，看到兩個不相識的人相遇時做出一個小手勢，看起來好像是在打暗號似的。這些都是瞎猜，很有可能全是他想像出來的。他回到了他的辦公間，沒有再看歐布朗一眼。他沒有想到要跟進他們剛才這瞬間的接觸，就算他已經想到要如何著手去做，這種事情也是超乎想像的危險。他倆就在一秒鐘、二秒鐘之間交換了曖昧的一瞥，故事就這樣結束了，不過生活在這樣一種封閉的孤寂中，即使只有這樣也是值得懷念的。

溫斯頓挺起身，坐得更直一些。他打了一個嗝，先前喝的琴酒從胃裡湧了上來。

他把眼光焦點重新定在日記本上，發覺當自己無奈地獨坐沉思的時候，同時也不知不覺地在紙上寫字。他的字跡已不像早先那樣拙劣，他的筆在柔滑的紙面上龍飛鳳舞，用整齊的大寫字母

❷B——B代表老大哥（Big Brother）。

寫著：

打倒老大哥
打倒老大哥
打倒老大哥
打倒老大哥
打倒老大哥

一行接著一行，寫滿了半頁紙。

他不禁感到一陣驚惶。這眞是荒謬可笑，因爲寫出這幾個字並不比他打開日記本準備寫日記這個舉動更危險；但是有一瞬間他很想把寫過的幾頁紙扯掉，並放棄整個寫日記的計畫。

不過，他沒有這樣做，因爲他明白這是無濟於事的。不論他寫了「**打倒老大哥**」還是沒有寫，不論他繼續寫日記還是不繼續寫，都沒有什麼區別，思想警察一樣會找到他。他已經犯了滔天大罪，即使沒有拿起筆來寫過字，仍然是犯了包含所有罪行的大罪。他犯的叫做「思想罪」，這種罪無法長久隱匿，你可能有辦法躲避一時，甚至躲避數年，但他們遲早總會抓到你的。

總是在夜裡——逮捕一定都在夜裡執行。突然在睡夢中驚醒，粗大的手搖著你的肩膀，燈光直射你的眼睛，床的四周圍著一張張凶狠的面孔。這種案件大都是不經審訊，也沒有逮捕公告的，人就這樣失蹤了，而且往往是在夜間。戶籍冊上你的名字從此註銷，你做過的每一件事的紀錄也被勾消，你的一度存在被否定，繼而被遺忘，你就這樣被除名、被消滅——通常用的字眼是「人間蒸發」。

他突然歇斯底里起來，拿起筆來胡亂寫道：

> 他們會槍斃我我不在乎他們會從後頸射殺我我不在乎打倒老大哥他們總是從後頸射你但我不在乎打倒老大哥……

他向椅背一靠，稍稍感到有些羞愧，把筆放了下來。下一個瞬間，他嚇得整個人跳了起來：有人在敲門。

已經來了！他坐在椅子上像耗子般動也不動，只奢望著那敲門的人敲了一遍後得不到應聲就會走開。可是沒有，敲門聲又響了起來。遲遲不應門是最糟糕的事情。他的心像打鼓一樣怦怦亂跳，但他的臉上大概是習慣性地一無表情。他站了起來，拖著沉重的腳步走向房門邊。

2

溫斯頓把手伸向門把，卻看到日記本打開在桌子上，「**打倒老大哥**」的字樣滿紙都是，大大的字體從房間的另一端都隱約看得出來。眞想不通怎麼會這麼糊塗。但是他發覺，即使內心驚惶，他也不願在墨跡未乾之前把日記本闔起，免得弄汙了奶油色的紙張。

他吸進一口氣，打開了門，立刻感到一股暖流通過，全身鬆弛了下來。站在門外的是一個面無血色、精神衰頹，頭髮蓬鬆又滿面皺紋的女人。

「噢，同志！」她用一種疲憊的哀聲說：「我想我聽見你回來的聲音。你能不能過去看看我們廚房裡的水槽呢？塞住了，而且……」

她是帕森斯太太，同一層樓一個鄰居的妻子。（「太太」這個稱呼黨多多少少是反對使用的，每一個人都應該以「同志」稱呼，但有些女人就是讓你不自覺地用「太太」稱呼。）她年約三十上下，可是看起來老得多了，她臉上的皺紋讓人覺得裡面好像嵌滿塵埃似的。溫斯頓跟在她後面走向走廊的另一端。這些業餘的修理工作幾乎每天都有，使人覺得很煩。勝利大廈是一幢很舊的樓房，太約是在一九三〇年左右建成的，如今已經殘破不堪，灰泥不斷從天花板和牆壁上掉下來，每次霜凍水管都會破裂，遇到下雪天屋頂就會漏水，爲了節約起見暖氣管縱使沒有完全關閉，也只供應半量。修理工作除非是你親自動手，否則得請求高高在上的委員會批准，而就算只是補一塊窗玻璃，可能也得等上兩年。

「只因爲湯姆不在家，我只好找你。」帕森斯太太含糊地說。

帕森斯家的公寓房間比溫斯頓的大些，另有一種不同的陰暗。屋裡的每一樣東西都有一種被打爛踩扁的樣子，好像有一隻凶猛的巨獸剛來過似的。各種運動用品滿地都是，有曲棍球棒、拳擊手套、破足球，還有一條翻轉過來的汗汙短褲；桌上堆滿了髒碗碟和摺了角的練習簿。牆上掛著「青年團」和「少年偵察隊」的紅旗，還有一幅老大哥的全身像。室內有一股慣常的燉煮白菜味道，就跟整幢大樓裡的味道一樣，不過此外還有一股更濃烈的汗臭味，一聞就知道是目前不在房間裡的一個人的汗味，雖然說不上來爲什麼一聞就知道。在另外一個房間裡，有人正用一把梳子在廁紙上打著節拍——電幕還在播放軍樂。

「是那些孩子，」帕森斯太太邊說邊用憂慮的眼光盯著門口：「他們今天沒有出去。當然……」

她說話習慣說到一半停住。廚房水槽內綠色的汙水滿得幾乎快溢出來，比爛白菜的味道還難聞。溫斯頓跪到地上，察看水管轉彎的接頭。他很不想用手，也很不想彎下身子，這樣很容易害他嗆咳起來。帕森斯太太一臉無助地在旁邊看著。

「當然囉，要是湯姆在家，他一下就會修好了，」她說：「他喜歡做這種事情。他一雙手眞是了得，湯姆眞的是。」

湯姆・帕森斯是溫斯頓在眞理部的同事。他身材肥胖，生性活躍卻沒有大腦，充滿低能的熱情——屬於那種完全不問爲什麼的忠心走卒，黨仰賴這些人維持穩定，要比仰賴思想警察還多。他今年三十五歲，剛剛很不情願地被青年團除名，而在升到青年團以前，他還曾以超齡身分在少年偵察隊裡多留了一年。他在眞理部擔任的是不需要智力的低級職位，但在另一方面，他卻是體育委員會和其他組織團體遠足、自發性示威、節約運動等各種志願活動的委員會的領導人物。他會一邊抽著菸斗，一邊平靜而驕傲地告訴你，過去四年來他每天晚上都會到社區中心幫忙。他走到哪裡，一股撲鼻的汗味就跟到哪裡，這成了他生活緊張的無言明證；甚至他走了以後，汗味都還會留在那個空間裡。

「你有扳手嗎？」溫斯頓邊說邊用手指敲彈水管接頭的螺帽。

「噢，扳手，」帕森斯太太說，馬上顯得優柔寡斷起來：「我眞的不知道。或許孩子們……」

在一陣皮鞋踩踏聲和梳子的擊節聲中，孩子們衝進了客廳。帕森斯太太把扳手拿來了。溫斯頓把水槽內的汙水放掉，皺著眉頭把堵住水管的一團頭髮拿掉。他在水龍頭下用冷水盡可能把指頭洗乾淨，回到另外那個房間裡。

「手舉起來！」一把凶猛的聲音大喝道。

一個面容俊秀、外表粗野的九歲男孩從桌子後面跳了出來，手拿玩具自動手槍指著溫斯頓威嚇，旁邊年紀差不多比他小兩歲的妹妹也手拿木條，做著同樣的姿勢。兩個小傢伙都穿著少年偵察隊的制服：藍短褲、灰襯衫、紅領巾。溫斯頓把兩手舉過頭頂，卻有一種不安的感覺，那小男孩看起來是如此惡毒，好像這不完全只是一場遊戲而已。

「你是叛國賊！」那小男孩喝道：「你是思想犯！你是歐亞國的間諜！我要槍斃你，讓你人間蒸發，把你送去開鹽礦！」

兩個小傢伙突然圍在他身邊蹦蹦跳跳，不斷叫著：「叛國賊！」「思想犯！」小女孩的一舉一動完全學她哥哥的樣。這景象有點令人害怕，就像兩隻嬉戲跳躍的小虎犢，很快就會長大成吃人的猛獸。那小男孩眼露凶光，顯然很想拳打腳踢溫斯頓，而且也意識到自己快要長得夠高大，足以打倒大人了。溫斯頓心想：幸而他手裡拿的不是眞槍。

帕森斯太太一雙眼睛神經質地一會兒看著溫斯頓，一會兒看著孩子們。在客廳比較明亮的光線下，他興味盎然地注意到她臉上的皺紋裡確實有塵埃。

「他們有時候就是這麼吵，」她說：「他們很失望不能去看絞刑，就是這個緣故。我很忙，沒有空帶他們去，湯姆又在上班，沒辦法早點回來。」

「為什麼我們不能去看絞刑?」小男孩聲如洪鐘地咆哮道。

「我們要去看絞刑!我們要去看絞刑!」小女孩一邊跳來跳去,一邊嚷道。

溫斯頓這才想起,有幾個被控犯了戰爭罪的歐亞國俘虜,當天黃昏要在公園裡執行絞刑。這種事情差不多一個月有一次,是大家都愛看的,孩子們總會吵著大人帶他們去看。溫斯頓向帕森斯太太告別,朝門口走去,但是在走廊上還沒走上六步,後頸就給什麼東西打得痛不堪言,就好像給一條燒得通紅的鐵絲刺進了肉裡似的。他轉過頭來,正好瞥見帕森斯太太把兒子拖進門內,那孩子正把彈弓塞進口袋裡。

「戈斯坦!」那孩子在門關上之前還在咆哮。但是最使溫斯頓感觸的,還是那女人灰敗的臉上無可奈何的驚恐神情。

回到自己屋裡,他疾步走過電幕,在小桌子旁重新坐下來,一邊還在摸著後頸。電幕上的音樂已經停止,現在播放的是一篇軍事報告,一把乾脆俐落的軍人嗓子正帶著冷酷的興味,在講述一個設在冰島和法羅群島之間的新海上浮動堡壘的軍事裝備情形。

溫斯頓心想:那個可憐的女人有這種孩子,日子一定過得充滿恐懼。再過一、兩年,他們勢必夜以繼日地監視她,看她有沒有思想不純正的跡象。當今幾乎所有的小孩子都很可怕,最糟糕的是,通過諸如少年偵察隊這種組織,他們被有系統地訓練成無法管教的小野人,然而卻又沒有在他們之間產生任何反對黨的主義的傾向,相反的,他們崇拜黨以及一切和黨有關的事物,那些歌曲、遊行、旗幟、遠足、假槍操練、呼喊口號、崇拜老大哥——這一切在他們看來都是光榮的玩意。他們把獰惡凶殘的本性全都發洩出來,用來針對國家敵人、外國人、叛國賊、破壞分子和思想犯。因此，三十歲以上的人害怕自己的子女幾乎是正常的事，這也難怪《泰晤士報》每星期總有文章報導那些鬼鬼祟祟竊聽別人說話的小傢伙——通常稱爲「小英雄」——如何竊聽到父母一些見不得人的談話，而向思想警察告密的情形。

給彈弓射傷的疼痛消退了，他心不在焉地拿起了筆，想想還有什麼東西可以寫在日記本上。突然，他又想起了歐布朗。

許多年以前——究竟多少年以前呢？應該有七年了——他曾經夢見自己在一間漆黑的房間裡走著，有一個人坐在旁邊，在他走過的時候對他說：「讓我們在沒有黑暗的地方相見。」這句話說得十分安詳，幾乎有點隨便——是一項陳述，不是命令。他繼續走著，沒有停下來。奇怪的是，那時在夢境中，這句話並沒有在他心中留下多大的印象，是到後來才似乎逐漸顯露出意義。他現在已經記不清楚他第一次見到歐布朗，是在做這個夢之前還是之後；也記不起從什麼時候開始，他認定說這話的是歐布朗。但無論如何，他認出來了，在黑暗中向他說話的是歐布朗。

溫斯頓從來沒法斷定——縱使今天早上和歐布朗交換眼色之後仍然無法斷定——歐布朗到底是朋友抑或敵人。他甚至覺得這也沒有多大關係，他們兩人之間有一種默契，比朋友或同黨情誼更重要。「讓我們在沒有黑暗的地方相見」，他這樣說了。溫斯頓不明白這句話的含意，只知道這一天總會到來。

電幕上播報的嗓音停頓了一下，凝滯的空氣中揚起清脆悅耳的喇叭聲，那嗓音又聒噪地繼續報告：

「注意！請大家注意！我們剛收到從馬拉巴前線傳來的快訊，我軍在南印度贏得了光輝的勝利。我受命宣布，這次大捷將會令戰爭結束在望。請看以下快訊……」

溫斯頓心想，壞消息要來了。果不其然，在血淋淋地描述完一支歐亞國軍隊如何遭到殲滅、報告完了不起的敵軍傷亡和俘獲數字以後，接著就宣布從下星期起，巧克力的配給量將從三十公克減少到二十公克。

溫斯頓又打了一個嗝，酒意漸漸消退，留下一種洩氣的感覺。或許是爲了慶祝勝利，或許是爲了沖淡巧克力配給量減少的印象，這時電幕高聲播出《大洋國，爲了你》一曲。照理應該要立正，但是他現在坐著的位置是不會被看到的。

《大洋國，爲了你》播完後是輕音樂。溫斯頓踱到窗前，背對著電幕。天氣仍然寒冷晴朗。遠處傳來一聲火箭彈爆炸的沉悶回響，如今倫敦上空每星期總會落下二、三十枚火箭彈。

下面的大街上，風不斷來回吹打著那幅破海報，上面的「**英社**」兩個字時隱時現。英社。英社的神聖信條。新話、雙重思想，過往變化無常。他覺得自己好像在海底的森林中流浪，迷失在一個惡魔的世界中，而他自己就是惡魔。他孤身一人，過往已經死亡，未來無法想像。他要如何確知當今世上還有一個人是站在他這一邊？他要怎麼知道黨的統治不會永遠持續下去？眞理部白牆上的三句口號像在回答他一樣，又浮現在他眼前：

戰爭就是和平
自由就是奴役
無知就是力量

他從口袋裡掏出一枚二角五分錢的硬幣，上面同樣有清楚的小字鑄著這三句口號，另外一面是老大哥的頭像。就連在這枚錢幣上，他的眼睛照樣盯著你不放。無論在錢幣上、郵票上、書本封面上、旗幟上、海報上、香菸包上，無論什麼地方，那雙眼睛總是盯著你，聲音總是纏繞著你。不論你是睡著或醒著、工作或用餐、在室內或在戶外、在浴缸裡或在床上，你都無法躲避。除了你腦殼裡的幾立方公分以外，沒有什麼是屬於你自己的。

太陽已經偏斜，眞理部那數不盡的窗口沒有了陽光的照射，看上去像堡壘的槍孔一樣陰森。在這幢巨大的金字塔形建築之前，他的心畏縮起來，太強大了，不可能攻下來的，一千枚火箭彈也打不倒它。他又在想自己究竟是在爲誰寫日記。爲未來，爲過去——爲一個可能只存在於幻想世界的時代。等在他面前的不是死亡，而是消滅。日記會化爲灰燼，他自己會人間蒸發，只有思想警察會讀他寫下來的東西，然後把它銷毀，把它從記憶中抹去。你自己、甚至連你在紙上匿名寫下的話尚且沒法留下痕跡，你又要如何向未來發出呼籲？

電幕上鐘敲十四時。他必須在十分鐘內離家，十四時三十分以前回到辦公室。

奇怪的是，鐘聲似乎使他又振作起來。他是個孤獨的鬼魂，說著沒有人會聽到的眞相，但是只要說出來，眞相就會以一種隱晦的方式傳承下去。雖然沒有人會聽到你說的話，但是只要你保持神志清醒，人性的傳統就會傳承下去。他回到桌邊，筆蘸了一下墨水，寫道：

寫給未來或過去，寫給思想自由、人人各不相同、大家不孤獨生活的時代，寫給眞理不死、做過的事情不能抹去的時代：

來自面目一致的時代、孤獨的時代、老大哥的時代、雙重思想的時代——向您問好！

他深思後得出一個結論：他已經死了。他覺得直到這一刻，當他開始能夠整理自己的思緒時，他才跨出了決定性的一步。一切行動的後果都包含在行動本身裡。他寫道：

思想罪不會帶來死亡，思想罪本身就是死亡。

既然他已經自認為必死的人，那麼盡可能活得久一些就變得很重要。他右手的兩隻手指有墨水跡，最可能出賣你的就是這種小細節。部裡某一個愛管閒事的熱心人（通常是女人，像那個黃褐色頭髮的小女人或小說處的黑髮女孩那樣的人）可能開始懷疑，他為什麼在午休時間寫東西，他為什麼要用老式鋼筆，他到底在寫些什麼，然後跟有關單位暗示一下。他走進浴室，用粗糙的深咖啡色肥皂小心地把墨跡洗去，這種肥皂擦在皮膚上感覺像砂紙一樣，所以剛好派上用場。

他把日記本收進抽屜裡。其實想藏起來是沒用的，但是這樣他至少能夠知道是不是有人發現了。在本子邊緣放一根頭髮會太明顯，於是他用指甲尖挑起一粒看不出來的白色灰塵，放在封面一角，這樣如果有人挪動日記本，那粒灰塵一定會掉下來。

3

溫斯頓夢見了他的母親。

他母親失蹤的時候，他想他應該是十歲或十一歲吧。母親個子很高，長得亭亭玉立，話不多，動作緩慢，有著一頭濃密的金髮。他對父親的印象更加模糊，只記得他瘦瘦黑黑，老穿一身整潔的深色衣服（溫斯頓特別記得他父親腳下那薄薄的鞋跟），戴著眼鏡。他們兩人顯然是在五〇年代第一批大清算中被吞噬掉的。

此刻，母親坐在他下方很深的一個地方，懷裡抱著他妹妹。他完全不記得妹妹的樣子，只記得是個纖弱的小嬰兒，有一雙炯炯有神的大眼睛。她們兩人都抬頭看著他。她們是在地底下的一個地方——比方說在井底，或是在很深很深的墳墓裡——但是這地方雖然已經離地面很深，卻還在往下沉。她們是在一艘沉船的大廳裡，穿過愈來愈黑的海水抬頭看著他。大廳裡還有一些空氣，她們仍然看得到他，他也仍然看得到她們，但是她們一直往下沉，沉到綠色的海水中，下一刻海水就會把她們永遠淹沒。她們被吸進死亡深淵的時候，他正置身光明與空氣中，而她們之所以在下面是因爲他在上面。他知道這個原因，她們也知道這個原因，他可以從她們臉上看出她們知道。她們的臉上沒有責備之意，心裡也沒有，只是知道爲了讓他能夠活下去，她們就得死，因爲這是凡事不可避免的定律。

他不記得發生了什麼事，但是在夢中他知道，在一定程度上來說，他母親和妹妹爲了他犧牲了自己的生命。這個夢是屬於保有典型的夢境場景、卻又是一個人理智的延續的那種夢，在夢中你會察覺一些事實和想法，醒來時仍然覺得新鮮、有價值。現在溫斯頓突然意識到的是，將近三十年以前，母親的死是那麼的充滿悲劇性，這樣的死法如今已不可能再有了。他認爲，悲劇是古代才有的事，屬於仍有隱私、愛情和友情的時代，在那種時代裡，家人會相互扶持，完全不問爲什麼。對母親的回憶讓他感到心痛，因爲她是爲了愛他而死的，而當時他還太年幼、自私，不懂得用愛來回報；也因爲母親是爲了內心不可改變的一種忠誠觀念而犧牲了自己，儘管他不記得是怎麼樣的一種情況。他明白，這種事情在今天不可能發生，今天有的是恐懼、仇恨、痛苦，卻沒有感情的尊嚴，沒有深刻複雜的悲痛。他彷彿是從母親和妹妹的大眼睛裡看到了這一切，她們穿過綠色的海水抬頭看著他，已經有幾百噚深了，仍在往下深。

突然間，他站在一塊短而鬆軟的草地上，那是個夏日黃昏，斜斜的陽光把地面染成一片金黃。這片風景經常在他的夢中出現，因此他一直無法完全確定自己有沒有在現實生活中見過。醒來時想到這個地方，他就叫它做「黃金之鄉」。那是一片古老的、被兔子啃過的牧草地，布滿了鼴鼠打洞留下的土丘，中間有一條足跡踩出來的小徑。草地對面是一排參差不齊的樹籬，榆樹的枝條在微風中輕輕搖擺，濃密的葉子微微顫動，像女人的頭髮一樣。在附近的什麼地方，雖然看不見，但他知道有一條清澈的小溪緩緩流過，柳樹下的水潭中有鰷魚成群游來游去。

那黑髮女孩越過草地朝他走來。好像就在一眨眼之間，她把衣服脫了，不屑地扔在一旁。她的身體白皙光滑，不過卻沒有引起他的性慾，事實上，他幾乎沒有看她。在那一瞬間，他感受最強烈的是欽佩她扔掉衣服的那個姿態，那麼的優雅，那麼的不經意，彷彿把整個文明、整個思想體系就這麼摧毀了，似乎老大哥、黨、思想警察都可以手一揮就化爲烏有。溫斯頓醒過來時，嘴裡還唸著「莎士比亞」這個名字。

電幕正傳出刺耳的哨子音，以同樣的音高足足播放了三十秒之久。時間是早上七點十五分，辦公室職員起床的時候到了。溫斯頓勉強爬起來，全身赤條條——因爲一個「外黨」黨員每年只能分配到三千張布票，而一套睡衣就要六百張。他從椅子上撿起一件發黃的背心和一條短褲。三分鐘後晨操就要開始了。這時他忽然劇烈地咳嗽起來，這樣的咳嗽他每天醒來後幾乎都要發作一番，咳得他肺腔都清空了，一定得躺下來深深地喘幾口氣，才有辦法恢復呼吸。他咳得青筋凸起，靜脈潰瘍也跟著癢了起來。

「三十歲到四十歲組！」一把刺耳的女人聲音高叫道：「三十歲到四十歲組！請準備。三十歲至四十歲！」

溫斯頓一骨碌跳到電幕前立正站好。螢幕上是一個瘦小但肌肉發達的年輕女子影像，穿著一套緊身運動衣和球鞋。

「手臂彎曲、伸直！」她叫道：「跟著我一起做，一、二、三、四！一、二、三、四！同志們，打起精神！一、二、三、四！一、二、三、四！……」

剛剛咳嗽發作引起的疼痛，並沒有驅走夢境在溫斯頓心中留下的印象，那些有節奏的體操動作反而把一些印象恢復過來。他機械地擺動兩臂，臉上裝出做體操時應有的莊嚴而愉快的神情，心中卻竭力回想模糊的童年印象。這是異常困難的事，五〇年代後期以前的事，都想不起來了。當你沒有具體的紀錄可以參考，即便是你自己生平的輪廓也會變得模糊。你記得的重大事件很可能根本沒有發生，你記得一些事情的細節，卻捕捉不到當時的氣氛，還有一些長長的空白期，你完全記不起發生了什麼。當時，一切的一切都和現在不同，連國家的名字、在地圖上的形狀都和現在不同。例如，「一號航空基地」當時並不叫這個名字，而叫做「英格蘭」或「不列顛」，不過倫敦向來都叫倫敦，這點他相當確定。

溫斯頓無法確切地記得，他的國家什麼時候是沒在打仗的，不過很明顯，他的童年時代曾經有過相當長的和平時期，因爲他有一個早期的記憶，是一次發生空襲時大家都措手不及。或許就是原子彈投在科赤斯特那一次。他並不記得空襲事件本身，不過他記得父親的手抓住他的小手，一起急急忙忙往下走、往下走、往下走，繞著他腳底下那條螺旋扶梯到地底下去，一直走到他兩腿發軟，開始哭鬧，他們才停下來休息。他母親以她一貫的夢遊般的腳步，遠遠跟在後面，手中還抱著他的小妹妹——也可能只是抱著一捆毯子，他不能確定那時他妹妹出生了沒有。最後，他們來到一個吵雜擁擠的地方，原來是個地下鐵車站。

石板地面上到處坐滿了人，架式鐵鋪上也一層一層擠滿了人。溫斯頓和他父母親在地上找了個位子，旁邊有個老先生和老太太並肩坐在鐵鋪上。老先生穿著一身不錯的深色西裝，一頂黑布帽推到後腦勺上，露出雪白的頭髮，他的臉漲得通紅，藍色的眼睛裡飽含淚水。他渾身發出酒氣，好像從皮膚裡排出來的不是汗、而是酒似的，你甚至可以想像他眼裡湧出來的是純酒。他雖然有點醉了，不過同時也在承受著某種眞切而難以忍受的悲痛。溫斯頓童稚的心靈感受到，一定有一件可怕的、不能原諒也無可挽回的事情發生了，而且他似乎知道那是什麼：那位老先生心愛的人，也許是小孫女，被炸死了。每隔幾分鐘，那老先生就反反覆覆地說：

「我們不應該相信他們的。我都說了，孩子他媽，不是嗎？這就是相信他們的結果。我一直都這麼說的，我們不應該相信那些傢伙的。」

不過他們不應該相信的是哪些傢伙，溫斯頓已經記不起來了。

大約從那一次以後，戰爭簡直可以說不曾間斷，只是嚴格來說，並不是同一場戰爭一直在打。在他小時候，倫敦曾經一連幾個月發生混亂的巷戰，有些情景他還記得很清楚。可是要追溯那整段時期的歷史，說出在某一個時間誰跟誰打仗，卻是完全不可能的，因爲除了現在的同盟國以外，根本沒有任何文字記載或口頭說法提到還有另外的同盟。以目前的一九八四年來說（如果眞是一九八四年的話），大洋國正和歐亞國打仗，和東亞國結盟，而不論官方或私人的談話，都從不承認這三大國曾經有過不同的結盟關係。實際上，溫斯頓記得很清楚，就在四年以前，大洋國是跟東亞國作戰，跟歐亞國結盟的。但這不過是由於他的記憶沒有受到徹底的控制，而偷偷保留下來的一丁點知識而已。官方的說法是，盟友關係的改變從來沒有發生過，大洋國現在正和歐亞國打仗，它就一直都是和歐亞國打仗。當前的敵人永遠代表絕對的邪惡勢力，由此推之，不管是過去還是將來，都不可能和它締結協約。

他一邊用力把肩膀往後挺（手托臀部，從腰部以上旋轉上身，這種體操據說對背部肌肉有好處），一邊想著一件可怕的事——他這樣想已經有上萬次了——那就是，這一切都可能變成眞的。如果黨能夠把手伸進過去之中，說這件事或那件事「從來沒有發生過」，這無疑比拷打或死亡還要可怕。

黨說大洋國從來沒有和歐亞國結過盟，他，溫斯頓．史密斯，知道僅僅四年以前，大洋國曾和歐亞國結過盟。但是這個知識存在於什麼地方呢？只存在於他自己的意識之中，而這種意識無論如何一定很快就被消滅。如果人人都相信黨捏造的謊言——如果所有記載都是同樣的說法——那麼這些謊言就會載入歷史，成爲眞實的事物。黨的一句口號是：「誰控制過去就控制了未來，誰控制現在就控制了過去。」然而，過去就性質來說雖然可以改變，但其實從來沒有眞的改變過。凡是目前認爲眞實的事物，將永遠被認爲是眞實的，這很簡單，只消無止境地征服你的記憶就行了。他們把這種辦法叫做「控制現實」，用新話來說就是「雙重思想」。

「稍息！」那個女教練叫道，口氣稍稍溫和了些。

溫斯頓垂下兩臂，徐徐吸了一口氣。他的心思溜進雙重思想的迷離世界裡去了：知道卻又不知道；明知完整的眞相卻精心編造謊言；同時懷有兩種相互抵消的意見，明知二者相互牴觸卻仍然同時相信；用邏輯反駁邏輯；聲稱崇尚道德卻又排斥道德；既認爲民主不可能實現，又相信黨是民主的捍衛者；忘記必須忘記的事情，但在需要用到時又放回記憶裡，接著又馬上忘掉它；還有最重要的，把這種做法運用到做法本身上面。這是最絕妙透頂的了：有意識地進入無意識，然後又變得無意識於你剛剛的自我催眠。就連要了解「雙重思想」的涵義，也得用上雙重思想。

女教練又叫大家立正了。「現在看看誰能碰到腳尖！」她熱切地說：「同志們，這樣彎下去，一——二！一——二……」

溫斯頓厭惡這種運動，因爲這使他從腳後跟一直到臀部都在疼痛，而且最後往往引起咳嗽發作。剛才從沉思中得到的一點樂趣，也煙消雲散了。他想著，過去不但已被改變，實際上已被消毀無遺了。既然除了你自己的記憶以外，世上沒有任何記載，試問你怎能確定哪怕是最明顯的事實呢？他努力回想第一次聽人提及老大哥是哪一年，他想大概是六〇年代的事了，但是想確定下來根本不可能。當然，根據黨史的記載，老大哥從建黨時期就一直是革命的領導人及捍衛者，他的功勳隨著時間被人漸漸往前推，一直推到了四〇年代和三〇年代那個美好的時代，那時候資本家仍然戴著奇形怪狀的圓頂高帽，坐在光彩奪目的大汽車或有玻璃窗的馬車上，駛過倫敦的大街。你沒辦法知道這種傳說有幾分眞、幾分捏造。溫斯頓甚至記不起黨是哪一天成立的，他不認爲他在一九六〇年以前聽過「英社」這個詞，但是有可能這個詞的「老話」版——即「英國社會主義」——在更早以就流行了。一切都融化在迷霧之中。的確，有時候你可以明確指出什麼是謊言，譬如，黨史裡說飛機是黨的發明，這是錯的，他記得從小就有飛機了。可是你沒辦法證明，從來就沒有證據。他一生中只有過一次，手裡拿到無可置疑的證據，足以證明某一個史實是捏造出來的，而那一次……

「史密斯！」電幕上那個潑悍的聲音叫道：「六〇七九號的溫．史密斯！沒錯，就是你！請你彎低些！你還能做得更好，你沒有盡力。低一些！這樣好多了，同志。現在全隊稍息，看著我。」

溫斯頓全身一熱，汗珠直冒，但是他臉上一無表情。千萬不能顯露驚慌！千萬不能顯露憤恨！只要眼光一閃，就有可能洩了你的底。他站在那裡看著那女教練把手臂高舉過頭——姿勢談不上優雅，但非常乾淨俐落——彎下身，把手指放到了腳趾下面。

「就是這樣，同志們，我要看到你們這樣做。再看我做一遍。我已經三十九歲，有四個小孩子了。可是看我。」她再一次彎下身。「你們看，我的膝蓋沒有彎。你們只要有心都做得到，」她一邊說邊直起身來：「四十五歲以下的人要碰到腳趾是完全沒有問題的。不是人人都有這個殊榮，可以到前線去作戰，可是至少我們可以把身體操練好。別忘記我們在馬拉巴前線的弟兄們、在浮動堡壘上的水兵們！想想他們得承受的艱苦。現在再來一次。好多了，同志，好多了。」女教練鼓勵地說，因爲溫斯頓猛地向前一彎身，膝蓋挺直，指尖碰到了腳趾——這是他多年來的第一次。

4

一天工作開始，雖然電幕離溫斯頓坐的地方很近，也阻止不了他下意識地深深嘆了一口氣，他把說寫器拉過來，吹去話筒上的灰塵，戴上眼鏡，然後把辦公桌右邊那支氣送管送出來的四筒小捲紙打開，夾在一起。

辦公室隔板上有三個洞，說寫器右邊的洞是專送書面指示的氣送管，左邊較大的洞專送報紙，側邊牆上溫斯頓伸手可及的地方，有一個鐵絲網蓋著的橢圓形大洞孔，這是丟廢紙用的。這種洞孔整幢大廈內有數萬個之多，不僅每個房間都有，而且每道走廊上相隔不遠就有一個。爲了某種原因，大家把這種洞孔暱稱爲「記憶洞」。只要你知道有什麼文件應當銷毀，或甚至看到什麼地方有一張廢紙，你就會自動掀起近旁的記憶洞蓋子，把文件或廢紙丟進去，讓暖氣流把它捲到隱藏在大廈某處的大鍋爐裡去燒毀。

溫斯頓查閱他打開的那四張紙條，每張紙條上只有一、兩行指示，用部內使用的縮寫寫成，這種縮寫不完全是新話，但使用了大量的新話詞彙。紙條上的指示是：

泰晤士報84・3・17BB演說誤報非洲改正
泰晤士報83・12・19三年計畫八三年第四季估計印錯查對今日報紙
泰晤士報84・2・14富部誤引巧克力改正
泰晤士報83・12・3報導BB日令倍加不好提及非人全部重寫並歸檔前呈上核示

溫斯頓把第四張紙條放在一旁，心裡隱隱有一種得意的感覺。這是一件責任重大的複雜工作，最好放到最後處理。其他三項只是例行公事而已，雖然第二項大概需要查閱一系列數字，會很繁瑣費神。

溫斯頓在電幕上打了「過期報刊」幾個字，要了相關期間的《泰晤士報》，不消幾分鐘，報紙就從氣送管掉下來。他接到的指示提到一些文章或新聞，爲了這個或那個原因必須修改，用官方的說法，就是必須「改正」。例如，從三月十七日《泰晤士報》的報導看來，老大哥在前一天的演說中預言，南印度前線將平靜無事，歐亞國將在日內進攻北非。結果歐亞國最高統帥進攻的是南印度，而沒有碰北非。於是就有必要改寫老大哥演說詞裡的一段話，使他的預言和實際情況吻合。又如，十二月十九日的《泰晤士報》刊載了官方對於一九八三年第四季、即第九個三年計畫的第六季各類消費品的產量，而今天的《泰晤士報》刊載了實際產量報告，顯示出以前的估計錯誤百出。溫斯頓的工作就是把原來估計的數字改正，使之和今天發表的數字符合。至於第三項指示，只涉及一個很簡單的錯誤，三兩分鐘就能改妥：就在今年二月間，富裕部曾經承諾（官方說法是「絕對保證」）一九八四年內絕不會減少巧克力配給量；但實際上，溫斯頓也知道，巧克力的配給量將從本週末起由三十公克減爲二十公克，他需要做的，就是把原來的保證改成警告，說很有可能需要在四月間減少配給量。

溫斯頓每處理完一項指示，就把用說寫器寫好的修正稿夾在那天的《泰晤士報》上，送進氣送管裡。然後，他盡可能以像是下意識的動作，把原來的指示和自己所擬的草稿揉成一團，擲進記憶洞裡去讓火焰吞噬。

這些氣送管就像通往看不見的迷宮，而在那裡情況究竟會如何，他並不具體了解，不過一般情況他是知道的。不管哪一天的《泰晤士報》，凡是需要更正的部分收齊核對以後，那一天的報紙就要重印，原來的報紙則銷毀，以改正後的報紙替代歸檔。這種持續不斷的竄改，並非只限於報紙，甚至書籍、雜誌、小冊子、海報、傳單、電影片、原聲帶、漫畫、照片，凡是可能含有政治或思想意義的一切文獻書籍，都必須時時加以改正。一天接著一天，幾乎每隔一分鐘，過去都被修改得和當前情況吻合，使得黨所作的每一項預言都能用文獻來證明是正確的；而凡是跟當前需要不符的新聞或意見，也都不許保留在紀錄上。全部的歷史就像一張隨時都可以刮乾淨重寫的羊皮紙。竄改的工作一旦完成以後，想要證明僞造歷史的事曾經發生也是完全不可能的。紀錄處裡最大的一個部門——比溫斯頓所屬的這個部門要大得多——裡面職員的工作，就是找出及蒐集所有內容過時而必須銷毀的書籍、報紙和文件。某一天的《泰晤士報》可能因爲政治組合的變化，或者老大哥預言錯誤，而改寫過十幾次，但仍會以原來的日期歸檔，其他版本則一概不留，以免說法有矛盾。書籍也一樣一而再、再而三地回收重寫，然後重新發行，但不會註明曾經作過修改。就連溫斯頓接到的書面指示，一經處理後就會銷毀，上面也從來不表達出要他幹僞造勾當之意，總是只指出有疏失、出錯、排印或引用錯誤之處，爲了準確起見必須改正過來。

不過，溫斯頓一邊修改富裕部發表的數字一邊想，實際上這連僞造都談不上，不過是拿一段廢話來替代另一段廢話而已。你所處理的大部分材料與現實世界沒有任何關聯，甚至連直截了當的謊言中那種與現實世界的關聯都沒有，原始版本的統計數字也跟改正過的一樣，完全是憑空捏造的。好比說，富裕部曾預測這一季的皮鞋產量是一億四千五百萬雙，實際產量報告出來的數字是六千二百萬雙，但是溫斯頓在重寫估計額時，把數字減到五千七百萬雙，這樣便能用一貫的說法宣稱超額完成了計畫。反正，六千二百萬雙並不比五千七百萬雙更接近事實，也不比一億四千五百萬雙更接近事實，很可能根本一雙皮鞋都沒有生產。更可能的是，沒有人知道究竟生產了多少雙，更沒有人關心這件事。你知道的只是，每個季度在紙上生產了天文數字的皮鞋，而大洋國的人民或許有半數是赤足無履的。每一種記載，不論事之大小，都像這樣。一切都消隱到一個影子世界裡，最後，連今夕是何年也沒辦法確定了。

溫斯頓向大廳對面望去，相對那一間的辦公隔間裡，是一個外表嚴謹、下巴黝黑的小個子，名叫狄洛生，他正忙個不停地工作著，膝蓋上放著一卷報紙，嘴巴貼近說寫器，顯出一副除了電幕以外不想旁人聽到他說的話的神情。他抬起頭來，眼鏡向溫斯頓的方向閃了一下敵意的反光。

溫斯頓跟狄洛生並不熟，不知道他擔任的是什麼工作。紀錄處裡的人不大談論自己的職務，在這間沒有窗戶、隔成兩排小隔間的長形大廳裡，永遠只聽到紙張的窸窣聲和對著說寫器說話的嗡嗡聲，有十幾個人溫斯頓連姓名都不知道，儘管他每天看到他們在走廊上匆匆走過，或者在

「兩分鐘仇恨」時間裡揮手跺腳。他知道在隔壁的小隔間，那個黃褐色頭髮小婦人每天忙來忙去的工作，就是把那些已經人間蒸發，因而被視爲從來沒有存在過的人的名字，從報紙上剔除。這工作在某種意義上很適合她，因爲她自己的丈夫就是在兩三年前人間蒸發的。再過去幾間的隔間裡，是一個態度溫和、不著邊際、愛作白日夢的傢伙，名字叫做安普福斯。他耳朵上長了很多毛，卻令人意想不到地具有玩弄格律韻腳的天才，他所擔任的工作就是竄改那些在意識形態上冒犯了黨，但爲了某種原因仍需保留在選集裡的詩歌——經竄改的版本就叫做定稿本。這間容納了五十來個員工的辦公大廳，只不過是整個龐大複雜的紀錄處的一個課，就像一個細胞那樣。大廳外面、樓上、樓下，還有多如牛毛的員工在做著各式各樣、名目之多令人難以想像的工作。這裡有大型印刷廠，裡面有編校排印人員和設備講究的暗房，專供僞造照片之用；有電視節目組，裡面有工程師、製片人和擅長模仿別人聲音的演員；有大批大批的文獻資料員，他們的工作就是開列需要回收的書刊清單；有龐大的存檔室存放改正後的文件，以及隱藏某處、用來銷毀原件的鍋爐。而在大樓的某個角落，沒有人知道在哪裡，還有那些領導整個工作的決策者，他們訂定方針，決定這一段過去應該保留，那一段應該竄改，另外一段又應該完全不留痕跡。

不過說到底，紀錄處本身也只是眞理部的一個部門，它的主要任務不在於重塑過去，而在於爲大洋國的人民提供報紙、影片、教科書、電視節目、戲劇、小說——提供你想像得到的一切訊息、教育或娛樂，從一尊塑像到一句口號，從一首抒情詩到一篇生物學論文，從一本學童拼字書到一本《新話辭典》。眞理部不僅要滿足黨的五花八門的需要，還要把這一切另外做一套較低級的版本，供無產階級享用。因此眞理部有另一體系的部門，專門負責無產階級文學、音樂、戲劇和一般娛樂，那裡出版的無聊報紙幾乎只有體育新聞、犯罪新聞和星座分析，此外還生產廉價的言情小說、充滿性愛鏡頭的色情電影、用一種叫做「作詞器」的萬花筒機譜寫的抒情歌曲。甚至有一整個科——新話叫「色情科」——專門負責生產最低級的色情書刊和電影，他們的產品都密封包裝，除了相關工作人員之外，所有黨員都不得偷看。

溫斯頓工作的時候，又有三張指示從氣送管掉了出來，不過任務都很簡單，他在「兩分鐘仇恨」時間之前就處理掉了。「仇恨」結束後，他回到他的小隔間，從架子上取下一本《新話辭典》，把說寫器推到一旁，擦了擦眼鏡，準備開始他這天上午最主要的工作。

溫斯頓生活中最大的樂趣就在工作。他的工作大都是繁瑣的例行公事，但有時也會碰到複雜困難的差事，讓人鑽進去之後就忘掉自己，像鑽進一個深奧的數學問題一樣——就是那種微妙細膩的僞造工作，除了根據你自己對英社主義的理解和對黨要你說些什麼話的估計以外，你沒有其他準繩可資依循。溫斯頓對這種工作卻很在行，有一次他甚至受命改正《泰晤士報》完全用新話寫成的社論。他打開了剛才放在一邊的那張指示，上面寫著：

泰晤士報83・12・3報導BB日令倍加不好提及非人全重寫歸檔前呈上核示

譯成老話（即標準英語）可以這麼說：

一九八三年十二月三日《泰晤士報》關於老大哥每日一令的那篇報導極爲不妥，提到了不存在的人。須全部重寫，寫完先呈交上級審核指示，再歸檔。

溫斯頓把那篇有問題的報導讀了一遍。原來老大哥那天的每日一令，主要是表揚一個叫做FFCC的機構的工作，這個機構的任務是供應香菸及其他慰勞品給海上浮動堡壘上的水手們。老大哥還特別提到一個名叫威瑟斯的重要內黨黨員，並授予二級功績勳章。

三個月後，FFCC突然遭到解散，也沒有宣布任何理由。你可以假定威瑟斯和他的同僚已經失寵，可是報紙和電幕對此事隻字未提，這是意料中事，因爲對政治犯通常是不公開審訊或甚至公開譴責的。那種動輒千萬人的大清算，對叛國賊和思想犯進行公審，讓他們求饒認罪後再加以處決，只是每兩三年舉行一次的示眾把戲而已。通常的情況是，招黨不滿的人就此失蹤，下落不明，你永遠不會知道他們究竟遭到什麼下場，其中有些人可能根本沒有死。溫斯頓認識的人裡面，不算他自己的父母，先後失蹤的就大概有三十人了。

溫斯頓用一根迴紋針輕輕刮著鼻子。在對面的小隔間裡，狄洛生同志仍然神祕地伏在說寫器前面說話。他抬了一下頭，眼鏡又閃了一下敵意的反光。溫斯頓感到好奇，狄洛生同志會不會也接到了跟他一樣的工作。這是完全有可能的，這麼難處理的工作絕不會只交給一個人；另一方面，交給一個委員會來做，又等於公開承認有僞造的情況發生。很可能有多達十幾個人，現在正忙著把老大哥實際說過的話修改成各自的版本，將來由內黨的某個高層智囊選用其中一個版本，加以編輯，再發動人力進行必要的文獻核對，經過這一複雜的程序後，被選中的這個謊言就會載入永久紀錄，成爲事實。

溫斯頓不知道威瑟斯何以失寵，也許是貪汙，也許是失職，也許老大哥只是要除掉一個太得人心的下屬，也許威瑟斯或他的某個親信有傾向異端之嫌，也可能——這是可能性最大的——這種事就是會發生，因爲清算和人間蒸發是政府運作的必要手段。唯一可循的具體線索在「提及非人」幾個字，這表示威瑟斯已經死了。並非被捕的人你都可以作這樣的假設，有時候他們會釋放出來，重獲自由達一兩年，再遭到處決。很偶爾會有一次，你以爲早已死去的人像鬼魂般出現在公開審判會上，他的供詞會株連好幾百人，然後再銷聲匿跡，這次則永遠不再出現。但是，威瑟斯已經是「非人」了：他並不存在，他從來沒有存在過。溫斯頓決定，僅僅把老大哥演詞的傾向倒過來是不夠的，最好是改爲和原來的話題完全無關的事。

他可以把演詞改爲常見的譴責叛國賊和思想犯的話，但這有點太明顯了；若要捏造前線的勝利，或第九個三年計畫的超額生產，又會涉及複雜的紀錄修改工作。這裡需要的是純粹虛構的幻想。突然間，他腦海裡跳出一個叫做奧吉偉同志的人物，像現成的一樣，這人最近在戰場上英勇陣亡。老大哥有時候會在每日一令中表揚某個低階的普通黨員，把這個人的生死當作值得大家學習的榜樣。今天，他應該表揚奧吉偉同志。的確，事實上根本沒有奧吉偉這個人，但是只消幾行字句、幾張僞造的照片，很快他就會存在這世上了。

溫斯頓想了一會，接著把說寫器拉到面前，開始口述起來，用的是大家熟悉的老大哥口吻：既有軍人味道又有學究口氣，而且，由於喜歡用提出問題然後馬上自己回答的技巧（「同志們，我們從這個事實中得到什麼教訓？教訓——這也是英社的一個基本原則——教訓就是……」等等），所以很容易模仿。

奧吉偉同志三歲的時候，除了一面鼓、一把衝鋒槍、一架直升機模型以外，什麼玩具都不要。六歲時，他加入少年偵察隊，比規定早了一年，是有關單位特別通融；九歲他就當上了隊長。十一歲時，他偷聽到他叔叔跟別人的對談，覺得有犯罪傾向，向思想警察作了告發。十七歲，他當上青少年反性團的區隊長。十九歲，他設計了一種手榴彈，被和平部採用，首次試用時就一舉炸死三十一個歐亞國戰俘。二十三歲，他戰死沙場，當時他正攜帶重要文件飛越印度洋上空，遭到敵人的噴射機追擊，他便把機槍繫在身上，跳出直升機外，帶著文件沉入海底——這樣的結局，老大哥說，無法不使人羨慕。老大哥又對奧吉偉同志一生的純潔和忠心不二說了幾句話，他菸酒不沾，除了每天到健身房運動一小時以外，沒有別的娛樂；他立誓過獨身生活，認為結婚和照顧家庭跟二十四小時全天堅守崗位是不相容的；除了英社的信條以外，他沒有別的話題，除了打敗歐亞國敵人和搜捕間諜、破壞分子、思想犯和叛國賊，他沒有別的人生目標。

溫斯頓考慮了很久，要不要授予奧吉偉同志功績勳章，最後他決定不要，因為這會產生很多不必要的核對工作。

他又看了一眼對面小隔間的那個競爭對手。似乎有些什麼讓他很肯定，狄洛生正在忙跟他同樣的工作。沒有人知道誰的版本最後會被採用，但是他深有信心會是自己的版本。一個小時以前還想像不到的奧吉偉同志，現在已成為事實，他自己也覺得奇怪，你能創造一個死了的人，但不能創造活人。到目前為止從來沒有存在過的奧吉偉同志，現在卻存在於過去了，一旦這個偽造勾當被遺忘以後，他的存在就會跟查理曼大帝或凱撒大帝一樣有真憑實據，也一樣可信了。

5

在深入地下、天花板低矮的公共食堂裡，午餐的隊伍挪動得很慢。室內擠滿了人，人聲鼎沸。燉菜的蒸氣不斷從櫃台的鐵格子窗裡冒出來，帶著一股鐵腥的酸味，卻掩蓋不了勝利牌琴酒的酒氣。食堂的另一端有個小型酒吧，實際上只是牆壁上開了一個小洞，讓你可以花一角錢買一大杯琴酒。

「我正在找你。」有人在溫斯頓背後說。

他轉過頭來，原來是他的朋友賽姆，在研究處工作的。也許「朋友」不是確切的形容，在這個時代裡，你沒有朋友，只有同志；不過跟有些同志交往會比跟另一些令人愉快得多。賽姆是個語言學家，專門研究新話，事實上他是目前正在編纂《新話辭典》十一版的龐大團隊裡的專家之一。他身材短小，比溫斯頓還不如，長著一頭黑髮，有一雙凸出的大眼睛，眼神裡既是憂傷又是嘲諷，跟人說話時好像在對方臉上搜尋什麼似的。

「我想問你，你有刮鬍刀片嗎？」他說。

「一片也沒有了！」溫斯頓帶著心虛急促地說：「我到處都問過了，已經沒有這種東西了。」

每個人都問你要刀片，實際上溫斯頓藏起了兩片新的。最近幾個月來，刀片已成了奇貨可居。不管什麼時候，黨營商店總有一些日常必需品無法供應，有時是鈕扣、有時是毛線、有時是鞋帶，現在則是刀片缺貨。如果真的還有的話，也只有偷偷摸摸到「自由」市場上去搜刮，才能弄到一些。

「我現在那片已經用了六個星期了。」他不老實地加了一句。

午餐的隊伍向前移動了一下，停下來時他又轉過身來面對賽姆。兩人從櫃台邊上各自拿了一只油膩的鐵盤。

「你昨天有去看戰俘受絞刑嗎？」賽姆問。

「我那時在辦公，」溫斯頓漠不關心地說：「我想總會在電影中看到的。」

「那可是沒得比。」賽姆說。

他嘲諷的眼神在溫斯頓臉上轉來轉去，似乎在說：「我知道你，我看穿了你。我很清楚你爲什麼不去看戰俘受絞刑。」賽姆是個聰明人，思想正統，正統到了惡毒的程度，他會幸災樂禍地談論直升機對敵方村莊的轟炸、思想犯的審訊與招供、仁愛部地下室裡的處決，態度令人厭惡。跟他談話主要是要設法把他這些話題岔開，盡可能用新話的技術問題來套住他，因爲這是他的權威領域，也是他的興趣。溫斯頓把頭別開一些，避開他那雙烏黑大眼珠的打量。

「那絞刑眞是夠瞧的，」賽姆追憶道：「可惜他們把那些戰俘的腳都綁起來了，我喜歡看他們兩腳亂踢的樣子。尤其是，最後他們的舌頭伸出來，顏色都變藍了——很醒目的藍。最吸引我的就是這些細節。」

「下一位！」裹著白圍裙、手拿勺子的工人叫道。

溫斯頓和賽姆把餐盤推到櫃台的鐵格子窗下，一份標準午餐即刻堆到了盤子上：一盅暗紅色的燉菜、一大塊麵包、一小塊乾酪、一杯沒加奶的勝利牌咖啡、一片糖精。

「那邊有張空桌子，電幕底下。」賽姆說：「我們順道買一杯酒過去。」

他們接過用沒有握柄的大瓷杯盛的酒，穿過擁擠的人群走到那張空桌邊，把餐盤裡的食物一樣樣放到鐵皮桌面上。桌子一角有人撒了一灘燉菜，黏糊糊的很像嘔吐物。溫斯頓舉起酒杯，頓了一下，一鼓作氣地把帶著油味的酒吞下去。他眨眨眼睛把淚水擠出來，突然發覺肚子已經餓了，便狼吞虎嚥地把燉菜一匙一匙往嘴巴裡塞，稀薄的燉菜裡有一塊塊軟綿綿的紅色東西，大概是肉製品。兩人把盅裡的燉菜吃完以前，都沒有再交談。溫斯頓身後左邊的餐桌上，有一個人正喋喋不休地說著話，聲音粗啞，就像鴨子叫，在一片喧鬧中聽來特別刺耳。

「那本字典進行得怎樣啦？」溫斯頓拉高嗓子說，想要蓋過食堂裡的吵雜聲。

「進行得很慢，」賽姆說：「我現在在弄形容詞，很有意思。」

一提起新話，他就精神振奮起來。他把菜盅推到一邊，一隻纖細的手拿起麵包，另一手拿起乾酪，身子挨近桌面，這樣就不必扯著嗓子說話。

「第十一版是最後定稿版本，」他說：「我們正在給新話定型，將來大家都只用這種語言說話的時候，用的將會是這種形式。這個工作完成以後，像你這樣的人就得重新學起。我敢說，你一定以為我們的主要工作是創造新字，一點都不是這樣！我們是在銷毀舊詞彙，每天幾十個、幾百個地銷毀，我們要把語言精簡到只剩下骨架。第十一版絕不會包含任何一個在二〇五〇年以前會廢除不用的詞彙。」

他大口咬著麵包，嚥了幾口，才又帶著書呆子式的熱情繼續說。他清瘦黝黑的臉龐變得生氣勃勃，眼神也不再嘲諷，而幾乎有點夢幻起來。

「銷毀詞彙是一件很美妙的事。最沒有用的當然就是動詞和形容詞，不過名詞也有好幾百個是可以廢除的，不只是同義詞，還有反義詞也是。說眞的，一個詞如果只不過是另一個詞的反面，又有什麼理由存在呢？一個詞本身就包含了自己的反面，拿『好』（good）這個字來說，你已經有一個『好』字，怎麼還會需要『壞』（bad）字呢？用『非好』（ungood）就行了——甚至還更適合，因爲它是『好』的正反，別的字都不是。再比如，你如果要一個比『好』更強的字眼，爲什麼需要一連串像『傑出』、『出色』等等含糊不清的無用詞彙呢？『加好』（plusgood）就包含這個意思了，如果還要再強一點，就用『倍加好』（doubleplusgood）。當然，這些形式我們已經在用了，不過等到新話最後定下來的時候，就沒有別的了。到最後，整個好和壞的概念只要六個詞彙就能夠涵蓋——實際上，只要一個詞彙。溫斯頓，你不覺得這很妙嗎？當然，這最初是老大哥的主意。」他補充說。

一聽到老大哥，溫斯頓臉上勉強閃過一抹熱切之意，但是賽姆馬上察覺出他缺乏一定的熱情。

「溫斯頓，你沒有眞正領略到新話的美妙之處。」他有點悲哀地說：「即使你在用新話寫東西，你的思考模式還是屬於老話的。我讀過你在《泰晤士報》寫的幾篇文章，寫得不錯，可是只能算翻譯。在你心裡，你還是比較喜歡用老話，喜歡老話的含糊不清，還有它毫無用處的辭義變化。你沒辦法理解銷毀詞彙的妙處。你知道嗎？新話是世界上唯一詞彙量在逐年減少的語言。」

溫斯頓當然不知道這點。他露出微笑，希望是贊同的笑容，他不敢說話，怕自己不知會說出什麼來。賽姆又咬了一口黑麵包，嚼了幾下，繼續說：

「你難道不懂，新話的整個目的就是要縮小思想範圍嗎？最後我們將使思想罪不可能再發生，因爲不會有詞彙可以表達。每一個有必要用到的概念，將只用一個詞來表達，這個詞有嚴格的定義，所有附帶含意都被消除，然後遺忘。我們編纂的第十一版《新話辭典》離這個目標已經不遠了，但這個工作在你我死後，都還會繼續下去，詞彙一年比一年少，意識範圍也就愈來愈狹窄。當然，即使是現在，我們也沒有理由或藉口去犯思想罪，這只是自我約束、控制現實的問題，但到最後，我們連這些都不需要了。等到新話完善之後，革命也就成功了。新話就是英社，英社就是新話。」他帶著一種神祕的自滿補充說。「溫斯頓，你有沒有想過，最遲到二〇五〇年，世界上再不會有人聽得懂我們現在這樣的談話了？」

「除了……」溫斯頓懷疑地開口說，話到嘴邊又縮了回去。

他差點說出口的一句話是：「除了無產者以外。」但是他制止了自己，不敢肯定這句話是不是有些不正統。不過，賽姆已經猜出了他想說的是什麼話。

「無產者不是人，」賽姆輕描淡寫地說：「到了二〇五〇年，或許更早些，所有關於老話的知識都將消失，過去的文學全都會摧毀淨盡，喬叟、莎士比亞、密爾頓、拜倫——他們將只以新話的版本存在，不只是改變成不同的形式，而是改變成跟原來相反的東西。甚至連黨的文獻也會改變、黨的口號也會改變，如果自由的概念都被廢除了，你又怎還能有『自由就是奴役』這樣的口號呢？整個思想的氣氛將會不同，事實上，將來不會再有我們今天所說的這種思想。正統的意思就是不想——不需要想，正統就是無意識。」

溫斯頓聽到這裡，突然深深相信，總有一天賽姆會人間蒸發。他太聰明了，他把一切看得太清楚、講得太坦率了。黨不喜歡這種人。有一天他會失蹤，這個結果已經寫在他的臉上。

溫斯頓已經吃完麵包和乾酪，他稍稍側過身子去喝咖啡。他左邊桌子那個聲音像鴨子叫的傢伙仍在滔滔不絕地講著，一個像是他祕書的年輕女子背對著溫斯頓，坐在那裡聽他說話，不管他說什麼都熱切地表示贊同。溫斯頓不時聽到一把年輕傻氣的女人嗓音說著像這樣的話：「你說得太對了，我完全同意。」但是另外那個人的聲音一刻也不曾停下來，即使那女子說話的時候，也仍在喋喋不休。溫斯頓認得那個人，不過除了知道他在小說處擔任重要職位以外，其他就什麼也不知道了。這人年約三十，頸粗口闊。他的頭稍稍向後仰，加上坐著的角度，使他眼鏡上有反光，溫斯頓只看見兩片空鏡片，看不見眼睛。令人有些受不了的是，從他嘴巴滔滔不絕地發出來的聲音中，幾乎一個字也聽不出來。溫斯頓只有一次聽見了這麼一句——「完全徹底地消滅戈斯坦主義」——說得很急促，好像鑄在一起的一行鉛字似的，字全部黏在一起。其他就完全只是嘎嘎的噪音了。然而，你雖然聽不清他實際上在說些什麼，對他談話的大致內容卻不會有任何懷疑，他可能正在痛斥戈斯坦和鼓吹更嚴厲地制裁思想犯及破壞分子；他可能正在怒罵歐亞國軍隊的暴行；他可能正在歌頌老大哥或馬拉巴前線的英雄——反正沒什麼不同。不論他說的是什麼，你可以肯定每一個字都是純粹正統、純粹英社的論調。溫斯頓看著那張沒有眼睛的臉，臉上那張嘴巴快速地一張一闔，心中有一種奇怪的感覺，好像那不是一個真的人，只是假人、傀儡而已，說話的不是那個人的腦子，而是他的咽喉；他嘴巴裡吐出來的聲音雖然一個個都是字，卻不是真正的話語，而是在無意識狀態下發出的噪音，像鴨子嘎嘎叫一樣。

賽姆陷入一陣沉默，他正用湯匙柄在桌上那灘燉菜糊中畫著圖案。隔壁桌那把聲音繼續飛快地嘎嘎說著，在周圍的喧譁中仍然很容易聽見。

「新話裡面有一個詞，」賽姆說：「我不知道你曉不曉得，叫『鴨話』，就是像鴨子那樣嘎嘎叫。這個詞很有意思，是那種有兩個相反意義的詞，用在敵人身上，就是侮罵；用在和你意見相同的人身上，卻是讚美了。」

溫斯頓又在想：毫無疑問，賽姆一定會人間蒸發。他是懷著憂傷這麼想的，儘管他明知賽姆瞧不起他、有點不喜歡他，而且只要覺得有需要，完全有可能指控他是思想犯。賽姆就是有什麼地方不對勁，他缺少了些什麼：謹慎、獨善其身、一種有保護作用的愚蠢。你不能說他的思想不正統，他信仰英社主義、崇敬老大哥，戰爭勝利時他欣喜雀躍，異端出現時他嫉惡如仇，不只出於眞心誠意，還帶著一股按捺不住的熱情，一種對最新資訊的了解，而這是一般黨員所沒有的。但是他總給人一種靠不住的感覺，他常常說些最好不說爲妙的話，他讀太多書，又常常去栗樹咖啡館，那裡是畫家和音樂家聚集的地方。雖然沒有法規——連不成文法規也沒有——禁止黨員光顧栗樹咖啡館，但那個地方就是有點不祥。黨內那些失寵的老領導人最後遭到清算以前，也常常去那裡混。據說好幾十年前，有時候也能看到戈斯坦在那裡。賽姆的下場不難預料，可是事實是，只要賽姆探悉溫斯頓心底的想法，哪怕三秒鐘也好，他也會馬上向思想警察檢舉溫斯頓；雖然任何其他人都可能會這麼做，但賽姆的可能性最大。光有熱情並不夠，正統思想是無意識的。

賽姆抬起頭來，說道：「帕森斯來了。」

他話音裡似乎還有這樣一層意思：「這個大笨蛋！」帕森斯是溫斯頓在勝利大廈的鄰居，他果眞穿過食堂裡的人群過來了。他是個圓圓胖胖、不高也不矮的男人，淡金色頭髮，有一張青蛙臉，雖然才三十五歲，脖子和腰圍已經長出一圈圈肥肉，不過他的動作相當敏捷，帶三分孩子氣。他的整個外表就像一個長得太大的小男孩，因此雖然穿著工作制服，仍然令人不由覺得他是穿著少年偵察隊的藍短褲、灰襯衣和紅領巾。想到他的時候，你腦海裡總會浮現胖嘟嘟的膝蓋、捲起的袖子露出又粗又短的手臂。事實上，只要有機會，好比團體遠足或其他體育活動，他一定會穿上短褲。帕森斯興高采烈地向他們兩人打招呼：「哈囉！哈囉！」就在桌子旁邊坐了下來，渾身散發出一股濃烈的汗臭，紅潤的臉上冒著一顆顆汗珠。他出汗的本事是不同凡響的，在社區活動中心，你只要看看球拍手把有多濕，就知道他是不是剛剛打過乒乓球。賽姆掏出一張紙來，正用手中的自來水筆在研究上面一長串的字。

帕森斯用手肘推一推溫斯頓說：「你看他，吃飯的時候還在工作，這就叫積極，嗯？老兄，你在看什麼？對我這樣的粗人大概是太高深了。史密斯老兄，我告訴你，我到處找你，你忘記繳捐款給我了。」

「哪一項捐款呀？」溫斯頓問，一邊自動伸手去掏錢。黨規定每個人的薪水大約四分之一要用作志願捐款，而捐款名目之多，令人很難記清楚。

「『仇恨週』的捐款啊！你知道，就是挨戶分攤的款子，我是我們那棟大廈的財務。我們正在竭盡全力，一定要做一場大的。告訴你，萬一勝利大廈掛出來的旗子不是整條街上最多的，可不是我的錯。你答應過捐兩塊錢的。」

溫斯頓從口袋掏出兩張既髒又皺的鈔票，交給帕森斯，帕森斯用文盲典型的整齊字體，把款項記在一個小本子上。

「對了，老兄，」他說：「聽說我那小傢伙昨天拿彈弓射了你。我狠狠地罵了他一頓，我告訴他，他再這樣我就把彈弓收起來。」

「我想他是因爲不能去看絞刑才有點不開心吧。」溫斯頓說。

「啊，這個嘛——我要說的是，這樣的精神是好的，不是嗎？這兩個小傢伙都好頑皮，但態度積極是沒話說！整天想的就是少年偵察隊，當然還有打仗。你知不知道我那小女兒上星期六參加隊上遠足去伯克姆斯特德時做了什麼事？她叫另外兩個女孩跟她一起悄悄離隊去跟蹤一個陌生人，跟了整個下午。她們在樹林裡跟著他足足跟了兩個小時，到了阿麥斯罕時，就把那人交給了巡邏隊。」

「她們爲什麼要這樣做？」溫斯頓有點吃驚地問。帕森斯得意洋洋地繼續說：

「我那孩子心想他一定是敵人的間諜，比方說是跳傘空降的。但是老兄，重點在這裡，你覺得她最先是怎樣發現那人可疑的？她發覺他穿著一雙樣式很怪的鞋，她說她從來沒有見過有人穿這樣的鞋，因此他很可能是外國人。才七歲的小傢伙，眞夠機靈吧？」

「那人後來怎樣了？」溫斯頓問。

「噢，這個我當然不知道。不過我一點也不會覺得意外，他要是……」帕森斯做出舉槍瞄準的姿勢，舌頭「嗒」了一下表示槍聲。

「好極了。」賽姆心不在焉地說，頭也不抬，仍然出神地看著他的小紙條。

「當然，我們不能大意。」溫斯頓盡職地附和道。

「我要說的是，現在正在打仗呀！」帕森斯說。

好像在證實這一點似的，他們頭頂上方的電幕傳出一陣喇叭聲。不過這次並不是宣布什麼軍事勝利的消息，只是富裕部的公告。

「同志們！」一把年輕的聲音急切地嚷著：「同志們請注意！我們有一個好消息向大家報告，我們贏得了生產戰線上的勝利！各類消費品產量的統計已經完成，結果顯示生活水平比去年提高了百分之二十以上。今天上午，大洋國各地都舉行了自發的遊行，工人們走出工廠和辦公室，手舉旗幟標語在街上列隊行進，對老大哥的英明領導給我們帶來幸福的新生活表達感謝。現在讓我來報告部分完成的統計：糧食……」

「我們的幸福新生活」這句話複述了好幾遍，這是近來富裕部愛用的一句話。帕森斯的注意力給喇叭聲吸引了以後，臉上就帶著一種空洞的嚴肅、一種受教誨的無聊表情聽著報告。他無法理解那些數字，但是他明白，反正那些數字就是令人得意的原因。他掏出一根骯髒的大菸斗，裡面已經盛著半斗燒黑了的菸草。由於菸草配給量一星期只有一百公克，想要把菸斗裝滿是不大可能的。溫斯頓正吸著一支勝利牌香菸，他小心翼翼地橫著拿，下次配給要到明天才能買，而他只剩下四支菸了。他的耳朵暫時聽不見較遠的嘈雜聲，只注意聽電幕傳出的報告，看來甚至有人遊行感謝老大哥把巧克力配給量增加到一星期二十公克。他心想，昨天才宣布巧克力配給量要「減少」到一星期二十公克，僅僅隔了二十四小時，他們有可能會相信嗎？是的，他們相信了，帕森斯輕易就相信了，像一頭蠢豬那樣；隔壁桌那個沒有眼睛的傢伙狂熱地相信了，同時還熱切地想要把任何一個膽敢提起上星期配給量是三十公克的人揭發出來，讓他人間蒸發；賽姆也相信了，不過他的想法比較複雜，當中有「雙重思想」。那麼，難道只有他一個人還有記憶嗎？

令人難以置信的數字持續不斷從電幕上傳出來，跟去年比起來，糧食、衣服、房屋、家具、鍋子、燃料、輪船、直升機、書籍、嬰兒等等，什麼東西都增產了，就只除了疾病、犯罪和瘋癲以外。每過一年，每過一分鐘，每個人和每一樣事物都在飛速前進。溫斯頓學賽姆剛才那樣，拿起湯匙蘸著桌上那灘灰糊糊的菜汁，畫出一道長長的圖案。他憤然思索著物質生活的質地，過去一直都是這樣的嗎？食物的味道向來如此嗎？他環顧食堂四周，這是一間天花板低矮、擠得滿滿的空間，牆壁因爲無數人體的接觸而發黑；破舊的鐵桌鐵椅排得很近，大家坐下時免不了手肘相碰；湯匙彎曲，餐盤凹凸，杯子粗糙；所有東西的表面都油膩膩，每一道裂縫裡都藏著汙垢；空氣裡瀰漫著一股劣質琴酒、下等咖啡、有鐵味的燉菜和髒衣服混合起來的酸臭味。你的肚子、你的皮膚永遠在發出一種無聲的抗議，一種你有權享有的東西卻被騙走了的感覺。的確，他記不起曾經有過跟現在很不同的事物，在他有確切記憶的任何時間裡，大家總是吃不飽，所有人的襪子和內衣褲都是有破洞的，家具都是殘破搖動的，室內暖氣不足、地下鐵車廂擠得要命、房屋東倒西歪、麵包粗黑、茶葉成爲奇貨、咖啡有股髒水味、香菸供應不足——除了人工合成的琴酒以外，沒有什麼是又便宜又多的。雖然，這種情況必然會隨著身體的衰老而愈來愈難以忍受，但是，如果你會爲了生活的困苦、環境的髒亂、物資的匱乏而心情低落，會爲了過不完的寒冬、黏膩的襪子、從不運轉的電梯、冰冷的自來水、粗糙的肥皂、會散落的香菸、有股噁心怪味的食物而心情低落，這豈不表示這些情況並非本該如此？若非你有一種古老的記憶，記得以前不是這樣的，你爲什麼要覺得難以忍受呢？

他再度環顧周遭一眼，幾乎每一個人都是那麼醜陋，即使換掉那套藍制服，也仍然會是醜陋的。在食堂另一頭，一個個子矮小、長得像小甲蟲一樣的男人獨自坐在一張桌子邊喝咖啡，一對小眼睛疑神疑鬼地掃過來、掃過去。溫斯頓心想，如果不去看看四周，你很容易就相信黨所樹立的模範體格——高大結實的青年和胸脯挺立的少女，頭髮金黃、膚色健康、朝氣蓬勃、無憂無慮——不但存在，甚至占了大多數。實際上，以他的了解，一號航空基地的人大多矮小、黝黑又難看，眞是奇怪，那種像小甲蟲似的男人充斥了各個政府部門：肥肥矮矮，年紀輕輕就長胖了，短短的腳敏捷地小步快跑，深不可測的胖臉上長著一對小眼睛。在黨的統治之下，似乎這種人最爲茁壯。

富裕部的公告在又一陣喇叭聲中結束了，接下來是輕音樂。帕森斯在一連串數字的砲轟下，模模糊糊地感到有些興奮，他把菸斗從嘴上摘下來，會意地搖了搖頭說：「富裕部今年工作做得眞不錯。對了，史密斯老兄，我猜你大概也沒有刮鬍刀片可以給我了？」

「一片也沒有，」溫斯頓說：「我自己也已經連續六個星期都在用同一片。」

「啊，好吧，我只是問問看，老兄。」

「對不起。」溫斯頓說。

隔壁桌那把像鴨子叫的聲音在富裕部公告時暫時靜了下來，現在又開始說話了，還是一樣大聲。不知怎地，溫斯頓忽然想起了帕森斯太太，想到她稀疏的頭髮和臉上皺紋裡的塵埃，不消兩年，那兩個孩子準會向思想警察檢舉她。帕森斯太太將會人間蒸發，賽姆也會人間蒸發，溫斯頓也會人間蒸發，歐布朗也會人間蒸發。而另一方面，帕森斯永遠不會人間蒸發，那個沒眼睛、聲音像鴨子叫的傢伙永遠不會人間蒸發，那些在政府部門像迷宮般的走廊裡小步快跑的小甲蟲模樣男人也永不會人間蒸發，還有那個在小說處工作的黑髮女孩也永遠不會。他似乎憑本能就知道，誰會生存，誰會消滅，儘管讓人能夠生存的原因是什麼，則很難說得上來。

這時他猛地抽搐一下，從沉思中驚醒過來。隔壁桌那個女子正半轉過身子來瞧著他，原來就是那個黑髮女孩，她斜眼看著他，卻奇怪地盯得很緊。她的眼光一和溫斯頓相遇，就立刻移開了視線。

溫斯頓背脊上冒出冷汗，一陣恐慌的感覺傳遍全身，雖然只片刻功夫就消退了，卻留下一種揮之不去的不安情緒。她爲什麼注視著他？爲什麼老跟著他？可惜他已經記不起她是先他而坐在那裡的呢，還是比他後到的。不過無論如何，昨天的「兩分鐘仇恨」時間，她就坐在他後面，而這根本沒必要。她的眞正意圖很可能是想聽聽他的叫喊聲是否夠響亮。

他之前的想法又回來了：或許她並不是眞的思想警察，然而正是業餘的密探才最危險。他不知道她盯著他看多久了，或許已有五分鐘之久，而他的面部表情很可能沒有完全控制好。在任何公共場合，或在電幕的視線之內，任由自己的思緒亂飄是非常危險的事，最微細的小動作也足以洩露你的心思，不論是神經的抽搐、不自覺的焦慮神情、習慣性的喃喃自語，只要是讓人覺得不正常、有什麼需要掩飾的話，都會洩了你的底。不管怎樣，臉上露出不適當的表情（例如在聽說戰事勝利時露出懷疑的表情），這本身就是一樁必須懲罰的罪行。新話裡甚至有一個專門的詞，叫做「面罪」。

那個女孩又轉回身去背對著他了。或許她並不是眞的在跟蹤他，或許這兩天來她坐得如此靠近他，純粹只是巧合而已。他的菸已經熄掉，他小心翼翼地把剩下的半截擱在桌子邊上，如果他能保住菸絲不掉出來的話，他下班後還可以繼續抽完它。很可能隔壁桌那個人是思想警察的特務，很可能三天之內他就會被抓進仁愛部的地窖監房裡去，可是香菸屁股是浪費不得的。賽姆把紙條摺起來放回口袋裡，帕森斯又開始講話了。

「我有跟你們說過嗎，老兄，」他邊說邊咬著菸斗：「那次我那兩個小傢伙把市場上 個老太婆的裙子燒了起來？因爲他們看見她用老大哥的海報包香腸，就偷偷溜到她背後，用一盒火柴放火燒她的裙子，我想她被燒得很慘。就兩個小毛頭，嗯？可積極得厲害咧！他們現在在少年偵察隊裡接受的訓練眞是一流，比我那時候還要好。你知道他們拿到的最新配備是什麼嗎？插在鑰匙孔上偷聽的耳機！我小女兒那天晚上帶了一個回來，插在我們客廳的門上試聽，說比直接從鑰匙孔上聽大聲一倍。當然囉，只是玩具罷了，不過還是可以給他們正確的觀念，不是嗎？」

這時電幕發出一陣刺耳的哨子聲，這是回去上班的信號。三個人趕緊站起來，跟著人群一起去擠電梯，溫斯頓那半截香菸裡的菸絲也就掉了下來。

6

溫斯頓在日記本上寫著：

那是三年前的事了，一個黑暗的晚上，在一個大火車站附近的一條狹窄橫街上，她站在一盞暗淡的街燈下，靠近牆上開著的一道門口。她的臉很年輕，塗著厚厚的脂粉。眞正吸引我的就是那厚厚的脂粉，那麼白，像戴著面具，還有那鮮紅的嘴唇。黨內的女人是從來不塗脂抹粉的。當時街上沒有其他人，也沒有電幕。她說兩塊錢，我就……

一時間他覺得很難繼續寫下去，就閉上眼睛，用手指壓住眼皮，想把那不斷重現的景象擠出去。他有一種幾乎壓制不住的衝動，想拉開喉嚨破口大罵粗話，或者用腦袋去撞牆、把桌子踢翻、把墨水瓶擲出窗外——想用任何一種猛烈吵鬧或者讓自己疼痛的方式，來抹滅折磨著他的記憶。

他思忖著，一個人最大的敵人就是自己的神經系統，內心的緊張隨時都有可能轉換成某種看得出來的徵狀。他想起幾個星期以前在街上遇到的一個男人，一個相貌平凡的黨員，年約三十五到四十，身材瘦長，手裡提著一個公事包。兩人相距不過幾公尺的時候，那人的左邊臉上突然抽搐了一下。兩人擦身而過的時候，那人又這麼來了一下，只不過是抽一下、顫一下，像按下照相機快門那樣快速，但是很顯然是習慣性動作。他記得當時自己這麼想：這個可憐的傢伙完蛋了。可怕的是，這個動作很可能是無意識的。最致命的危險要算是說夢話了，就他所知，這是完全沒有辦法預防的。

他吸了一口氣，繼續在日記本上寫下去：

我跟著她走進門內，穿過後院，進入地窖的廚房。牆邊放著一張床，桌上有一盞燈，燈光捻得很低。她……

寫到這裡，他咬緊牙關，眞想吐一口唾液。想起地窖廚房的那個女人，他同時也想到了他的妻子凱瑟琳。溫斯頓是結了婚的，至少是結過婚；很可能他仍然算是已婚，因爲就他所知，他的妻子還沒有死。他似乎又在呼吸著地窖廚房裡那股悶熱的氣味，那是混合了臭蟲、髒衣服、劣質廉價香水的氣味；儘管如此，那氣味還是很誘人，因爲黨內的女人是不用香水的，甚至無法想像她們會用，只有無產階級女人才用香水。在他心目中，香水味總是不可避免地和私通混在一起。

那一次跟那個女人是他大約兩年以來的第一次墮落。當然，嫖妓是遭禁止的，不過這是那種你可以偶爾鼓起勇氣來觸犯的法令之一。這的確危險，但並非生死攸關，嫖妓被逮到可被關進強迫勞動營五年，如果沒有其他過失，不會超過五年。而且這也很容易，只要不被當場逮到就沒事。貧民區裡擠滿願意出賣肉體的女人，有些甚至只要一瓶琴酒就能成交，因爲無產者級是不准喝酒的。暗地裡，黨甚至鼓勵賣淫，以作爲根本不能壓制的本能的發洩管道。單純的淫慾並沒有多大關係，只要偷偷摸摸進行，沒有眞正的歡愉，而且對象只是被輕視的下層階級女人就行了。黨員之間的淫亂才是不可寬恕的罪行，不過很難想像這樣的事會發生──儘管這是每次大清算中被告必然會供認的罪名之一。

黨的目的不僅是在防止男女之間形成它可能控制不了的緊密關係，黨沒有說出來的眞正目的，其實是要使性行爲變得完全沒有歡愉可言。不論是在婚姻關係以外還是婚姻關係以內，黨最大的敵人還不是愛情，而是情慾。黨員和黨員之間的婚姻都必須得到一個特設委員會的批准，批准的原則是什麼，雖然從來沒有明講，但是只要男女雙方給人一種他們在肉體上互相吸引的印象，結婚申請一定遭到拒絕。婚姻唯一被認可的目的，就是生兒育女，好為黨服務。性交被看成一種有點噁心的小手術，就像灌腸一樣。這個觀念也從來沒有明確地說出來，只是以間接的方式從小灌輸到每一個黨員的心中。黨甚至成立了諸如青少年反性團這樣的團體，鼓吹兩性過完全獨身的生活，生兒育女完全靠人工授精（新話叫「人授」），孩子出生後由公家機關撫養。溫斯頓明白，這些說法不全然是當眞的，只不過就是符合黨的意識形態而已。黨想要扼殺人的性本能，如果辦不到的話，就設法加以扭曲、汙名化。他不明白為什麼要這樣，但是會這樣看來也是很自然的事。以婦女而論，黨在這方面的努力大體上是成功的。

他又想到了凱瑟琳。他們夫婦倆分手應該有九年、十年——快十一年了。說也奇怪，他很少想到她，有時候他會一連好幾天沒有記起自己是結過婚的。他們在一起大約只有十五個月。黨並不允許離婚，但是如果當事人沒有孩子，卻相當鼓勵分居。

凱瑟琳是個身高體直、有一頭淡金色頭髮、動作爽俐的女人。她的一張尖臉輪廓分明，你很可能會說那是一張高貴的臉，直到進一步了解之後，你才發現那底下幾乎什麼都沒有。結婚後不久，溫斯頓就很肯定地覺得，她絕無例外是他所遇過的人之中頭腦最愚蠢、最庸俗、最空洞的一個——儘管這或許只是因為他跟她的關係比其他人親密，因此對她的了解也比對其他人都深。她腦袋裡的想法沒有一個不是黨的口號，只要是黨告訴她的話，不論多麼低能愚蠢，她沒有、絕對沒有不全心相信的。他在心裡給她起了一個外號，叫「人體錄音帶」。然而，要不是為了一件事，他倒還可以忍受和她一起生活——那件事就是性生活。

他一碰到她，她就似乎要往後縮，身體變得僵硬起來。抱著她就像抱著一個木頭人一樣。奇怪的是，甚至當她緊緊抱著他的時候，他也覺得她同時在用盡力氣推開他，她僵硬的肌肉就足以給他這種印象。她會閉著眼睛躺在那裡，既不抵抗，也不合作，只是默默順從。這使人感到異常尷尬，過了一會，甚至感覺糟透了。即便如此，如果兩人已經協議保持獨身，他倒也可以勉強和她同居下去。但是說來奇怪，拒絕這樣做的卻是凱瑟琳。她說，只要有能力，他們就必須生一個孩子。因此，這樣的情況繼續重演，只要沒有什麼妨礙，每星期固定有一次。她甚至常常在當天早上就提醒他，說今晚必須履行這個切不可忘記的任務。她說起這回事有兩個講法，一個是「製造一個孩子」，另一個是「我們對黨的義務」（是的，她確實是這麼說的）。沒過多久，每星期那個指定的日子快到時，他就感到極度的畏懼。幸而沒有孩子生下來，最後她同意放棄嘗試，不久以後他們就分開了。

溫斯頓無聲地嘆了一口氣，又提起筆來寫道：

她往床上一倒，然後，沒有任何預備動作，立刻用令人想像不到、最最粗野可怕的手法撩起裙子。我……

他看到自己站在那昏暗的燈光下，鼻中聞到臭蟲和廉價香水的氣味，心中懷著一種挫敗和怨恨的情緒，即使在當時，這種情緒也還攙雜著對凱瑟琳雪白肉體的憶念，那是一個已被黨的催眠力量永遠凍結了的肉體。爲什麼事情總得如此？爲什麼他不能有一個自己的女人，而要每隔幾年玩一次這種下賤的把戲？可是談眞正的戀愛是幾乎無法想像的事情，黨內的女人都一個樣，清心寡慾的觀念就跟對黨的忠誠一樣，已經深深烙印在她們心中。透過早期周密的教育，透過遊戲和冷水浴，透過在學校、少年偵察隊和青年團裡不斷灌輸給她們的胡說八道，透過講課、遊行、歌曲、口號、軍樂等等，她們本能的感覺已經徹底剷除。他的理智告訴他一定會有例外，但是他的心無法相信。她們都是攻不破的，完全就是黨要求她們的樣子。而他最想要的，比愛情還想要的，就是推倒那道貞節的牆，哪怕是一生只有一次也好。眞實完成的性行爲就是造反，性慾則是思想罪，即便是喚起凱瑟琳的慾望，如果他能做到的話，也會像一場誘惑，儘管她是自己的妻子。

但是剩下的故事他必須寫下來。他寫道：

我把那盞燈旋亮。在燈光下我看到她……

在黑暗中待久了，煤油燈微弱的光線顯得很明亮，他這才有辦法看清楚那個女人。他向她踏前一步，卻又站住了，心中充滿了慾望，也充滿了恐懼。他痛切地感受到來這個地方所冒的險，他出去的時候完全有可能被巡邏隊逮到；說起來，他們此刻可能就在門外等著。如果他什麼也不做就走——！

這一定得寫下來，這一定得老實交代。他在燈光下突然看到的是，那個女人已經相當老了，厚厚的脂粉像石膏一樣塗在她臉上，看上去好像硬紙板做的面具就要龜裂似的。她的頭上有幾綹白髮，但眞正可怕的地方是，她的嘴巴稍稍張開，裡面什麼都沒有，只是一個漆黑的洞：她的牙齒已經掉光了。

我在燈光下看到，她原來是個老女人，至少有五十歲了。但我還是走上去，照樣幹了那件事。

他再一次用手指壓住眼皮。他終於把它寫下來了，但是一切都沒有不同，這並沒有他預期的治療效果。想要拉開喉嚨破口大罵粗話的衝動，還是那麼樣的強烈。

7

溫斯頓這麼寫道：

如果眞有希望，希望就在無產者身上。

如果眞有希望，希望一定是在無產者身上，因爲只有在那裡，在那些不受重視、占大洋國人口百分之八十五的群眾中間，摧毀黨的力量才有可能產生。想從內部推翻黨是不可能的。黨的敵人，如果眞有敵人的話，也沒有辦法集結在一起，甚至連彼此認出來也沒有辦法。縱使傳說中的「兄弟會」確實存在——這眞是有可能的——也無法想像它的會員能夠群聚在一起，除非是三三兩兩地碰面。造反只能是一個眼神，聲音中的一個變調，充其量偶爾的一句耳語而已。但是無產者就不需要暗中謀叛了，只要能夠意識到自己的力量，他們只需起來抖擻一下，像一匹馬抖動身子驅趕蒼蠅那樣。只要他們有決心，明天早上就可以把黨擊成粉碎。他們遲早總會想到要這麼做的吧？然而──！

他記得有一次在一條擁擠的街上走著的時候，突然聽見前面橫街爆出幾百個人大喊大叫的聲音──都是女人的聲音。那是一種充滿憤怒和絕望、令人驚懼的叫喊，深沉而宏亮的「噢嗚──嗚──嗚！」就像鐘聲一樣不斷回響。他的心怦怦地跳，想著：開始了！是暴動！無產者終於發作了！當他走到出事地點時，看到的卻是兩三百個婦女擠在街頭市場的貨攤周圍，臉上神情悲慘，好像一艘正在下沉的船上絕望的乘客似的。就在此時，絕望的氣氛一變而爲三三兩兩的個別爭吵。原來有一個貨攤在賣鐵鍋，雖然只是些不耐用的下等貨，但是烹飪用具不管哪一種都很不容易買到，現在賣鐵鍋的突然沒貨了，那些僥倖買到的婦女被人群推來擠去，想要帶著鐵鍋趕緊離開，而沒買到的婦女卻圍著貨攤吵鬧，指責攤販厚此薄彼，還說攤販一定藏起了一些存貨。人堆裡又起了一陣叫嚷，兩個面紅耳赤的女人正在搶一只鍋子，其中一個的頭髮已經披了下來，兩人扯著鍋子爭持不下，不一會鍋柄也脫落了。溫斯頓厭惡地看著她們。然而，剛才就那麼一剎那，僅僅幾百個人的喉嚨所發出來的嘶喊，就已經形成幾乎令人驚怕的力量了！爲什麼她們在眞正重要的事情上，就不能如此嘶吼呢？

他又寫道：

不到覺醒那一刻，他們永遠不會造反；不到造反那一刻，他們不可能會覺醒。

他想，這話簡直像是從黨的教科書中抄下來的。當然，黨宣稱已經把無產者從奴役的束縛中解放出來了，在革命以前，他們受到資本家的殘酷壓迫，挨餓挨打，婦女被迫到煤礦裡做工（事實上目前婦女仍在煤礦裡做工），兒童六歲就被賣到工廠裡去。但同時，眞可說不失雙重思想的原則，黨又教導說：無產者是天生劣種，必須用一些簡單的規定使他們像禽獸一樣馴服。實際上，大家對無產者的情況知道得很少，沒有必要知道太多，只要他們繼續不斷地工作和繁殖，他們的其他活動一點也不重要。黨任由他們自生自滅，就像阿根廷平原上放出去的牛群一樣，於是他們又恢復到一種合乎他們天性的生活方式，一種自古以來的方式。他們出生，在貧民窟長大，十二歲去做工，經過短短一段青春美麗的情竇初開時期，二十歲結婚，三十歲進入中年，大多數到六十歲就死了。他們所思所想的不外是：粗重的勞力工作、照顧家庭和孩子、鄰居之間的小爭執、電影、足球、啤酒，還有最重要的賭博。控制他們並不難，經常有思想警察的特務在他們中間活動，散播謠言，找出有可能成爲危險分子的少數幾個人，把他們幹掉。但是黨並不企圖給他們思想訓練，無產者最好不要有強烈的政治意識，只要有單純的愛國心，在需要他們接受增加工時或減少配給量時，拿出來利用一番就夠了。即使他們有時候也會不滿，但他們的不滿不會有什麼結果，因爲他們缺乏一般的觀念，只能把不滿訴諸於一些雞毛蒜皮的小事上，永遠不會注意到較大的弊端。絕大多數無產家庭裡甚至沒有電幕，連民警也很少干涉他們。倫敦的犯罪活動猖獗，是竊賊、盜匪、娼妓、毒販、各種騙子充斥的國中之國；但因爲這些都發生在無產者中間，所以無關緊要。在一切道德問題上，黨允許他們遵循傳統規矩，黨對兩性的禁慾主義並沒有加諸於他們身上，雜交不受處罰，離婚是允許的。說起來，如果無產者有此需要，甚至宗教崇拜也是會允許的。他們不值得懷疑，誠如黨的口號所說：「無產者和禽獸可以自由。」

溫斯頓的靜脈潰瘍又發癢了，他彎下身小心地搔了搔。說來說去，最後總會回到同一個問題：你無法知道革命以前的生活究竟是什樣樣子。他從抽屜裡拿出一本從帕森斯太太那裡借來的兒童歷史課本，把其中一段抄在日記裡：

昔日，在偉大的革命以前，倫敦並不是像現在我們所看到的這個美麗城市。那時候倫敦是一個黑暗、骯髒、可憐的地方，沒幾個人能吃得飽，成千上萬的窮人赤足無履，上無片瓦。年紀比你們還小的孩子，就得替殘暴的老闆一天工作十二個小時，動作遲緩老闆就要毒打，而且只給他們吃隔夜麵包皮和水。但是，在這樣的極度貧困之中，卻有一些華麗的大房子，住在裡面的有錢人有多達三十個僕人伺候。這些有錢人叫做資本家，他們都是又胖又醜，一臉凶相，就像下頁插圖中的那個人一樣。你可以看到他穿著一件長長的黑外衣，叫做大禮服；戴著一頂奇怪、發亮、像煙囪一樣的帽子，叫做大禮帽。這就是資本家的服裝，別人都不許這樣穿戴。資本家擁有世界上的一切，其他人都是他們的奴隸，他們擁有一切土地、房屋、工廠和錢財。誰要是不服從他們，他們就把他關進監獄，或者剝奪他的工作，讓他餓死。老百姓和資本家說話的時候，必須卑躬屈膝，除下帽子鞠躬致敬，稱他做「老爺」。資本家的頭頭叫做皇帝……

剩下的內容他不看也知道。接下來會提到穿細麻僧袍的主教、貂皮法袍的法官、手枷腳鎖、踏車鞭笞、市長大人的宴會、跪吻教皇腳丫子的規矩等等。還有兒童教科書中大概不會提到的所謂「初夜權」，那是一條法律，規定所有資本家都有權跟他工廠裡的女工睡覺。

你怎能知道這其中有幾許是謊言呢？一般人的生活有可能眞的比革命以前好。唯一相反的證據，就是你自己骨子裡無言的抗議，你覺得目前的生活條件無法忍受，而從前的情況一定不是如此的本能感覺。他忽然發覺，目前生活眞正的特質並不在於它的殘酷和沒有安全感，而在於它的空洞、黯淡、了無生趣。只要看看周圍，你就會發現目前的生活不僅和電幕上滔滔傳來的謊言毫無相同之處，甚至和黨想要達到的理想也毫無相同之處。目前生活的很大一部分，即使是對黨員來說，也是中性而沒有政治意味的，純粹只是每天完成枯燥乏味的工作、在地下鐵車廂中搶一個位子、縫補一只破襪子、要到一片糖精、節省一個菸頭。而黨所樹立的理想卻是宏大、令人敬畏、閃閃發光的，那是一個鋼筋水泥、巨型機器和可怕武器的世界，一個驍勇戰士和狂熱信徒的國度，大家團結一致地向前邁進，思想一致、口號一致，永無止境地工作、戰鬥、獲勝、迫害——三億人民全是一樣的面孔。而現實卻是城市破敗陰暗，人民食不果腹，穿著破鞋子忙碌穿梭，住在十九世紀修修補補的房子裡，永遠有一股燉白菜味和尿騷味。他彷彿看見一幅倫敦的圖景，大而無當，殘破不堪，一個由百萬個垃圾桶組成的城市，當中又混雜著帕森斯太太的圖像，一個面容憔悴、頭髮稀薄的女人，手足無措地撥弄著一根堵塞的廢水管。

他又彎下身去搔搔他的腳踝。電幕夜以繼日地在你的耳邊轟炸，不斷報出統計數字來證明今天的人民有更多的糧食、更多的衣服、更好的住房、更好的娛樂——說今天的人民比五十年前壽命更長，工作時間更短，長得更高大、更健康、更強壯，活得更快樂，頭腦更聰明，受到更好的教育。這些話沒有一句能夠證明是眞的還是假的。舉例來說，黨宣稱今天識字的無產階級成人已達到百分之四十，而革命前只有百分之十五；黨宣稱現在的嬰兒死亡率只有千分之一百六十，而革命前是千分之三百，諸如此類。這就像一道有兩個未知數的方程式。很有可能歷史書中的每一個字，就連大家毫不質疑地相信的東西，也完全是虛構的。就他所知，可能從來就沒有「初夜權」這條法律，沒有資本家這種人，也沒有大禮帽這樣的服飾。

一切都如消失在迷霧之中，過去被抹去痕跡，抹去的過程被遺忘，謊言就變成了眞話。他生平只有一次掌握了捏造事實的確鑿證據——在事件發生以後，這樣才算數。他曾經把那個證據握在指縫間長達三十秒之久，那應該是在一九七三年——反正大約是他和凱瑟琳分手的那段時間，不過事件的眞正日期還要再早七、八年。

事件實際發生於六〇年代中期的大清算時期，當時所有革命元老被一舉剷除，到了一九七〇年，除了老大哥之外，已無一人留存。他們都以叛國和反革命的罪名告發，戈斯坦逃逸無蹤，沒有人知道他躲在哪裡，至於其他人，有一小部分就此消失，大多數則在轟動一時的公開審判上招供了罪行，之後遭到處決。最後的倖存者中有三個人，他們是瓊斯、艾倫森和魯瑟福，這三人應該是在一九六五年被捕的，和通常的情形一樣，他們銷聲匿跡了一年多，沒有人知道他們是生是死，然後又突然被帶出來，像慣常那樣自己認罪。他們供認通敵（當年的敵國也是歐亞國）、盜用公款、謀殺得到信任的黨員、早在革命以前就陰謀推翻老大哥的領導，並從事破壞活動導致數十萬人的死亡。在招認了這些罪行以後，他們獲得赦免，重新恢復了黨籍，並擔任聽起來很重要、事實上只是虛職的職位。三人都寫了冗長卑賤的文章，刊載於《泰晤士報》，分析他們叛黨的原因，並且保證改過自新。

他們獲釋後不久，溫斯頓曾在栗樹咖啡館看到過他們三人。他還記得他當時用眼角偷偷看著他們時，心中那種既驚恐又深受吸引的感覺。他們的年紀比他大得多，是舊世界的遺老，幾乎可說是建黨初期那段英勇歲月遺留下來的最後幾個大人物，身上仍隱隱有一種地下鬥爭和內戰時期的迷人氣息。雖然當時他對過去的事實和日期已經開始日漸模糊，可是他有一種感覺，他很早就知道他們的名字了，比知道老大哥的名字還要早許多年。但他們卻是罪犯、敵人、惹不得的人，在一、兩年內必死無疑，沒有一個曾經落入思想警察手裡的人，最終能逃得過這個命運，他們只是等著送回墳墓裡去的行屍走肉而已。

他們鄰近的桌子都沒有人坐。即使只是被人看見在這種人附近出現，也是很不智的。他們沉默地坐著，面前放著這家咖啡館特調的丁香味琴酒。三個人裡面，魯瑟福給溫斯頓的印象最深刻。魯瑟福曾經是著名的漫畫家，他的諷刺漫畫在革命以前和革命期間鼓舞了人民的熱情，即使到了現在，他的漫畫還會久久一次地出現在《泰晤士報》上，筆觸完全模倣早期的風格，奇怪的是，大家看了只覺得毫無生氣、毫無說服力。那些漫畫往往只是老調重彈，不外是貧民窟、飢餓的兒童、巷戰、戴著大禮帽的資本家——就連街壘中的資本家也還戴著大禮帽——這是一種沒有希望的努力，無止境地想要回到過去之中。魯瑟福長得異常魁梧，一頭油膩膩的灰色長髮，一張臉又鬆又皺，嘴唇肥厚突出。他以前一定非常強壯，現在他巨大的身軀已經鬆弛衰頹，贅肉突出，好像要往四面八方散掉似的，他就像一座即將倒下來的大山，就要在你眼前潰散。

那是十五點鐘，咖啡館最寥落的時光，溫斯頓已經記不起他爲什麼會在這種時刻到那裡去的。咖啡館內客人寥寥可數，輕音樂從電幕上流瀉出來，那三個人坐在角落裡幾乎動也不動，大家一言不發。侍者不待叫喚，自動給他們換上琴酒，他們旁邊桌上放著一個棋盤，棋子都擺好了，但沒有人下棋。這時——整個過程或許有半分鐘——電幕忽然發生了變化，換了一支音樂，音樂的調子也變了，變成有一種……可是這很難形容。那是一種奇怪的、粗啞的、嘶叫的、嘲弄的調子，溫斯頓在心裡把它叫做黃色調子，接著電幕上一把嗓子唱道：

在高高大大的栗樹下，
我出賣了你，你出賣了我；
那裡躺著他們，這裡躺著我們，
在高高大大的栗樹下。

那三個人完全沒有反應，然而當溫斯頓再看一眼魯瑟福灰敗的臉時，他看見他眼眶裡噙滿了淚水，而且他第一次注意到，艾倫森和魯瑟福兩人的鼻子都給打扁了，他心裡不禁打了個寒顫，卻說不出是爲了什麼而打寒顫。

不久之後，他們三人再度被捕，看來他們一獲釋就開始新的反叛陰謀了。第二次審判時，他們除了把舊有罪行又招認了一遍以外，還招認了一連串新的罪行。他們被處決了，他們的下場詳載於黨史內，作爲後代的鑑戒。過了大約五年，在一九七三年，有一天溫斯頓正把氣送管吐到他桌上的一卷文件展開，卻看到有一張撕下來的紙片，顯然是無意間夾在裡面而後忘記拿出來的。他一攤平那張紙，就意識到其中的重要意義，那是從十年前的一份《泰晤士報》上撕下來的半張舊報紙——是上半頁，因此上面有日期——只見上面有一張在紐約召開黨大會時全體代表的合照，站在中間明顯位置的赫然就是瓊斯、艾倫森和魯瑟福。一看就知道是他們三人，不管怎樣，下面的圖說中就有他們的名字。

問題是，在兩次審判會上，三人都招認那一天他們是在歐亞國境內，他們從加拿大的一個祕密機場飛到西伯利亞的某個約定地點，和歐亞國參謀本部的要員們會面，把重要的軍事機密出賣給他們。溫斯頓牢牢記得這個日期，因爲那天剛好是仲夏日，可是這件事一定也還記載於無數的其他文件裡。這裡只有一個可能的結論：那些供詞根本是假的。

當然，這件事本身不是什麼新發現。即使在那個時候，溫斯頓也沒有想過那些在清算中被剷除的人確曾犯過他們被控告的罪行。但是這張報紙是確鑿無疑的證據，是被抹去痕跡的過去的一個片段，就像一片骨頭化石在不該出現的斷層中被挖掘出來，推翻了某個地質學理論。如果有辦法公諸於世，讓大家明白它的意義，是足以把黨擊成粉碎的。

他馬上回到工作上。一發現那張照片的內容以及它的意義，他立刻用另外一張紙把它蓋住。幸而他打開那張舊報紙時，從電幕的角度來看，照片剛好是顛倒過來的。

他拿了草稿簿放在膝上，把椅子往後推，盡可能離電幕遠一些。要保持面無表情並不難，甚至只要用心，呼吸也是能夠控制的；可是你控制不了你的心跳，而以電幕的精細程度，是有辦法收聽到的。他等了一會，估計有十分鐘左右——這中間他被恐懼折磨著，害怕會發生什麼意外，例如突然一陣風吹過桌子，那他就完了——然後才連蓋著的紙掀也不掀，把那張照片連同其他廢紙，一古腦兒丟進記憶洞裡。大概不到一分鐘，照片就會燒成灰燼了。

那已是十年、十一年以前的事了。如果在今天，他大概會把那張照片保存下來。奇怪的是，他曾經把那張照片拿在手上這一事實，即使到了今天，仍然讓他感覺一切因此而不同，儘管那張照片本身，以及它所記錄的事件，如今都只不過是記憶罷了。他不禁尋思：因爲一紙已經不存在的證據曾經一度存在過，黨對過去的掌控是否就沒有那麼牢固了呢？

然而到了今天，即使那張照片有辦法從灰燼中復原，也可能成不了證據。在他發現那張照片的時候，大洋國就已經不和歐亞國打仗了，因此那三個死人勾結的一定是東亞國的間諜。在那之後，他們又有了其他罪名——兩個、三個，他也記不清多少了。那些口供很可能曾經三番四次改寫，到最後原來的事實和日期已不再有絲毫意義。過去不僅會更改，而且是不斷在更改。他覺得最大的夢魘就是，他一直不大明白爲什麼要作出這麼大的欺騙，捏造過去可以得到的眼前利益，是顯而易見的，但終極動機究竟何在，卻令人費解。他又提起筆來寫道：

我明白「怎麼樣」，但不明白「爲什麼」。

他不知道自己會不會是個瘋子，他這樣納悶已經很多次了。也許所謂的瘋子，就只是一個人的少數派。曾經有一段時期，相信地球繞著太陽轉是發瘋的徵兆，那麼在今天，相信過去是不可更改的就是發瘋的徵兆。這樣相信的可能只有他一個人，既然一個人，那他就是個瘋子了。不過，想到自己是瘋子並沒有使他覺得很可怕，可怕的是，他也有可能是錯的。

他撿起那本兒童歷史課本，看著卷首老大哥的照片。那雙會催眠似的眼睛注視著他，好像有一股巨大的力量壓著你，貫穿你的頭顱，重擊你的腦袋，嚇得你放棄信念，幾乎要否定你的感官所感受到的一切。最後，黨會宣布二加二等於五，而你不得不去相信。他們遲早會這樣做，這是不可避免的，他們所處地位的邏輯需要這樣做。他們的哲學不僅不言自明地否定了經驗的可靠性，也否定了客觀現實的存在，常識才是一切異端中的異端。可怕的還不在於你不這樣想他們會殺了你，而在於他們可能是對的。畢竟，我們怎麼知道二加二等於四？怎麼知道有地心引力在作用？怎麼知道過去是不可改變的？如果過去和客觀世界都只存在於心中，而心又是可以控制的——那又怎麼樣？

可是不！他的勇氣突然自動堅強了起來。歐布朗的臉孔沒來由地浮現在他的腦海裡，他比以前更肯定地知道，歐布朗是站在他這邊的。他寫日記是爲了歐布朗——是寫給歐布朗，就像一封無窮盡的信，沒有人會讀到它，但卻是專爲某一個人而寫的，也因此有了色彩。

黨要你不相信自己耳聞目睹的東西，這是他們最終也是最根本的命令。他想到了橫亙在他面前的強大力量，想到了黨內任何一個知識分子都能輕易駁倒他，那些幽微的論點他將無法理解，更別說答辯——想到這些他的心不覺沉重起來。然而他是對的那一方！他們錯了，他才是對的。那些顯而易見、簡單眞實的東西必須捍衛，那些老生常談的道理是眞的，必須堅持！客觀世界是存在的，它的法則不會改變，石頭是硬的，水是濕的，沒有支撐的東西會掉向地球中心。他懷著向歐布朗訴說、同時也是在闡明一項重要眞理的心情，這麼寫道：

所謂自由就是可以說出二加二等於四的自由。這一點如果可以確立，其他一切就會迎刃而解。

8

從一條小巷深處的不知什麼地方，有一陣烘咖啡的香味飄到大街上來，是眞正的咖啡，不是勝利牌咖啡。溫斯頓不由自主地站住了，大約有兩秒鐘光景，他又回到了那個半遺忘的童年世界。接著關門聲砰的一響，把那香味像是聲音一般猛然切斷了。

他已經在人行道上走了好幾公里，靜脈潰瘍的地方又在發癢了。這是他近三星期以來第二次沒有去參加社區活動中心的晚間活動，這是很魯莽的舉動，因爲可以肯定各人的出席是有人仔細點名的。原則上黨員沒有閒暇的時間，而且除了睡覺以外，不會有獨處的機會，凡是不在辦公、吃飯或睡覺的時候，他必定是在參加某種團體文娛活動；如果做一些讓人覺得你喜歡孤獨的事，哪怕是獨自去散步，都是有點危險的。新話裡有一個專門的詞，叫「自生」，意思就是個人主義和乖僻。但是今天傍晚，他從部裡出來的時候，四月的芬芳空氣使他動了心，天空的藍是他今年以來看到較有暖意的，一時間活動中心漫長喧鬧的夜晚、那些無聊累人的遊戲、那些演講、那些靠琴酒勉強維持的同志關係，都讓他覺得無法忍受。憑著一股衝動，他轉身離開公車站，漫步踱進了倫敦像迷宮般的大街小巷裡，先是往南，繼而往東，後來又轉向北行，在不知道路名的街上迷失了方向，卻一點也不在乎。

他曾經在日記中寫過：「如果眞有希望，希望就在無產者身上。」他不斷地回想起這句話，這句闡述神祕眞理卻又顯然荒唐無稽的話。他走到了舊時聖潘克拉斯車站東北邊的一片模糊褐色的貧民窟裡，沿著鵝卵石街道往上走去，兩旁都是低矮的兩層樓房，破敗的門口就開在人行道旁，有點奇怪地使人聯想到老鼠洞。鵝卵石路面到處是一灘灘汙水。黑黝黝的門口裡外、從兩旁延伸出去的狹窄巷弄內，只見人頭擠擠，人數之多令人吃驚——嘴上塗著鮮豔口紅的妙齡女郎；追著這些女郎的年輕小伙子；身材臃腫、步履蹣跚的婦人，讓你看到再過十年那些女郎會變成什麼樣子；彎腰駝背的老頭子拖著八字腳慢慢走；衣服破爛的孩童赤腳在汙水窪中玩耍，一聽到媽媽的叫罵即四散逃開。街道兩旁的玻璃窗大概有四分之一是破的，用木板補釘起來。大多數人都沒有理會溫斯頓，只有幾個用警戒的眼光好奇地看了他一眼。兩個粗壯的女人穿著圍裙，像磚頭一樣發紅的手臂交叉抱在胸前，站在門口邊閒聊。溫斯頓走近時聽到了她們談話的片段。

「『是啊，』我跟她說，『這樣當然好啦，』我說，『不過要是妳是我，妳也會這樣做的。說別人當然容易，』我說，『可是我有的問題妳可沒有。』」

「哎，」另一個說：「就是嘛，就是這麼一回事。」

尖銳的說話聲突然停住，那兩個女人在他經過時靜了下來，懷著敵意打量他。不過確切地說，那不算敵意，只是一種警覺，一時的僵硬起來，好像看到什麼不熟悉的動物經過一樣。黨員的藍色工作服在這樣一條街上不可能很常見，眞的，除非有特別的公事要辦，否則在這種地方給人看見是很不智的。如果碰上巡邏隊，他們可能會叫住你。「同志，可以看看你的證件嗎？你跑到這裡來幹什麼？你什麼時候下班的？這是你平常回家的路嗎？」諸如此類。並不是說有什麼規定禁止你走陌生的路回家，可是思想警察若是知道了這件事，就足以引起他們對你的注意。

突然間，整條街騷動起來，四面八方都有警告的驚叫聲，大家像兔子一樣竄進門裡。一個年輕女人從溫斯頓前面不遠的門裡衝出來，一把抓起一個在水窪中玩耍的小孩，用圍裙兜住他，又衝了回去，一切動作快得只在一瞬間。與此同時，一個穿著一襲像六角手風琴似的黑衣服的男人從橫巷裡奔出來，向溫斯頓跑過來，一邊緊張地指著天空。

「蒸汽機！」他叫著：「長官，小心！頭上有炸彈！快趴下！」

不知道爲什麼，無產者給火箭炸彈起了個外號叫「蒸汽機」。溫斯頓趕緊趴下。無產者向你提出這一類警告時，總是準確無誤的，他們似乎有一種直覺，能夠在火箭炸彈射來之前幾分鐘預知，儘管火箭炸彈的速度理應比聲音還快。溫斯頓兩手抱著頭，只聽見轟隆一聲，好像要把人行道掀起來似的。一些細碎的東西像雨一樣打在他背上，他站起身來，發覺身上撒滿了附近窗口飛來的玻璃碎片。

他繼續向前走。那顆炸彈把前面二百公尺的一組房子炸毀了，一縷黑煙高掛在空中，下面捲起了一團泥灰，人群已經開始向那堆瓦礫周圍聚攏。他前面的人行道上也有一堆泥灰，看得見裡面有一長條鮮紅色的東西。他走近一看，原來是一隻從手腕處炸斷的手。除了炸斷處的血汙之外，那隻手簡直白得像石膏塑成的一樣。

他把那東西踢進水溝，然後避開人群，轉進右邊的一條巷子裡。三、四分鐘後，他已經走出被炸的地區，街上照常熙熙攘攘，好像什麼事情也沒有發生過似的。時間將近二十點鐘，無產者光顧的小酒吧擠滿了客人，一陣陣尿騷味、木屑味和發酸啤酒味，隨著髒汙的彈簧門不斷開開關關飄出來。在一間房子前門凸出處所形成的角落裡，有三個男人擠在一起，中間那人手裡拿著一張摺起來的報紙，另外兩人伸長脖子從他肩膀上看著報紙。溫斯頓還沒走近到能夠看清他們臉上的表情，就已經看得出來他們是多麼全神貫注，他們顯然正在讀一則重要的新聞。他走到距離他們還有幾步的時候，那三個人突然分開，其中兩人激烈地爭吵起來，有一會甚至就要打起來了。

「你他媽的就不能好好聽我說嗎？我告訴你，一年兩個月以來沒有開出過末碼是七的號碼。」

「有，開過了！」

「沒有，沒開過！我家裡有這兩年全部的中獎號碼，我寫在一張紙上，我每次都記，從來沒漏過。我告訴你，末碼是七的號碼沒有……」

「有，七字開過了！我都可以把那個他媽的號碼告訴你。四〇七，最後一碼就是七。那是二月，二月的第二個禮拜。」

「幹你娘的二月！我白紙黑字都記下來了。我告訴你，末碼是……」

「唉，別吵了！」第三個男人說。

他們是在談論彩票。溫斯頓走過去三十公尺後又回頭看，他們還在吵，一臉生龍活虎、慷慨激昂的樣子。彩票每星期開獎一次，獎金非常高，是無產者眞正關心的大事。可以這麼說，彩票就算不是好幾百萬無產者活下去的唯一理由，也是最主要的理由。彩票是他們的樂趣，他們的荒唐，他們的止痛藥，他們的腦力刺激劑。一說到彩票，原本識字不多的人也似乎變得有辦法作複雜的運算，而且記憶力驚人。有一大幫人就專靠傳授押寶方法、預測中獎號碼、販售招財信物為生。溫斯頓和發行彩票無關，那是富裕部的業務，不過他知道（其實黨內人人都知道），大部分獎金都是虛構的，實際發放的只有一些小獎，大獎的得獎者根本不存在。由於大洋國各地區之間資訊不很流通，這種事並不難安排。

然而如果真有希望，希望就在無產者身上。你必須堅信這句話。當你把它訴諸文字時，聽起來就覺得很有道理；當你看著在人行道上與你擦肩而過的路人時，這句話就成了一種信念。他轉入的一條街是下坡路，他覺得他曾經來過這一帶，不遠的地方好像會有一條大街。前方不知哪裡傳來一陣喧嚷，街道轉了一個急彎，路底有一段石階，下去是一條低窪的小巷，有幾家攤販在賣乾癟的蔬菜。這時溫斯頓記起他是在什麼地方了，這條小巷通到大街上，走不到五分鐘，到下一個轉角，就是他買那本筆記本、現在當作日記本的舊貨鋪了。再過去不遠有一家小文具店，他的鋼筆和墨水就是在那裡買的。

他在石階上停留了一會兒。小巷的另一頭有一家昏暗的小酒吧，窗口看上去像結了霜，其實只是布滿了塵埃。一個年紀很大的老翁，背雖然駝，動作卻還很有活力，一撮白鬚向前挺得像蝦子鬚一樣，推開彈簧門走了進去。溫斯頓站在那裡看著，忽然想到這個看上去至少有八十歲的老頭子，在革命期間已經是個中年人了，和消失了的資本主義世界的聯繫，如今就只剩下像他那樣的少數幾個人了。思想在革命前已經定型的人，黨內已經所剩無幾，老一輩在五〇年代和六〇年代的大清算中已被消滅得差不多，倖存的少數人也早已嚇怕，在思想上完全降服。活著的人之中，如果還有人能把本世紀初期的情形如實地告訴你，唯一的可能就是無產者。突然間，溫斯頓腦海裡又浮現他從歷史課本抄在日記本上的那段文字，一股瘋狂的衝動席捲了他，他要走進那間酒吧，跟那個老頭子搭訕，向他問個究竟，他要這麼對他說：「請把你小時候的情況告訴我。那時候的日子到底是怎樣的？那時的生活比現在好呢，還是比現在壞？」

他恐怕等一下心裡就會害怕起來，於是急急忙忙走下石階，穿過窄巷。當然，這個舉動很瘋狂，雖然照例並沒有明文規定禁止和無產者交談，或是光顧他們的酒吧，但是這個舉動太不尋常了，很難不引人注目。萬一巡邏隊出現，他可以撒謊說是因爲突然頭暈，可是他們多半不會相信他。他推開門，發酸啤酒那種可怕的乾酪味迎面撲來，一走進去，裡面嘈雜的談話聲靜了一半，他可以感覺到背後每一雙眼睛都在看著他的藍色工作服，室內另一頭原本有人在玩射飛鏢遊戲，也停頓了大概有三十秒鐘之久。他跟著進來的那個老頭子站在吧台前，正在和酒保爭吵些什麼，酒保是個高大結實、長著鷹勾鼻的年輕人，手臂非常粗壯。另外幾個人手裡拿著酒杯，圍著他們看熱鬧。

「我很客氣地問你，不是嗎？」那個老頭子狠狠地挺起胸膛說：「你卻說這鬼地方連個一品脫酒杯都沒有？」

「到底什麼是他媽的一品脫？」酒保說，手指尖按在吧台上，身子往前靠。

「你看這傢伙！虧他還當酒保，連一品脫都不知道！告訴你，一品脫等於半夸脫，四夸脫等於一加侖。再下來就要教你ABC了。」

「沒聽說過，」酒保不耐煩地說：「一公升、半公升——我們只這樣賣。你面前架上的酒杯就是。」

「我要喝一品脫，」那老頭子堅持說：「你給我倒一品脫還不容易。我年輕的時候根本沒有什麼公升不公升的。」

「你年輕的時候我們都還住在樹上。」酒保說著，瞥了其他客人一眼。

這句話引起了哄然大笑，溫斯頓走進酒吧所引起的不安氣氛也似乎消失了。那老頭子滿是白鬍渣的臉漲得通紅，一邊喃喃自語一邊轉身走開，卻一頭撞上了溫斯頓。溫斯頓輕輕地扶住他的臂膀。

「可以請你喝一杯嗎？」他說。

「你眞是個紳士。」那老頭子說，又挺起了胸膛。他好像沒有注意到溫斯頓身上的藍色工作服。「一品脫！」他氣勢洶洶地對酒保說：「一品脫啤酒！」

酒保在吧台下面的桶子裡洗了兩只厚玻璃杯，各倒了半公升深褐色的啤酒。無產者酒吧裡只能喝到啤酒，照規矩無產者是不准喝琴酒的，不過實際上他們要買到並不難。射飛鏢遊戲又起勁地玩了起來，吧台前面的人開始談論彩票的事，溫斯頓的出現暫時被遺忘了。窗前有一張松木桌，他和那個老頭子可以在那裡談話，不怕被人偷聽到。不過這也是十分危險的，幸而酒吧內沒有電幕，這點是他一進門就看清楚了的。

「他本來可以倒一品脫給我的，」那老頭子坐下來後還在抱怨說：「半公升不夠，不過癮；一公升又太多，害我跑廁所，價錢更不必說了。」

「你從年輕到現在一定見過許多變化。」溫斯頓試探地說。

老頭子的淺藍色眼珠子從飛鏢靶板轉到吧台，又從吧台轉到廁所門，好像他認爲變化應該是在這個酒吧內發生似的。

「以前的啤酒好得多，」他最後說：「而且便宜！我年輕的時候，淡啤酒只賣四便士一品脫。當然，那是在戰前。」

「哪一次戰爭？」溫斯頓問。

「全部戰爭都是。」那老頭子含糊地說。他舉起酒杯，又挺起了胸膛，說：「敬你，祝你健康！」

只見他的喉結在細瘦的脖子上以驚人的速度上下移動，不一會啤酒就乾掉了。溫斯頓到吧台那裡再端了兩杯半公升啤酒回來，老頭子似乎已經忘記了自己先前對喝一公升啤酒的意見。

「你的年紀比我大得多，我出生以前你一定已是個成年人，你一定還記得革命以前的日子是怎樣的。像我這種年紀的人對那時候的事情都不大知道，我們只能從書中讀到，但書上講的不一定對。我很想聽聽你的說法。歷史書上說，革命前的生活和現在完全不同，那時候壓迫、不公平和貧窮的情形非常可怕，是我們無法想像的。在倫敦這裡，一大堆人一輩子從來沒有吃飽過，有一半的人連鞋子也沒得穿。他們一天工作十二個小時，九歲就離開學校，十個人擠在一個房間裡睡。但同時卻有極少數的人，只有幾千個，叫做資本家，既有錢又有權。所有的好東西都是他們的，他們住的是豪華的大房子，有三十個僕人伺候他們，出入坐汽車，或者坐馬車，喝的是香檳，戴的是大禮帽……」

老頭子突然眼睛一亮。

「大禮帽！」他說：「奇怪，你竟然會提到大禮帽，我昨天才想起這種東西呢，不知道爲什麼。我忽然想到，我已經好多年沒有見過大禮帽了。我最後一次戴這種帽子是參加我嫂嫂的葬禮，那時候是……唔，我說不清是哪一年了，但至少是五十年以前的事了。不過你也知道，當然是爲了參加葬禮才去租來戴的。」

「重要的倒不是大禮帽，」溫斯頓耐心地說：「問題是，這些資本家，還有少數像律師、牧師等等依賴他們爲生的人，都是統治貴族，所有事情都是爲了他們的利益。而你們——平民老百姓和工人，都是他們的奴隸。他們愛對你們怎樣就怎樣，他們可以把你們像牲口一樣運到加拿大，只要他們高興就可以跟你們的女兒睡覺，他們可以下令用一種叫九尾鞭的刑具鞭打你們，你們走過他們身邊的時候得脫帽敬禮。每一個資本家都帶著一大幫走狗，這些走狗……」

老頭子眼睛又爲之一亮。

「走狗！」他說：「這個詞我已經好久沒有聽到了。走狗！這使我想起以前的事，我記得——啊，不知多少年前的事了——我有時星期天下午會到海德公園去聽人家演說。救世軍、天主教、猶太人、印度人，什麼人都有。其中有一個傢伙——唔，他的名字我記不起來了，可是眞的很會講，對他們一點也不客氣。他說：『走狗！資產階級的走狗！統治階級的馬屁精！』寄生蟲——這是另一個名稱，還有土狼，他還叫他們土狼。當然，你知道，他指的是工黨。」

溫斯頓有一種感覺，他們是各說各話，沒有交集。

「我想知道的其實是，」他說：「你覺得你現在是不是比那時候更自由？你受到的對待是不是更人性？以前那些有錢人、上面的人……」

「上議院。」老頭子懷念地插嘴說。

「好吧，就叫它上議院吧。我要問的是，這些人把你們當作下等人，是不是就只因爲他們有錢而你們窮苦？比方說，你們走過他們身邊時得叫他們『老爺』，還得脫帽致敬，眞的是這樣嗎？」

老頭子似乎陷入沉思。他把杯裡的啤酒一口喝掉了四分之一，才回答溫斯頓的問題。

「是的，」他說：「他們喜歡你向他們脫帽，好像在表示尊敬。我自己是不贊成那樣做的，但我還是常常那樣做。你不得不這樣，可以這麼說。」

「那麼這些人是不是常常──我只是在講我從歷史書中看來的情況──這些人和他們的走狗是不是常常把你們從人行道推到水溝裡去。」

「有一個人曾經推過我一次，」老頭子說：「我記得很清楚，就像昨天的事情一樣。那是划船賽的晚上──划船賽的晚上常常都很亂很吵鬧──我在沙夫斯伯里大道上撞到一個年輕人，穿得很紳士，襯衫、大禮帽、黑大衣。他有點歪歪斜斜地在人行道上走，我不小心撞上了他。他說：『你走路不長眼睛嗎？』我說：『這人行道是你買的嗎？』他說：『你再囉唆就把你他媽的脖子扭斷。』我說：『你喝醉了，我給你半分鐘時間滾開。』然後，你相信嗎？他手往我胸口一推，害我差點跌到一輛公車的輪子底下。唉，我那時候還年輕，正想好好教訓他一頓，可是……」

溫斯頓有一種深深的無力感，這老頭子的記憶除了一堆細微末節的垃圾，就什麼也沒有了。你可以問他一整天，也問不出什麼有用的資訊來。在某種意義上，黨的歷史論述仍然有可能是正確的，甚至有可能是完全正確的。他作了最後一次嘗試。

「也許我說得不夠清楚，」他說：「我想要說的是：你活了大把年紀，有一半是在革命以前活過的。比方說，一九二五年的時候，你已經是成人了。憑你的記憶，你會說一九二五年的生活比現在好，還是比現在差？如果讓你來選，你會寧願活在過去，還是活在現在？」

老頭子望著飛鏢靶板默想起來。他把啤酒喝完，不過喝得比先前慢得多。當他再度開口時，是帶著一種寬容、充滿哲理的神情，好像啤酒使他心平氣和了起來似的。

「我知道你想聽我說什麼，」他說：「你想要我說寧願回到年輕的時候。大多數人都會說寧願回到年輕的時候，如果你問他們的話。年輕的時候身體好、力氣大，活到像我這把年紀，你的身體不會有好的時候。我的腳有毛病，膀胱又不好，害我每天晚上要爬起來六、七次。但是年老有年老的好處，有些事情你就不用煩了，跟女人沒有瓜葛，這眞是太好了，我已經過了快三十年沒有女人的日子，你信不信？而且我一點也不會想要。」

溫斯頓把背往窗台一靠。再談下去也是不得要領的。他正想再去買一些啤酒，那老頭子突然起身，拖著小碎步向側邊散發出尿騷味的廁所走去——多喝的那半公升啤酒已在他身上起作用了。溫斯頓坐了一、兩分鐘，呆呆地凝視著面前的空酒杯，自己也不知道是怎樣走出去回到大街上的。他思索著，最多再過二十年，「革命前的生活是不是比現在好」這個簡單的大哉問，就會永遠得不到答案了。但事實上，即使現在，這個問題也已經沒有答案，因爲來自那個古早年代的一零星幾個倖存者沒有能力比較兩個時代的不同。他們只記得許許多多沒用的小事情：跟同事的一場爭吵，尋找遺失的腳踏車打氣筒，早已死去的姊妹臉上的表情，七十年前一天早晨颳風時捲起的一片塵土；而重要的事實卻全都不在他們的視野之內。他們就像螞蟻，只能看到小東西，看不到大物件。當記憶已經無用，而書面紀錄又經竄改，在這樣的情況下，黨宣稱它改善了人民的生活，你就得接受，因爲可以測定的標準已經不存在，也永遠不會再出現了。

這時他的思緒忽然中斷。他停下腳步抬頭一看，看到自己正在一條狹窄的街道上，兩旁有幾家光線昏暗的店鋪，零星地夾在住宅之間。他頭頂上掛著三個褪色的鐵球，看來以前是鍍過金的。他好像知道這個地方。不錯！他正站在他買那本日記本的舊貨鋪門口。

他心中感到一陣恐慌。當初買那本日記本，就已是夠輕率的了，他曾經發誓絕不再到這個地方來。可是他一出神，雙腳不由自主地就走到這裡來。他之所以開始寫日記，恰恰正是想要防止自己有這種自殺式的衝動。同時他發覺，這時雖然已將近二十一點鐘，那家店鋪還開著門。他覺得走進店裡總比在外面人行道上徘徊不那麼顯眼，於是進了店門。萬一被人問起，他大可以說想買刮鬍刀片。

店主人剛剛點了一盞煤油掛燈，發出一種不乾淨但親切的氣味。他年約六十上下，瘦弱而背駝，長長的鼻子看起來很厚道，溫和的眼睛在厚眼鏡底下變了形。他的頭髮幾乎全白，眉毛卻又濃又黑。他的眼鏡，他那斯文、講究的動作，還有他身上那件陳舊的天鵝絨黑外套，使他隱隱散發一種知識分子的氣息，好像他曾是個文人或者音樂家。他說話聲音輕柔，好像就要消失在空氣中似的，他的口音不像大多數無產者那樣不入流。

「你在外面人行道的時候，我就認出你了，」溫斯頓一進門他馬上說：「你就是那位買了年輕小姐紀念本子的先生。那本子紙張多漂亮，以前叫做奶油紙，這種紙沒有生產已經有——啊，我敢說有五十年了。」他從眼鏡上方看著溫斯頓。「你今天想買什麼嗎？或者只是來看看？」

「我路過這裡，」溫斯頓含糊地說：「只是順便進來看看。我沒有什麼東西想買。」

「那也好，」老店主說：「我想我也沒辦法滿足你。」他柔軟的手做了一個抱歉的姿勢。「你也看到的，可以說這間店什麼也沒有。跟你說句老實話，舊貨買賣快完蛋了，沒有人再有這種需要，供貨也沒有了。家具、瓷器、玻璃器皿，都是破破爛爛，不成樣子，還有金屬的東西大都回爐鎔化掉。我已經很多年沒有看到黃銅燭台了。」

實際上，這狹小的店鋪堆滿了舊貨，東西多得使人有點不舒服，但是幾乎沒有一樣是有一點價値的。店鋪裡陳列面積有限，因爲四面牆邊靠著許多積滿灰塵的相框畫架。櫥窗裡擺著一盤盤螺釘螺帽、老舊的鑿子、缺口的小刀、失去光澤、一看就知道已經停頓不走的舊手錶，還有許多沒用的雜物。只有牆角一張小桌子上放著一些零星物品，如漆器鼻菸匣、瑪瑙飾針等等，看起來還能從中找到有意思的東西。溫斯頓向那張桌子走過去時，眼光給一件又圓又光滑、在燈光下閃著柔和光澤的東西吸引住，他把它拿了起來。

那是一塊很厚的玻璃，上圓下平，差不多是個半球形。那玻璃無論色澤和質地，都特別的柔和，像雨水一般。玻璃中央嵌著一塊粉紅色卷曲的奇怪東西，在玻璃表面的弧度之下放大了，看起來像一朵玫瑰，又像海葵。

「這是什麼？」溫斯頓問，深深受到吸引。

「這是珊瑚，」老店主說：「應該是印度洋出產的。他們喜歡把它嵌在玻璃裡面。這至少是一百年以前的東西了，看起來可能還不止。」

「很漂亮的東西。」溫斯頓說。

「的確是很漂亮的東西，」老店主人欣賞地說：「不過現在識貨的人很少了。」他咳了一下。「嗯，如果你眞的想要，就算你四塊錢吧。我記得這樣的東西以前可以賣八鎊，而八鎊是……呃，我也不會算，不少錢就是了。可是現在誰還懂眞正的古董？就連剩下不多那些，也沒人懂。」

溫斯頓馬上付了四塊錢，把這心愛的東西揣進口袋裡。吸引他的倒不是這東西很漂亮，而是它似乎有一種不屬於這個時代的氣息，他從來沒有見過這麼柔和、像雨水般的玻璃。讓這東西更加吸引人的，是它看起來沒有什麼用處，不過他猜想得到，以前一定是拿它當紙鎭用的。它在口袋裡很沉，不過幸好體積不大，口袋不會鼓鼓的。身爲黨員，手中有這樣一件東西不但古怪，甚至容易惹禍上身：任何古老的東西，說起來，任何漂亮的東西，總隱隱教人覺得可疑。那老店主收下四塊錢後顯然很開心，溫斯頓意識到，要是給他三塊錢，甚至兩塊錢，他也會接受的。

「樓上還有一個房間，也許你有興趣看一看，」老店主說：「東西不多，只有幾件。如果要上去，我們得拿一盞燈。」

他另外點了一盞燈，彎著腰，帶著溫斯頓慢慢走上一道陡斜殘舊的梯級，穿過一條窄窄的走道，進入一個房間裡。那房間不在大街這面，窗口面對的是鋪了鵝卵石的庭院和許許多多屋頂的煙囪。溫斯頓注意到室內家具的陳設好像還準備住人似的，地上鋪著一條地毯，牆上掛著一兩幅畫，壁爐前面擺著一張深陷、邋遢的單人沙發。爐架上有一只老式玻璃鐘在滴滴答答地走著，鐘面的數字還是按十二個小時分的。窗口下面是一張幾乎占了房間四分之一的大床，床架上面還有床墊。

「我太太過世以前，我們一直住在這裡。」老店主有點歉意地說：「我正在一點一點的把家具賣掉。嗯，這可是張漂亮的紅木床，如果你能把臭蟲處理掉的話，眞的是張好床。不過我想你大概覺得它太笨重吧。」

他把燈提得高高的，好照亮整個房間，在昏暗但溫暖的燈光下，說也奇怪，這地方非常討人喜歡。溫斯頓心裡閃過一個念頭，如果敢冒這個險，大概一星期只消幾塊錢就可以把這房間租下來。這眞是個瘋狂而不可能辦到的念頭，一出現馬上就必須放棄，但是這房間在他心裡喚起了一種對往日的懷念，一種古老的記憶。他發覺他完全知道坐在這樣一個房間裡是什麼感覺：在熊熊爐火邊坐在沙發中，腳擱在爐圍上，爐架上放著一只水壺，完全的獨處，完全的安心，沒有人看著你，沒有聲音糾纏著你，除了壺裡的水在嘶嘶叫、時鐘親切的滴答之外，完全沒有別的聲音。

「沒有電幕！」他不由得喃喃自語道。

「啊，」老店主說：「我從來沒有過這種東西，太貴了，而且我從來不覺得有這種需要。嗯，角落邊那張摺疊桌很不錯，不過你如果要支起來用，就得裝上新的鉸鏈。」

另一邊的角落裡有一個小書架，溫斯頓已經給吸引過去。書架上沒有書，只堆滿了雜物。黨搜書、毀書的工作，在無產者的地區也做得跟其他地區一樣徹底，無論在大洋國的什麼地方，都已不可能再找到一本一九六〇年以前印刷的書。老店主仍然提著燈，站在壁爐另一邊對著大床的地方，他背後牆上掛著一幅花梨木鏡框鑲著的畫。

「那，如果你剛好對老版畫有興趣……」老店主委婉地說。

溫斯頓走上去看那幅畫。那是一幅蝕刻版畫，畫中有一棟橢圓形建築，上面有長方形的窗口，前方有一座小塔，建築周圍有柵欄圍著，後面似乎有一座雕像。溫斯頓端詳了好一會，那建築物看上去似曾相識，但他不記得那座雕像。

「畫框釘在牆上了，」老店主說：「不過你要的話我可以把它卸下來。」

「我認得這棟房子，」溫斯頓最後說：「現在已經變成廢墟了，就在司法殿外面那條街上。」

「沒錯，就在法院外面。什麼時候炸掉的——呃，好多年以前了。原本曾經是一間教堂，名字叫做聖克里門丹麥人教堂。」他帶著歉意的笑說道，好像覺得自己的話有點可笑似的，又補充說：「聖克里門教堂的鐘聲說，柳橙和檸檬！」

「那是什麼？」溫斯頓問。

「喔——『聖克里門教堂的鐘聲說，柳橙和檸檬。』這是我小時候唱過的一支童謠。整首是怎麼唱的，我已經不記得了，不過我記得最後一句是：『這裡有支蠟燭照你上床，這裡有把斧頭砍你腦袋。』這是跳一種舞的時候唱的，他們抬高手臂讓你鑽過去，當唱到『這裡有把斧頭砍你腦袋』，就把手放下來抓住你。唱的都是些教堂的名字，倫敦的教堂都唱到了——我是說主要的大教堂。」

溫斯頓尋思了一下，那教堂不知屬於哪一個世紀。要判斷一棟倫敦建築的年代，通常是很困難的，舉凡雄偉的大建築，只要外觀夠新，自然會說成革命後修建的，而看上去明顯更早的建築，則歸於一個統稱為中世紀的模糊時期。資本主義的那幾個世紀，一般都說成沒有產出任何有價值的東西。你從書本中無法認識歷史，從建築上一樣無法認識歷史。雕像、銘文、紀念碑、街名——凡是能夠透露關於過去種種的東西，都被有計畫地竄改了。

「我從來不知道那是間教堂。」他說。

「其實，留下來的還不少，」老店主說：「不過都當作別的用途了。嗯，那支童謠是怎麼唱的？啊！我想起來了：

聖克里門教堂的鐘聲說，柳橙和檸檬；
聖馬丁教堂的鐘聲說，你欠我三法辛……

「嗯，我就只記得這些了。法辛是一種小銅板❸，看上去跟一分錢差不多。」

「聖馬丁教堂在哪裡？」溫斯頓問。

「聖馬丁教堂嗎？那還在，在勝利廣場上，畫廊旁邊。那棟建築的門廊是三角形的，前面有圓柱和一大段階級。」

溫斯頓對那個地方很熟悉，那是一間博物館，用來陳列各式各樣的宣傳品，如火箭炸彈和浮動堡壘的模型、模擬敵人暴行的蠟像等等。

「以前都叫田野中的聖馬丁教堂，」老店主補充道：「不過我不記得那一帶有什麼田野。」

溫斯頓沒有買下那幅畫。比起玻璃紙鎮，那幅畫是更不適宜擁有的東西，而且也不可能帶回家，除非把它從畫框上卸下來。但是他逗留了一會兒，跟那老店主說話，那老店主的姓氏並不是維克斯——從店鋪門面上刻著的字樣，你大概會猜他是這個姓——而是查靈頓。查靈頓先生是個鰥夫，年六十三歲，住在這家店裡已有三十年了。這三十年來，他一直想把櫥窗上的店名改過來，可是也一直沒有動手。他們談話的時候，那忘了一半的童謠不斷在溫斯頓腦海裡盤旋：聖克里門教堂的鐘聲說，柳橙和檸檬；聖馬丁教堂的鐘聲說，你欠我三法辛！說也奇怪，在心裡哼著的時候，你好像覺得眞的聽到了鐘聲，那是屬於失落了的倫敦的鐘聲，那個倫敦仍舊在什麼地方存在著，只是僞裝了起來、被人遺忘了而已。他似乎聽到那鐘聲從一個個幽靈般的尖塔噹噹噹地不斷傳來，然而從他有記憶以來，他這輩子從來沒有聽到過教堂的鐘聲。

他和查靈頓先生告別，獨自下了樓，免得給老先生看到他走出店門前要先往街上張望察看一番。他已經有一個決定，再隔一段適當的時間，比如說一個月，他要冒險再到這家店鋪來。也許這並不比在社區活動中心缺席一晚更危險，眞正危險的事情本來是，在買下那本日記本之後，還不知道這家店鋪的老闆是不是信得過，就貿然又回到這裡來。然而——！

他又想，是的，他會再回來，他會再買一些漂亮而毫無用處的小東西；他會買下那幅聖克里門丹麥人教堂的版畫，把它從畫框上卸下來，藏在工作服的外套裡面帶回家；他會從查靈頓先生的記憶裡把那支童謠全部挖出來；他的腦海裡甚至又閃過了把樓上房間租下來的這個瘋狂念頭。大概有五秒鐘的時間，他簡直得意忘形，因而也沒有事先從玻璃窗內往外面街上看一眼，就走了出去。他甚至即興編了個調子哼了起來：

聖克里門教堂的鐘聲說，柳橙和檸檬；
聖馬丁教堂的鐘聲說，你欠我……

他的心突然一冷，肚子一陣翻騰。一個穿著藍色工作服的人正從人行道上走過來，跟他相距

---

❸法辛（farthing），英國最小銅幣名，值四分之一便士，已於一九六一年廢除。

不到十公尺，正是在小說處工作的那個黑髮女孩。街燈雖然很暗，但還是很容易認出是她。她正面看了他一眼，就彷彿沒有見到他一樣快步走了過去。

溫斯頓呆了幾秒鐘，完全無法動彈，然後才向右轉了個彎，拖著沉重的步伐往前走去，連走錯了方向也不知道。無論如何，有一個問題已經得到了答案：那女孩是在偵察他，這已毫無疑問。她一定是跟蹤他到這裡來的，因爲她不大可能剛好在同一天晚上走到這同一條不知名的小街上來，這條街距離任何黨員住的地區都有好幾公里遠，這絕不可能是巧合。她是思想警察的特務也好，只是好管閒事的業餘密探也好，都沒有什麼區別，光是她在監視他這點就夠了。或許她還看見他走進那家小酒吧也說不定。

走路變成一件費勁的事，每走一步，口袋裡那顆玻璃球就撞一下他的大腿，他甚至有點想把它掏出來扔掉。最糟糕的是他肚子痛，有好幾分鐘的時間，他覺得再不找到廁所，他就要痛死了，可是像這種地方是沒有公共廁所的。接著肚子裡的劇痛過去了，只留下一股悶悶的痛。

他走的這條街是一條死巷，溫斯頓停了下來，在那裡站了幾秒鐘，不知如何是好，最後才轉身往回走。他一面轉身一面想到：那女孩三分鐘前才從他身邊走過去，他追上去很可能還趕得上她，他可以跟蹤她到一個僻靜的地方，然後拾起一塊鵝卵石砸了她的腦袋，用他口袋裡那個玻璃球也夠重的了。但是他立刻又打消了這個念頭，因爲僅僅只是想到要使力氣，就教他覺得吃不消了。他跑不動，他沒辦法揮出那一擊，更何況，她年紀輕、精力充沛，一定會自衛。他又想到趕快到社區活動中心去，在那裡一直待到關門，這樣就有人爲他作不在場證明，但這也是行不通的。他感到疲憊無力，好像就快死掉似的，只想要趕快回家，坐下來安安靜靜地休息。

他回到寓所時已過了二十二點，電燈總開關二十三點三十分就會關閉，他走進廚房，一口氣喝下將近一整杯的勝利牌琴酒，才走到凹壁處的桌邊坐下來，打開抽屜拿出日記。不過他沒有立即翻開本子。電幕上，一把刺耳的女人嗓音正在哭哭啼啼地唱著一首愛國歌曲。他坐在那裡，呆呆凝視著日記本的大理石花紋封面，努力想要把那歌聲排除在意識之外，卻徒勞無功。

他們會在夜裡來抓你，總是在夜裡。你應該做的是在他們來抓你之前自殺，毫無疑問，有人這樣做，許多失蹤的人其實是自殺了。但是在一個完全買不到槍械或任何可以迅速致命的毒藥的世界裡，自殺需要極大的勇氣。他帶著一種驚奇想著痛楚和恐懼在生物學上的毫無用處，人體總是在需要它出力的時候背叛你，變得僵硬而動彈不得。只要他動作夠快，本來是可以殺那黑髮女孩滅口的，然而正是因爲處於極端的危險之中，他才失去了行動的能力。他突然覺得，在危機出現的時候，你要對付的從來不是外在的敵人，而是自己的身體。就像現在，他雖已喝了一杯琴酒，肚子裡悶悶的痛還是使他無法有條理地思考。由此他理解到，在一切表面看來英雄的或悲劇的場合裡，情況也會一樣。在戰場上、在刑房裡、在沉船上，你爲之奮鬥的目的總是被忘掉，因爲身體會膨脹起來，充滿了整個宇宙，就算你沒有嚇得動彈不得，或是痛得尖聲大叫，生命的每時每刻也是跟飢餓、跟寒冷、跟失眠、跟肚子痛、跟牙痛的對抗。

他把日記本打開，必須要寫幾句話下來。電幕上的女人開始唱一首新歌，那聲音好像是玻璃碎片一樣刺進他的腦子。他努力想著歐布朗，這本日記就是爲他而寫，或者說寫給他的，可是他腦海裡想到的卻是思想警察把他抓去以後會發生的事。如果他們立刻把你殺了，倒也無所謂，會殺你是可以預料的事，但是在死前（沒有人會談這種事，但人人都知道），卻還得經過一連串例行的逼供：趴在地上求饒，折斷骨頭、打落牙齒，頭髮結成血塊。既然下場都一樣，你爲什麼還要多受活罪？爲什麼不能早幾天、早幾個星期了斷？從來沒有人能逃過偵察，也從來沒有人不認罪，一旦犯了思想罪，可以肯定你的死期已定。既然都改變不了什麼，爲什麼還要讓這種噩夢潛伏在未來等著你呢？

他又再努力想著歐布朗的形象，這一次比較成功了，歐布朗對他說：「讓我們在沒有黑暗的地方相見。」他明白這句話的含意，或者說他自以爲明白。沒有黑暗的地方就是想像中的未來，你永遠看不到，卻因爲有預知的能力而神祕地能夠彼此分享。但是電幕上的聲音在他耳邊聒噪不休，使他無法再跟著這個思路想下去。他放了一根菸在嘴上，一半的菸絲馬上掉到他舌頭上，苦苦的粉末吐也吐不乾淨。他腦海裡浮現老大哥的臉，代替了歐布朗的臉。就像前幾天那樣，他從口袋裡掏出一枚硬幣來看，硬幣上的臉也看著他，沉著、鎭靜，彷彿照看著你；但是藏在那黑鬍鬚下面的，會是怎樣一種笑容？宛如沉重的喪鐘一般，那幾句話又在他耳邊響起：

戰爭就是和平
自由就是奴役
無知就是力量

第二部

上午的時間過了一半，溫斯頓走出他的小辦公間，上廁所去。

一個孤單的人影從燈光明亮的狹長走廊另一端向他走來，正是那個黑髮女孩。自從那天晚上在舊貨鋪門外碰到她以後，已經過了四天。她走近之後，溫斯頓看見她的右臂用吊腕帶吊著，因爲顏色和她的工作服相同，所以從遠處看不出來。她大概是在轉動「編排」小說情節的萬花筒機時壓傷了手，這是小說處常有的事故。

他們相距大約四公尺的時候，那女孩忽然絆了一跤，幾乎撲倒在地。她發出一聲痛苦的尖叫，一定是正好跌在那受傷的手臂上。溫斯頓立刻站住了。那女孩已經跪了起來，面色轉成蠟黃，嘴唇顯得比平常更紅了。她緊緊盯著溫斯頓，求援的眼神看起來與其說充滿痛楚，不如說充滿恐懼。

溫斯頓心中有一種奇怪的情緒，眼前是一個想害死他的敵人，同時也是一個在痛楚中的、很可能骨折的同類。他已經本能地走上前去想要幫她，他看到她跌下去壓在綁著繃帶的手臂上那一刻，就感到好像痛在自己身上一樣。

「摔傷了嗎？」他問道。

「沒什麼，就是手臂，一會兒就好了。」

她說話時好像心在怦怦亂跳似的，臉色變得非常蒼白。

「沒有摔斷什麼地方吧?」

「沒有,我沒事,痛一陣子就會好的。」

她把沒事的那隻手伸給他,讓他攙扶起來。她的面色恢復了些,看上去好多了。

「沒什麼,」她又簡短地說:「只是手腕碰了一下。謝謝你,同志!」

說完她繼續往前走,步伐輕快,好像眞的沒什麼一樣。整個事件不會超過半分鐘。不讓內心的情感流露到臉上來,早已由習慣晉升爲一種本能,而且剛才事情發生的時候,他們正好站在一台電幕前方。儘管如此,他很難不稍稍流露出一絲詫異,因爲就在他扶她起來的那兩三秒鐘內,那女孩塞了一件東西在他手裡。毫無疑問,她是有心這樣做的。那是一件又小又扁的東西,他穿過廁所門口的時候,把那東西塞進了口袋裡,然後用指尖摸它,原來是一張摺成小方塊的紙片。

他站在尿池前小便,一邊設法用手指在口袋裡把紙片打開。顯然,上面一定寫了些什麼。他一下子有股衝動,想要拿到馬桶間去立刻看個清楚,但是他知道這將會是愚不可及的舉動,沒有一個地方可以使你更肯定,電幕的另一端正有人持續不斷地監看著。

他回到他的小辦公間,坐了下來,裝作不經意地把紙片扔在桌上的紙堆裡,戴上眼鏡,把說寫器拉了過來。他告訴自己:「五分鐘,至少至少要等五分鐘。」他的心在胸膛裡怦怦地跳,聲音大得可怕。幸好他眼前那件工作只是修正一長串數字的例行公事,不需要太專心也能做。

紙上不論寫些什麼,一定都有政治意義。他能夠想到的,有兩種可能,第一種可能性較大,即那女孩是思想警察的特務,就像他一直擔心的那樣。他想不通爲什麼思想警察要用這種方式傳遞消息,不過他們大概有他們的理由。紙上所寫的可能是一個威脅、一分傳票,一道自殺命令,或者某種圈套的描述。另一種可能比較荒唐，卻不斷地抬頭，他怎麼壓也壓不下去，那就是：信息根本不是來自思想警察，而是來自某個地下組織，也許所謂兄弟會是真有其事！也許那女孩是他們的一份子！這個念頭無疑很荒謬，但是從他的手摸到那張紙片的一刻，心中馬上就出現了這個念頭，而另一個比較可能的解釋卻是過了幾分鐘後才想到的。即使現在，他的理智告訴自己這個信息很可能代表死亡，但是他並不眞的相信，那個不合理的希望仍然揮之不去，他的心仍在怦怦地跳，他必須費很大的勁才能克制自己，使自己對著說寫器低聲唸出那些數字的時候，聲音不至於顫抖。

他把做完的工作捲起來，插進氣送管內送出去。八分鐘過去了。他調正鼻梁上的眼鏡，嘆了口氣，把下一批工作拉到面前，那張紙片就在上面。他把它鋪平，只見上面稚氣的字體歪歪斜斜地寫著幾個大字：

我愛你

有幾秒鐘工夫，他吃驚得無法把這容易惹禍的東西扔進記憶洞裡。等到他終於扔進去時，雖然明知道表露出太大興趣是很危險的，他還是忍不住再看了一遍，只爲了確認那上面確實寫著這幾個字。

這天上午接下來的時間裡，他無心工作，而比集中精神在那些瑣碎的工作上還要更難的是，他必須隱藏起激動的情緒，不讓電幕察覺。他覺得肚子裡好像有一團火在燒。午休時間在那又熱又擠、人聲嘈雜的公共食堂裡成了一種折磨，他本來希望吃午餐時可以獨處一會，偏偏那個笨蛋帕森斯一屁股坐到他旁邊，那股汗臭幾乎把大鍋菜的鐵腥氣掩蓋過去。他滔滔不絕地說著仇恨週的準備工作，講到他女兒的少年偵察隊爲仇恨週製做的老大哥頭部模型時特別起勁，那模型足足有兩公尺寬，是用硬紙板做的。讓人煩躁的是，在一片喧嚷的人聲中，溫斯頓很難聽清楚帕森斯在說些什麼，只好不斷要帕森斯把那些蠢話再複述一遍。只有一次，他瞥見了那個女孩，她正和兩個女孩坐在食堂的另一端。她好像沒有看到他，他也沒有再往那個方向望過去。

下午比較好過一些，午飯過後立刻送來一件複雜、困難度高的工作，需要好幾個小時來處理，而且必須把其他事情暫時放在一邊。這項工作是要竄改兩年前的一批生產報告，目的是要損害內黨的一個重要黨員的威信，這個人現在已經蒙上了陰影。這是溫斯頓最拿手的事情，因此接下來的兩個多小時裡，他有辦法把那女孩拋諸腦後。可是不久，她的容貌又回到了他腦海裡，隨之而來的還有難以克制的一股想要獨處的熾烈慾望，在他能夠獨處之前，是不可能把事情的這個新發展理出一個頭緒來的。今晚是他必須去社區活動中心的晚上，他又在食堂裡胡亂地吃了一頓無味的晚飯，匆匆趕到中心去，參加了看來煞有介事的愚蠢的「小組討論」，打了兩局乒乓球，喝了幾杯琴酒，坐下來聽了半小時「英社與棋弈的關係」專題演講。他心裡覺得無聊透了，可是他第一次沒有想要逃出活動中心的衝動。看到「我愛你」三個字以後，他的生存慾望高漲起來，爲小事情冒險忽然顯得太愚蠢了。一直等到廿三點，他回到家上了床以後，他才有辦法連貫地思考——在黑暗中你才是安全的，即使電幕還在，你只要不出聲就行了。

現在要解決的是個實際的問題：怎樣跟那女孩聯繫，安排一次約會。他不再考慮她設下圈套來害他的可能性，他知道不會是這樣，因爲她把紙片塞給他的時候所流露的激動神情，是無庸置疑的。他也從來沒有想過要拒絕她的表白。不過才五天以前的晚上，他還想用鵝卵石砸了她的腦袋，不過這已經不重要了。他想到她赤裸的年輕肉體，就像他在夢中見過的樣子。他曾經以爲她也和別的女人一樣，腦子裡盡是謊言與仇恨，肚子裡裝的都是冰塊。想到他可能會失去她，她白皙的年輕肉體可能從他手中溜走，他就一陣發熱。最教他擔心的是，如果他沒有盡快和她聯繫，她可能就會改變主意。但是，約會的具體困難是多麼巨大，這就像下棋的時候已經被將死了，卻還要設法走一步，不管你走到哪裡，都有電幕對著你。事實上，在他看到那字條的五分鐘之內，他就已經把各種和她通消息的可能方法都想遍了，現在有時間慢慢想，他便逐個逐個地考慮，就像在桌上擺開一排工具一樣。

顯然，上午那種相遇是不能再重演了。如果她也在紀錄處工作，那就簡單得多，但是連小說處在大樓的哪一個位置，他都只有一個很模糊的概念，他也沒有什麼藉口可以到那裡去。要是他知道她住在何處、何時下班，還可以設法在半路上見她一面；可是要跟在她後面回家就很不妥了，因爲這就要在眞理部外面遊蕩，一定會引人注意。至於到郵局寄封信給她，那根本不必考慮，因爲所有信件在郵遞過程中都會拆閱，這種例行檢查已經不是祕密了。事實上，大多數人根本不寫信，偶爾需要傳遞信息時，就用印有一長串現成辭句的明信片，只要把不適用的句子刪去就行了。無論如何，他也不知道那女孩的姓名，更不用說地址了。最後他決定，還是食堂最安全，只要能夠趁她單獨坐一張桌子的時候接近她，那張桌子又是在食堂中央，距離電幕不會太近，加上周圍人聲嘈雜——只要這些條件能夠持續那麼個半分鐘，就有可能說上幾句話了。

此後的一星期中，生活就像在做一個焦躁不安的夢。第二天，溫斯頓要離開食堂時，那女孩才出現，那時哨子已經吹過，看來她大概換了晚班，兩人擦身而過時看也不看對方一眼。再下來一天，她在平常的時間出現在食堂裡，不過卻是和三個女孩坐在電幕下。之後是令人難耐的三天，她都沒有出現，他全部的身心像被一種難以忍受的敏感脆弱所苦，彷彿有一種透明度，他的每個動作、每個聲音、每個接觸，他說出口或聽到的每個字句，都使他覺得痛苦。即使在睡夢中，他也無法完全擺脫她的身影。那幾天他都沒有去碰日記。假如說有什麼事情能使他稍稍減輕痛苦的話，那就是他的工作，在工作中，他有時候能夠暫時忘掉自己，不過最久也不會超過十分鐘。她究竟怎麼了，他毫無線索，也沒有地方可以去打聽。她說不定人間蒸發了，說不定自殺了，也可能調派到大洋國的另一端去了，而最壞也最有可能的是，她改變主意，決定避開他了。

第二天，她又出現了，手臂已經不用吊帶，只有手腕貼著膠布。看到她使他如釋重負，歡喜得忍不住直盯著她看了幾秒鐘。接下來的一天，他差一點就和她說上了話。他走進食堂的時候，看到她坐在一張離牆壁很遠的桌子，周圍沒什麼人。時間還早，食堂裡人不多，領餐的隊伍徐徐前進，溫斯頓快到櫃台前的時候，隊伍卻停頓了兩分鐘，原來前面有人投訴說他沒有領到糖精。不過當溫斯頓領到他那盤飯菜，準備走向那女孩的桌子時，她還是一個人坐在那裡。他若無其事地朝她走去，眼光故意在她後面的那張桌子搜尋，距離她大概只剩三公尺了，只要再多兩秒鐘就行了。這時他背後有人叫道：「史密斯！」他假裝沒有聽見，那人又喊了一聲：「史密斯！」聲音比剛才更大。沒有用，他跑不掉的。他轉過身，看到一個金色頭髮、一臉傻相的年輕人，這人名叫威爾舍，溫斯頓和他並不熟，此刻他正滿臉笑容地邀請溫斯頓坐到他桌邊的一個空位子上。

拒絕他會很不安全，在有人認出他以後，他不能再跟一個沒有伴的女孩同坐一桌了，那會太引人注意。於是他露出友好的笑容坐了下來，那張傻裡傻氣的臉也笑容相迎，溫斯頓幻想自己提起一把斧頭把那張臉劈成兩半。幾分鐘之後，那女孩的桌子也坐滿了。

但是，她一定已經看到他朝她走去，也許她能夠領會這個暗示。第二天，他提早來到食堂，果然，她又坐在差不多同一個地方的一張桌子旁，又是獨自一個人。排隊時，他前面是一個動作敏捷、像甲蟲一般的矮子，有一張扁臉和一對多疑的小眼睛。溫斯頓端起餐盤轉身離開櫃台時，看見那個矮子正朝女孩的桌子走去，他的心往下一沉；再過去些有一張桌子還有空位，但是那矮子的神情使人覺得他會讓自己坐得舒舒服服的，所以一定會挑一張最空的桌子。懷著涼了半截的心，溫斯頓跟在那矮子後面。除非能夠單獨跟那女孩在一起，否則是沒有用的。就在這時候，只聽見嘩啦一聲巨響，那矮子摔了個狗吃屎，餐盤飛了出去，湯水和咖啡流了一地。他爬起來，惡狠狠地瞪了溫斯頓一眼，顯然在懷疑是溫斯頓故意絆倒他的。不過沒關係，五秒鐘以後，溫斯頓已經坐到了那女孩的桌子旁，心怦怦地跳著。

他沒有看她，把餐盤上的東西放到桌上，馬上吃將起來。應該趁還沒有別人坐過來以前趕快和她說話，可是這時他心中卻湧起一股強烈的疑懼。打從她向他表白以來，已過了一個星期，她的心意說不定已經變了，她的心意一定已經變了！這件事不可能這麼圓滿結束，這種事在現實生活中是不會發生的。要不是這時他看到那位長耳毛詩人安普福斯正端著餐盤有氣沒力地踱來踱去，想找個位子坐下，他很可能最終也開不了口。不知爲什麼，安普福斯似乎相當喜歡和溫斯頓在一起，如果看到溫斯頓在那裡，他肯定會過來坐下。溫斯頓大概只有一分鐘可以行動。他和那女孩都在徐徐地吃著，他們吃的是一道用菜豆做的燉菜，實際上稀得跟湯一樣。溫斯頓開始用極低的聲音說話，兩人都沒有抬起頭來，只是用湯匙徐徐地把那稀薄如水的東西送進嘴裡，在湯匙起落之間用沒有表情的聲調輕輕地交換幾句必要的話：

「妳什麼時候下班？」

「十八點三十分。」

「我們可以在什麼地方見面？」

「勝利廣場，紀念柱附近。」

「那裡都是電幕。」

「人多就不要緊。」

「有什麼暗號嗎？」

「沒有。我還沒有走進人群中的時候千萬別靠近我，也不要看我，跟在我附近就行了。」

「什麼時候？」

「十九點。」

「好。」

安普福斯沒有看到溫斯頓，在另一張桌子邊坐了下來。那女孩匆匆吃完就走了，溫斯頓則留下來抽了一根菸。他們沒有再說話，除了兩個面對面坐在同一張桌子的人之間會有的眼神接觸之外，也沒有再多看彼此一眼。

溫斯頓在約定時間之前就來到勝利廣場，在巨大的圓柱底下徘徊，柱頂上老大哥的塑像凝視著南方天際，那裡是老大哥在「一號航空基地之役」中擊敗歐亞國飛機（幾年前則說是東亞國飛機）的地方。前面的大街上，有一座騎馬人像，據說是奧利佛・克倫威爾❶。十九點過了五分，女孩還沒有出現，溫斯頓心中又湧起那種強烈的疑懼：她不來了，她變心了！他慢慢走到廣場的北邊，認出了聖馬丁教堂，感到一絲蒼白的喜悅，那教堂的鐘——當它還有鐘的時候——曾經敲出「你欠我三法辛」。這時，他看到那女孩已站在紀念柱下，在讀——或者說裝作在讀——柱子上貼著的海報。紀念柱周圍都是電幕，現在走近前去還不安全，必須等到有更多人聚集過來。就在這個時候，廣場左邊傳來一陣喧嚷和重型車輛駛過的聲音，剎那間，似乎人人都往廣場的一角奔去。那女孩敏捷地繞過紀念柱底部的石獅，加入了奔跑的人群中。溫斯頓跟了上去，一面跑，一面從叫嚷聲中得知，原來正有一隊押解歐亞國戰俘的車隊經過。

密密麻麻的人群已經堵塞了廣場南邊。溫斯頓平時碰到這種混亂的場面，一定是閃到旁邊去的，現在卻又推又擠，拚命向人群中間擠去。不久他就擠到離那女孩只有一臂之遙的地方，可是中間卻擋著一個身材龐大的無產者和一個同樣肥大的婦人，大概是兩夫妻吧，他們不啻形成一堵無法越過的肉牆。溫斯頓扭動著側過身來，猛的一擠，把肩膀擠進他們中間，他覺得五臟六腑好像被那兩副肌肉壯實的臀部壓成了肉漿似的，出了一身汗之後，終於擠了過去。現在，他就站在那女孩身旁，肩挨著肩，兩人都目不斜視地看著前方。

❶奧利佛・克倫威爾（Oliver Cromwell, 1599~1658），英國政治、軍事領袖，率領議會戰勝保皇黨，處死查理一世，使英格蘭成爲共和聯邦。隨後將整個英國置於軍事管制下，他自任監國，實行獨裁統治。

一長隊卡車慢慢地從街上開過，車上每個角落都直挺挺地站著手持衝鋒槍、表情木然的衛兵。車裡有許多身穿草綠色破爛軍服的矮小黃種人，蹲著擠作一團，他們那愁苦的蒙古種面孔從車子兩邊呆呆望著外面，一點好奇心也沒有的樣子。有時卡車顛簸了一下，就聽到金屬碰撞的噹啷噹啷聲：所有戰俘都戴上了腳鐐。一卡車接著一卡車愁容滿面的戰俘開了過去，溫斯頓知道他們在經過，卻只是時斷時續地看到他們。那女孩的肩膀和上臂緊緊地貼著他，臉頰離他那麼的近，他幾乎可以感受到那粉頰傳過來的溫暖。就像在食堂那次一樣，她立刻掌握了局面，開始用之前那種沒有表情的聲調說話，嘴唇幾乎動也不動，喃喃的低語很容易就被嘈雜的人聲和隆隆的車聲所掩蓋。

「你聽得到我說話嗎？」

「聽到。」

「星期天下午你走得開嗎？」

「可以。」

「那麼聽好了，你得記住，到帕丁頓車站去……」

她用猶如軍事部署一般精確的描述，告訴他應走的路線，使他大感驚訝。坐半小時的火車，出車站後左轉，沿馬路走兩公里，有一道缺了最上面那條橫槓的柵門，穿過田野中一條小徑，走一條長滿雜草的小路，灌木叢中有一道路跡，會看到一棵長滿苔蘚的枯樹。她腦子裡好像有一張地圖似的。最後她低聲說：「你全都記得嗎？」

「記得。」

「你左轉，右轉，再左轉。那道柵門上缺了橫槓。」

「好，什麼時間？」

「差不多十五點。你可能要等一會兒，我會從另一條路過去。你眞的都記得了嗎？」

「記得。」

「那麼趕快離開我身邊，愈快愈好。」

這一點不需要她告訴他，不過他們一時還無法從人群中脫身。卡車仍在接連駛過去，群眾也仍然不滿足地張大嘴巴看著。一開始時，人群中還有人發出噓聲，不過那只是黨員發出來的，不一會就停止了。群眾最主要的情緒只是好奇，因爲在他們看來，所有的外國人，不論是來自歐亞國還是東亞國，都是一種陌生的動物。除了戰俘之外，你根本不會見到其他外國人，即使是戰俘，也只是匆匆一瞥，也不知道他們的下場如何，除了少數幾個會以戰爭犯的罪名吊死以外，其餘就這樣消失了，大概是送進強迫勞動營吧。圓圓的蒙古種面孔過去之後，接下來是比較接近歐洲人的面孔，滿臉鬍鬚，邋遢憔悴，眼光從毛茸茸的臉頰上看著溫斯頓，有時候盯得非常緊，但是很快又閃了開去。車隊來到尾端，最後一部卡車經過時，他看見車上有一個滿臉毛髮蓬亂的老人，雙手交叉在胸前昂然挺立，好像他早已習慣了雙手銬在一起。該是溫斯頓和女孩分手的時候了，但是就在臨別前一刻，趁人群還把他們擠在一塊時，她把手伸過來，緊緊地握了一下他的手。

這一握不可能超過十秒鐘，然而感覺卻像他們的手這樣緊扣了很久，他有時間充分地感受她手上的每一個細節，細細摸著那細長的手指、那橢圓的指甲、那因爲操勞長出老繭的掌心、那手腕下滑嫩的皮膚。這樣摸著，他彷彿親眼見到了似的。同時他也不禁想到，他竟然不知道那女孩的眼珠是什麼顏色！應該是褐色吧，但是黑髮的人有時也會有藍色的眼珠。此時若轉過頭去看她，將會是愚不可及的舉動。他們在擁擠人群的掩護下手握著手，眼睛直直地看著前方，於是溫斯頓看到的不是女孩的眼睛，而是那個老戰俘的一雙眼睛，從亂蓬蓬的毛髮中悲傷地凝視著他。

2

溫斯頓在斑駁的樹影下穿過那條小路，在枝葉分開來的地方，就走進金黃色的陽光裡。在他左邊的樹下，地上一片迷濛地長滿風鈴草的藍色小花，空氣濕潤，好像親吻著皮膚。今天是五月二日。林木深處傳來斑鳩的嚶嗚。

他到得稍早。一路上並沒有什麼困難，而且那女孩顯然很有經驗，使他沒有那麼害怕，應該可以相信她能夠找到一個安全的地方。一般來說，你不能假設在鄉間一定比在倫敦安全，不錯，鄉間沒有電幕，可是隨地都有竊聽器會把你的聲音錄下並辨認出來；此外，一個人在旅途中很難不引起注意，雖然一百公里以內的旅行還不需要拿護照去申請許可，但是火車站周圍有時會有巡邏隊，看到黨員就要求檢查身分證明文件，還會提出令人為難的問題。不過，今天沒有碰到巡邏隊，而從火車站出來以後，他也一路小心地回頭看，確定沒有人跟蹤他。火車上擠滿了無產者，在這初夏的天氣裡，興高采烈地郊遊去。他坐的那一節硬座車廂被一個大家庭擠滿了，從牙齒掉光了的曾祖母到剛彌月的嬰兒都有，他們準備去鄉間找「親家」串門子，順便弄點黑市奶油，他們毫無顧忌地這麼告訴溫斯頓。

小路慢慢開闊起來，不久就到了那女孩告訴他的那條小徑，原來只是灌木叢中一條牛群踩踏出來的路跡。他沒有帶錶，應該還不到十五點吧。小徑上遍地都是風鈴草的藍色小花，想不踩到是不可能的，他蹲下去摘了一些，一則是消磨時間，同時也模模糊糊地覺得，他想在見到那女孩時送一束花給她。他摘了一大把，正嗅著那不大好聞的淡淡花香，就聽見背後傳來一個聲音把他嚇呆了，毫無疑問，那是踩在枯枝上的腳步聲。他繼續採花，這是最好的辦法了。腳步聲可能是那個女孩，也可能畢竟還是有人跟蹤他。回頭張望只會顯得作賊心虛。他摘了一朵又一朵，直到有一隻手輕輕地搭在他的肩上。

他抬頭一看，正是那個女孩。她搖搖頭，顯然在提醒他不要出聲，跟著便撥開灌木，在前面快步領路，沿著那條窄窄的小徑走進樹林中。一路上，她熟練地閃避坑坑窪窪，顯然曾經來過這裡。溫斯頓跟在後面，手中仍然緊握著那束花。他的第一個感覺是如釋重負，然而當他看著前面那個健康苗條的身體，那條猩紅腰帶束著她的腰，剛好凸顯出她的臀部曲線，他的自卑感不由得使他沉重起來。即使到了現在，她還是很有可能在回頭看到他的樣子之後，就此打退堂鼓。空氣的甜香和樹葉的青翠，都使他感到退縮。剛剛從車站出來的路上，五月的陽光已經使他感到全身髒兮兮、臉色蒼白，他這個成天待在室內、毛細孔裡嵌滿了倫敦煤煙的人。他想到，至今為止她大概從來沒有在大太陽底下見到過他。他們來到她說的那棵倒下的枯樹旁，那女孩跳過去，用力撥開灌木，那裡完全看不出有什麼缺口，然而溫斯頓跟著她，卻來到一塊天然的小空地，那是一個小草丘，周圍長滿高高的小樹，把它完全遮蔽起來。那女孩停下來，轉過身面向著他。

「我們到了。」她說。

他在幾步之外面向著她，還不敢太靠近。

「我不想在那條路上說什麼，」她又說：「萬一那裡藏著竊聽器。我想應該沒有，但還是有可能，那些豬總有一個有辦法認出你的聲音。這裡就沒問題了。」

他還是沒有勇氣靠近她。「這裡沒問題嗎？」他愚蠢地又問了一句。

「對啊，你看這些樹。」那都是些白蠟樹，看得出來曾經砍伐過，後來又長出新樹苗，密密地都是又直又細的樹幹，沒有一棵比手腕粗。「沒有一棵大得可以藏竊聽器。而且，我來過這裡。」

他們只是有一搭沒一搭地聊著。他鼓起勇氣挨近了她一些，她站在他面前，腰桿挺得筆直，臉上的笑容似乎有點嘲諷的味道，好像不明白他爲什麼遲遲沒有行動。風鈴草的藍色小花灑落在地上，好像是自己掉下去似的。他執起了她的手。

「妳相信嗎，直到現在我還不知道妳的眼珠是什麼顏色的？」他說著，注意到她的眼珠是褐色的，一種比較淡的褐色，睫毛卻很黑。「現在妳看清楚我這副模樣了，還受得了我嗎？」

「受得了，完全沒問題。」

「我已經三十九歲了，有一個擺脫不了的老婆。我有靜脈潰瘍，還有五顆假牙。」

「我才不在乎。」

接著，很難說是誰主動，她已經在他懷裡了。起初，他除了不能置信之外，沒有任何其他感覺。那副年輕的肉體緊緊貼著他，一頭濃密的黑髮拂在他臉上，而且，眞的！她眞的抬起了臉，讓他吻她那紅潤豐滿的嘴唇。她兩臂緊緊摟著他的脖子，輕輕地叫他親愛的、寶貝、我的愛。他把她輕輕推到地上，她完全不抵抗，任由他擺布，他想怎麼樣就怎麼樣。然而事實卻是，除了單純的肌膚相親之外，他沒有任何肉慾的衝動。他能感覺到的就只有驕傲和不可置信，他很高興這件事情發生了，可是他沒有肉體的慾望。一切發生得太快了，她的青春、她的美麗嚇著了他，他太習慣沒有女人的生活了——他也不知道原因是什麼。那女孩坐起身來，把頭髮裡的一朵小藍花撿出來，靠在他身上坐著，手臂摟住他的腰。

「沒關係，親愛的，不急，我們有整個下午的時間。你說這是不是一個很棒的幽會地點？有一次團體遠足我迷了路才發現的。要是有人來，在一百公尺以外你就聽得到了。」

「妳叫什麼名字？」溫斯頓問。

「茱莉亞。我知道你的名字，你叫溫斯頓——溫斯頓・史密斯。」

「妳怎麼知道的？」

「親愛的，我想我打聽事情的能力比你強。告訴我，在那天我遞紙條給你之前，你覺得我怎麼樣？」

他一點也不想對她撒謊，一開始就把最壞的看法說出來，也是一種愛的表示。

「我一見到妳就討厭，」他說：「我想強姦妳，然後再把妳幹掉。兩個禮拜以前，我很認眞地考慮拿一塊鵝卵石砸碎妳的腦袋。妳眞的想知道的話，我以爲妳跟思想警察有關係。」

女孩開心地大笑起來，顯然把這些話當作在誇獎她的偽裝技巧了得。

「思想警察！你不會眞的這樣想吧？」

「唔，也許不完全是這樣。但是從妳的外表看來，就因爲妳又年輕，又嬌嫩，又健美，妳懂的，所以我想妳大概……」

「你想我是一個好黨員，言行純潔，總是旗幟啦，遊行啦，口號啦，比賽啦，團體遠足啦，這些東西。你想我只要一有機會，就會檢舉你是思想犯，把你幹掉？」

「是啊，差不多是這樣。妳知道，絕大多數年輕女孩子都是這樣。」

「都是這件鬼東西害的。」她一邊說，一邊解下那條青少年反性團的猩紅腰帶，扔到樹枝上。摸到腰部似乎使她想起了什麼，她伸手進工作服的口袋裡，摸出一小塊巧克力來，掰成兩半，分了一半給溫斯頓。溫斯頓還沒有吃，就已經聞得出這不是普通的巧克力，它的顏色很深，表面發亮，用銀紙包著。一般巧克力都是暗淡的褐色，非常易碎，吃起來的味道，用最接近的形容，可以說像垃圾燒出來的煙味。但是曾幾何時，他也吃到過她給他的這種巧克力，他一聞到這香味，就勾起了他模糊的記憶，儘管想不起是什麼，感覺卻非常強烈，教人心神不寧。

「妳從哪裡弄來的？」他問。

「黑市呀。」她無所謂地說：「你看，我其實就是這樣的女人，很會玩把戲。在少年偵察隊的時候我是小隊長。我每星期有三個晚上替青少年反性團做義工，沒完沒了地在倫敦到處貼那些胡說八道的鳥話。遊行的時候我總是舉大旗的那個人。我總是面帶笑容，做事從來不退縮。像我說的，永遠跟著群眾一起呼喊。這是保護自己唯一的辦法。」

第一口巧克力已經在溫斯頓的舌尖上融化，味道好極了，但是那個模糊記憶仍然在他意識的邊緣徘徊，使人強烈地感受到什麼，卻又無法形成具體的東西，就好像用眼角餘光瞄到的一件物體。他決定把它撇在一邊，心中只知道那是關於他很後悔卻又無法挽回的一件事的記憶。

「妳這麼年輕，」他說：「比我小十到十五歲吧。像我這樣的人，到底有什麼地方吸引妳？」

「是你臉上的什麼東西。我決定賭它一賭，我很會看誰是沒辦法融入的人。我一看到你，就知道你是反對『他們』的。」

「他們」，看來指的是黨，尤其是內黨，她說起來都是用公開嘲弄的厭惡口吻，使溫斯頓感到很不安，儘管他知道如果有什麼地方可以說是安全的話，現在這裡肯定是安全的。還有一點令他感到很驚訝，那就是她滿口髒話。黨員是不應該罵髒話的，溫斯頓自己就很少罵，至少不會高聲地罵。但是茱莉亞一提到黨，尤其是內黨，卻似乎非得用上陋巷裡牆上用粉筆塗鴉的那些話不可。他並沒有不喜歡。這只不過是她反叛黨以及黨的一切作爲的一種表現而已，而且這似乎很自然、很健康，就像馬兒嗅到不新鮮的草料會打噴嚏一樣。他們已經離開了那塊空地，在樹蔭掩映下漫步走回去，在小徑夠寬、兩人可以並肩走的地方，就互相摟著腰。他發覺在除下那條腰帶以後，她的腰更柔軟了。他們都只喁喁細語，茱莉亞說，出了那塊空地之後，最好安靜地離去。現在，他們來到了小樹林的邊緣，她示意他停下來。

「別走到外面去，可能有人在監看，我們只要走在樹叢後面就沒事。」

他們正站在榛樹的樹陰下，陽光穿過濃密的樹葉，照在臉上還是熱灼灼的。溫斯頓向遠處的田野望去，一股驚奇慢慢地從心裡升上來，他認得這個地方，這是一片古老的牧草地，草被啃得短短的，中間有一條彎彎曲曲的小徑，到處都是鼴鼠打洞留下的土丘。對面是一排參差不齊的樹籬，榆樹的枝條在微風中輕輕搖擺，濃密的葉子微微顫動，像女人的頭髮一樣。就在附近的什麼地方，雖然看不見，一定有一條小溪形成綠色的水潭，潭裡有鰷魚成群游來游去。

「附近是不是有一條小溪？」他低聲問。

「沒錯，是有一條小溪，在下面那塊田野旁邊就是了。裡面有魚，很大條，你可以看到牠們在柳樹下的水潭中擺尾巴哩。」

「那就是黃金之鄉了——差不多就是了。」他喃喃地說。

「黃金之鄉？」

「沒什麼，那是我有時在夢中看到的景色。」

「看！」茱莉亞輕聲叫道。

一隻畫眉鳥停在不到五公尺外的一根樹枝上，跟他們的臉幾乎同一水平。畫眉鳥大概沒有看到他們，牠在陽光中，而他們在樹蔭裡。牠張開翅膀，又小心整齊地收起來，頭低下去一會，彷彿向太陽致敬似的，接著就引吭高歌起來。在午後的寂靜中，牠的歌聲嘹亮得驚人，溫斯頓和茱莉亞緊緊依偎著，聽得入神。那歌聲不絕於耳，一分鐘一分鐘地唱下去，變化多端，一點也沒有重複的時候，彷彿牠是在故意表現精湛的技藝似的。有時候牠會暫停片刻，舒展一下雙翅，又收起來，挺起斑斑點點的胸脯再度高歌。溫斯頓帶著一絲模糊的敬意看著，畫眉鳥是爲了誰、爲了什麼歌唱？這裡沒有配偶，也沒有對手在看牠，牠爲什麼要歇在這孤寂的樹林邊緣，往虛空裡歌唱？他不禁納悶附近是否藏了竊聽器，他和茱莉亞說話都非常輕，竊聽器不會接收到他們的談話，卻會接收到畫眉的歌聲。或許，在竊聽器的另一端，某個像甲蟲一樣的小個子正在專注地竊聽——聽到的卻是鳥囀！不過慢慢地，不絕的鳥鳴把他心中的疑慮一掃而空，彷彿那歌聲是流水流過他全身，與樹葉間灑下來的陽光融合在一起。他停止了思想，純粹只去感受。他手中女孩的纖腰感覺柔軟而溫暖，他把她的身子轉過來，與他胸貼胸。她的胴體似乎融化在他的身體裡，他的手撫摸到之處，都像水一樣柔弱順從。他們的嘴唇黏在一起，這一次與剛才用力的親吻大大不同，當他們的臉分開之後，兩人都深深嘆了口氣。那隻畫眉鳥吃了一驚，振翅飛走了。

溫斯頓把嘴貼在她耳邊，輕聲說：「就現在。」

「不能在這裡，」她輕輕回答：「回去那個掩蔽的空地，那裡比較安全。」

他們快步走回那塊空地，腳下偶爾發出踩到樹枝的斷裂聲。一進入小樹圍起的那塊空地，她轉過身來面向他，兩人呼吸都急促起來，可是她嘴角上又浮現出那抹微笑。她站在那裡看了他一會，便去摸她工作服上的拉鍊，啊！是的，幾乎和他做過的夢一樣；她脫掉身上的衣服，敏捷的動作就和他想像的一樣，當她把衣服扔到一旁的時候，用的也是那種莊嚴高貴、好像整個文明就此被摧毀的姿態。她的胴體在陽光下白得發亮，不過他暫時沒有去看她的胴體，他的眼光被她掛著一抹大膽笑意的雀斑臉蛋吸引住了。他在她面前跪了下來，握起她的手。

「妳以前幹過這種事嗎？」

「當然幹過，幾百次——呃，至少幾十次吧。」

「跟黨員嗎？」

「是的，都是跟黨員。」

「跟內黨黨員嗎？」

「不，我才不跟那些豬哩。不過他們要是有半點機會，很多人都會想要的。他們並不像外表裝出來的那樣神聖。」

他的心跳了起來。她幹過幾十次，他倒希望是幾百次、幾千次。任何腐敗墮落的事都能帶給他瘋狂的希望，誰知道呢？也許在表面之下，黨已經腐蝕了，它所鼓吹的艱忍和苦行，只不過是掩飾罪惡的偽裝。他如果能夠把梅毒和痲瘋傳染給那些人，他一定非常樂意這麼做！只要是能夠腐化、削弱、破壞的事情，他都願意做！他把她拉下來，兩人面對面跪著。

「聽著，妳有過愈多男人，我就愈愛妳。妳明白嗎？」

「完全明白。」

「我恨純潔！我恨善良！我希望所有的美德都不存在，我希望所有人都腐化到骨子裡。」

「那麼，親愛的，我應該合你胃口，我就是腐化到骨子裡。」

「你喜歡這檔事嗎？我不是指跟我而已，我是指這檔事本身。」

「我愛死了。」

他最想聽的就是這句話，不僅是愛一個人，而是動物的本能，簡單而不分對象的肉慾，這就是能夠把黨搗得粉碎的力量。他把她按倒在地，躺在灑滿一地的小藍花之間。這一次毫無困難。不久，他們胸口的起伏漸漸恢復，在一種無力的愉悅中，兩人的身體分開，倒在地上。陽光似乎更熱了，他們感到昏昏欲睡，他把扔在一旁的工作服拉過來，蓋在她身上。兩人幾乎立刻沉沉睡去，這一睡睡了大約半小時。

溫斯頓先醒過來。他坐起身，看著那張安詳入睡、枕在自己手掌上的雀斑臉。除了嘴唇之外，你不能說她美麗，如果仔細看，她眼角有一兩條魚尾紋。短短的黑髮又濃密又柔軟。他忽然想到，他還不知道她姓什麼、住在哪裡。

這副年輕健美的胴體，如今在睡夢中卻顯得很無助，這在他心中喚起一種憐香惜玉的感覺。不過，剛才在榛樹下聽畫眉鳥唱歌時的那種純然感受性的柔情，並沒有回到他心中。他把蓋在她身上的工作服拉開，細細看著她白皙光滑的肉體。他想，要是在以前，一個男人看到一個女人的肉體，勾起慾望想要得到她，事情就結束了。如今卻已經沒有純粹的愛情或純粹的慾望，沒有一種感情是純粹的，因爲一切都夾雜著恐懼與仇恨。他們的相擁是一場戰鬥，高潮就是一次勝利。這是對黨的重重一擊，是一個政治行爲。

3

「這裡我們還可以再來一次，」茱莉亞說：「一個幽會地點用兩次還算安全。不過當然囉，得再過一兩個月才來。」

她一醒來，神態就變了，變得機敏而俐落，把衣服穿好，腰帶繫上，開始安排回程的細節。把這種事情交給她似乎是很自然的事，顯然，她在實際事務上的靈巧，是溫斯頓所欠缺的，而且拜多次團體遠足累積的經驗之賜，她對倫敦四郊瞭若指掌。她教他走的路線跟來時並不相同，最後會到達一個不同的火車站。她說：「絕對不要走同一條路線回家。」好像在發表一個重要的大道理似的。她會先走，溫斯頓要等半小時之後再跟著走。

她還說了一個地方，再過四天他們下班後可以在那裡碰面，那是在貧窮區的一條街道，那裡有一個露天市場，通常都很擁擠嘈雜。她會在那些貨攤上徘徊，假裝在找鞋帶或針線，如果她覺得四周沒有可疑人物，他走近時她就會擤鼻子；否則他就必須裝作不認識走過去。如果運氣好，他們就可以混在人群中，安然無事地談上一刻鐘，安排下一次的約會。

等他弄懂了她的指示，她就說：「現在我該走了。我得在十九點三十分回去，幫青少年反性團做兩小時的義工，發傳單等等的事情，你說討不討厭？幫我梳梳頭髮好嗎？我頭髮上有樹枝嗎？眞的沒有？那麼再見了，親愛的，再見！」

她撲到他懷裡，幾乎是粗野地吻了他。下一刻，她已經鑽過那些小樹，沒有發出什麼聲音就消失在樹林裡。直到現在，他還是不知道她姓什麼、住在哪裡。不過，這也無關緊要，反正他們不可能在室內相見，也休想魚雁往返。

後來他們一直沒有再到樹林中的那塊空地去。整個五月他們僅有一次做愛的機會，幽會地點也是茱莉亞本來知道的，在一間已成廢墟的教堂的鐘樓裡，那是在一處已荒蕪的鄉間，三十年前曾有一顆原子彈投落在這裡。那個地方的確夠隱蔽，但是要去到那裡，卻十分危險。其餘的時間，他們只能每天下班後在街上見面，每次在不同的地點，每次都不會超過半小時。在街上通常可以說上話，不過是以一種奇怪的形式：他們在擁擠的人行道上漫步，不敢並排走，也從不對看一眼，時斷時續地進行著對話，就像燈塔一閃一閃的光似的，只要看見有穿黨服的人走近，或是走到電幕附近，談話就會戛然而止，過幾分鐘後才又從剛才說了一半的句子接下去，來到說好的分手地點又突然結束，第二天晚上不需要任何開場白又繼續下去。茱莉亞似乎很習慣這種談話方式，她說是「分期式談話」。她還有一種令人驚奇的本事，就是說話時嘴皮可以完全不動。在一個月幾乎每晚見面的時間裡，他們只有一次有辦法接吻，當時他們正默默地走過一條橫巷（茱莉亞一離開大街就絕對不說話），突然一聲震耳欲聾的轟鳴，大地震盪，煙塵蔽日，溫斯頓倒在地上，身上擦傷了幾處，心中大驚。一定是有一枚火箭炸彈在近處炸了開來。突然間，他發現茱莉亞的臉就近在幾公分之外，面無血色，猶如白粉一般，連嘴唇也一樣白。她死了！他緊緊地摟住她，卻發覺自己正吻著一張活生生的溫暖的臉，不過他的嘴唇間感覺到一些粉末狀的東西，原來他們臉上都鋪了厚厚一層灰泥。

有的晚上，他們來到約會地點，卻必須不露聲色地擦身而過，因爲有巡邏兵正從街角轉過來，或者頭頂上有直升機在盤旋。即使沒有這些危險的狀況，要找時間見面仍然很困難，溫斯頓一週工作六十小時，茱莉亞的工作時數更長，而且他們的休假日會隨工作量調整，並不經常碰在一起。不管怎樣，茱莉亞很少有一個晚上是完全空下來的，她花大量時間聽演講、參加遊行、替青少年反性團散發傳單、爲仇恨週準備旗幟、收節約運動的款子等等諸如此類的活動。她說這樣做是值得的，這是一種僞裝，你如果在小地方守規矩，大地方你就可以破壞規矩。她甚至慫恿溫斯頓再投注一個晚上的時間，像積極黨員那樣，自願去做業餘的軍火製造工作。於是，每星期有一個晚上，溫斯頓得花四個小時做無聊得令人窒息的工作，在燈光不足、冷風颼颼的小工廠裡，在鍾子敲打和電幕音樂聲混合起來的沉悶背景聲中，把小金屬片用螺絲釘旋在一起，大概都是些炸彈引信的零件。

在教堂的鐘樓上相會時，他們之間支離破碎的談話終於塡補起來。那是個炎熱的午後，大鐘上面的那間正方形小室裡，空氣又悶又熱，瀰漫著一股強烈的鴿屎臭。他們坐在滿是灰塵和樹枝的地板上，天南地北地聊了好幾個小時，兩人之中不時有一人爬起身來往弓箭口中望出去，好確定沒有人走過來。

茱莉亞今年二十六歲，和另外三十多個女孩子一起住在一間宿舍裡（「老是在臭女人堆裡！我討厭女人！」她插了這麼兩句）。不出溫斯頓所料，她在小說處是管理小說寫作機器的，她很喜歡她的工作，主要負責操作和維修一台功率很強但常出問題的電動馬達。她並不「聰明」，但是喜歡動手，碰到機械就如魚得水。她可以告訴你整個創作小說的過程，從企畫委員會發下來的一般指示，到改寫小組的最後潤飾，可是對於最後出來的成品全無興趣。她說，她「不大愛讀書」，書本只不過是一種必需的商品，就好像果醬或鞋帶一樣。

她對於一九六〇年代早期以前的事已經沒有記憶，認識的人之中，唯一經常提起革命以前的事的人，就是她祖父，可是她八歲時祖父就失蹤了。在學校裡，她是曲棍球隊隊長，並且連續兩年贏得體操運動獎杯。在加入青少年反性團以前，她當過少年偵察隊小隊長和青年團支部祕書。她的表現一直很出色，甚至一度被甄選到小說處的色情科去工作（聲譽卓絕的明證），這個科專門負責生產低級的色情文學供給無產者，據她說，在裡面工作的人給這地方起了個外號叫「下三濫館」。她在那裡工作了一年，協助生產一些書名通常是《女子學校的一夜》或《打屁股的故事》之類的密封包裝小書，無產階級青年會偷偷摸摸地買去，還以爲買到了禁書。

「這種書到底講些什麼？」溫斯頓好奇地問。

「哦，都是些胡說八道，眞的很無聊。它們只有六種情節，不過會調來調去。當然我只負責操作萬花筒機，從來沒有進過改寫小組。親愛的，我的文學修養不好，就連做這個都還不夠資格。」

溫斯頓最感驚訝的是，整個色情科除了科長以外，其他工作人員都是女性。理由是，男人的性本能比女人難以控制，所以比較容易受到他們所經手的淫穢刊物的腐蝕。

「他們甚至不喜歡讓已婚女人進這個部門，」她又說：「老是以爲少女就該是最純潔的。這裡就有一個不是這樣。」

她第一次和男人發生關係是在十六歲的時候，跟一個六十歲的黨員，那人後來怕被捉起來，自殺了。「他幹得眞好，」她說：「否則他們一定會逼他供出我的名字。」此後，她又有過好幾個男人。她把人生看得很簡單：你想快快活活地過日子，「他們」——就是指黨——總是不讓你，你就想盡辦法破壞那些規矩。她似乎認爲，「他們」想要剝奪你的快活是很自然的事，就像你想要避免被逮到一樣自然。她憎恨黨，用最下流的話罵它，卻不曾對它提出一般性的批評。除了生活上不可避免的接觸以外，她對黨的主義毫無興趣。溫斯頓發覺，除了少數已經成爲日常用語的新話之外，她從來不用新話的字眼。她沒有聽過什麼兄弟會，也不相信有這個組織的存在，她的觀念是，任何有組織的反黨活動都注定要失敗，所以是一種愚蠢的行爲，聰明的做法應是破壞規矩而仍然能夠好好地活下去。溫斯頓模糊地納悶著，像她這樣的人在年輕一代當中不知有多少——在革命的世界裡長大的這一代人，不知還有別的世界，把黨視爲萬世不移的東西，猶如頭上青天，不可動搖；對於黨的權威，不知反抗，只知逃避，就如兔子逃避獵狗一樣。

他們沒有談到結婚的可能性，太渺茫了，根本不值一想。就算有辦法除掉溫斯頓的妻子凱瑟琳，也沒有一個委員會會批准這樣一樁婚事。即使當作白日夢，也太沒有希望了。

「她是怎樣的人，你太太？」茱莉亞問。

「她是——妳知道新話有所謂的『好思想性』嗎？就是說天生思想正統，根本不可能想到壞的念頭。」

「我不知道這個說法，不過我知道這種人，太知道了。」溫斯頓開始講他婚姻生活的種種給茱莉亞聽，說也奇怪，她似乎早已很清楚其中的主要環節。她向他描述凱瑟琳的身體如何在他一碰到她時就僵硬起來，她如何在緊緊摟住他的時候仍然像在使盡全力推開他一般，說得就像親眼目睹或親身經歷的一樣。跟茱莉亞談這些事，他一點也不覺得困難，在他心中，凱瑟琳早已不再是一個痛苦的回憶，僅僅是想起來覺得討厭罷了。

「假如不是因爲一件事，我還是可以忍受的。」他告訴她，凱瑟琳如何在每星期的同一天晚上強迫他執行那套刻板的小儀式。「她其實厭惡極了，但是沒有什麼能阻止她做這件事。她把它叫做——妳猜也猜不到的。」

「我們對黨的責任。」茱莉亞馬上接下去說。

「妳怎麼知道的？」

「親愛的，我也上過學呀。十六歲以上的女生每個月有一次性教育講座，青年團裡也有。他們長年累月地向你灌輸這些觀念，我想在很多人身上是有用的。當然，也很難說，大多數人都是僞君子。」

她開始在這個題目上大發議論起來。對茱莉亞來說，不管什麼都可以推溯到她在性方面的強烈意識，只要一觸及這方面的問題，無論是在什麼情況下，她的觀察就變得異常敏銳起來。和溫斯頓不同，她深切了解黨提倡禁慾主義的深層意義：性本能不只是創造了一個屬於自己的天地，非黨所能控制，因此必須盡其所能加以摧毀；更重要的是，性生活被剝奪能夠導致人們的歇斯底里，這正是黨所要的，因爲這種情緒可以轉化爲戰爭狂熱和領袖崇拜。她的說法是：

「你做愛的時候，就是發洩精力，事後你會很愉快、很滿足，天塌下來也無所謂。他們不能讓你這樣，他們要你隨時充滿精力。什麼遊行啦，喊口號啦，揮舞旗幟啦，都只不過是變質發酸的性慾罷了。你如果內心滿足快活，有什麼必要爲老大哥、爲三年計畫、爲兩分鐘仇恨，還有他們各種名堂的鳥事感到興奮呢？」

他覺得這話很有道理，禁慾和政治正統之間原有一種直接、密切的關係。除了抑制某種強烈的本能，使其成爲一種推動力，還有什麼辦法能使黨員的恐懼、仇恨和盲目信仰保持在黨所需要的水準？性衝動對黨本來是危險，黨卻巧妙地加以利用。他們對爲人父母的本能，也耍了同樣的手段。要廢除家庭實際上是辦不到的，於是，黨鼓勵爲人父母者去愛自己的子女，幾乎就像老式的做法一樣；而另一方面，卻有計畫地訓練子女和父母作對，教他們偵察父母的言行、揭發父母的偏差。家庭簡直成了思想警察的延伸勢力，透過這種方式，每個人日夜都被告密者監視著，而告密者就是你最親密的人。

他又突然想到了凱瑟琳，如果凱瑟琳不是太笨，沒有看出他思想的不正統，恐怕早就向思想警察揭發他了。不過，此刻使他想起她來的，其實是這個午後的悶熱天氣，他額頭上已經冒出了汗珠。他開始告訴茱莉亞十一年前也是在一個炎熱的夏日午後所發生的事，或者應該說沒能夠發生的事。

那是他們婚後三、四個月的時候，有一次參加去肯特的團體遠足，中途他倆迷了路。他們只不過落後其他人幾分鐘，卻因爲拐錯了彎，跑到一個舊白堊土礦場的邊緣上，懸崖有一二十公尺深，底下都是大石塊。環顧四周，卻找不到人可以問路。凱瑟琳一發現他們迷了路，就變得非常不安。只要離開了那些吵吵鬧鬧的遠足隊友，哪怕只有一會兒，她也會覺得像做了錯事。她想趕快往回走，朝另一個方向去找。可是這時溫斯頓看到他們腳下懸崖的石縫間長出幾簇黃連花，有一簇有紫紅和橘紅兩種顏色，看起來卻是同根所生。溫斯頓從來沒有見過這種事，就喊凱瑟琳過來看。

「妳看，凱瑟琳！妳看那些花，靠近坑底的那一簇，看到沒有，有兩種顏色？」

她已經轉身要走，但還是勉強回來看了一會，她甚至在懸崖邊上把身子傾出去，看看他指的地方。他就站在她後面，手扶著她的腰。這時他突然意識到在這荒郊野外，四周一個人影都沒有，完全只有他們兩個，樹葉文風不動，聽不到一聲鳥語。在這樣一個地方，藏有竊聽器的可能性極低，就算有也只會錄到聲音。那時正是午後最熱、最令人昏昏欲睡的時候，太陽當空直晒著他們，汗珠從他臉上流了下來。他心中忽然閃過一個念頭……

「你爲什麼不好好的推她一把？」茱莉亞說：「要是我一定會這麼做。」

「不錯，妳會這麼做。要是換作現在的我，我也會這麼做。或者我會——我不敢肯定。」

「你後悔沒有推她下去嗎？」

「是的，可以說我後悔沒有推。」

他們並肩坐在滿布塵埃的地板上。他把她拉近身邊，她的頭靠在他肩上，她的髮香蓋過了鴿屎臭。他想，她太年輕，對人生還充滿了希望，她不了解將一個礙事的人推下懸崖解決不了任何問題。

「其實推不推都不會有什麼不同。」他說。

「那你爲什麼還要後悔？」

「只因爲我寧可有積極的行動，而不要消極地什麼也不做。在我們玩的這場遊戲裡，我們是贏不了的。只不過有些失敗比別的失敗好一些，如此而已。」

他感覺到她的肩膀不認同地扭動了一下。每當他說這種話的時候，她總是不同意，她無法接受自然的規律就是個人終究會被打敗。從某方面來說，她也明白自己注定要遭到厄運，思想警察遲早會逮到她、殺了她，但是她心中有另一部分又相信，你還是有可能構築一個祕密的天地，在其中按自己的意願生活，你需要的只是運氣、機智和膽識。她不懂當今世上根本沒有幸福這回事，唯一的勝利只在遙遠的將來，在你死了很久以後，而從你向黨宣戰的那一刻起，你最好把自己當作一具死屍。

「我們已經是死人了。」他說。

「我們又還沒有死。」她平淡地說。

「肉體上還沒有。六個月後，一年、五年後，這是可以想像的。我很怕死，妳這麼年輕，所以大概比我還怕死吧。當然，我們要把死期拖愈久愈好，但是其實沒有什麼不同，只要你還是人，生與死是同樣的東西。」

「噢，胡說八道！你比較想跟誰睡覺：我、還是一具骷髏？你不喜歡活著嗎？你不喜歡感覺到：這是我，這是我的手，這是我的大腿，我是眞的，是實實在在的，是活著的！你不喜歡這個嗎？」

她轉過身來，用胸部壓著他。隔著工作服，他可以感覺到她的乳房，豐滿而又堅挺，她的身體好像在把青春活力灌注到他體內。

「是，我喜歡這個。」他說。

「那麼不要再說什麼死不死的了。現在聽我說，親愛的，我們得安排下次的約會。不如回去樹林中的那個地方，我們已經很久沒有去那裡了。不過這次你要走不同的路線去，我都計畫好了，你搭火車……你看，我畫出來給你看。」

於是她以一貫的務實作風，把塵埃掃成一個方形，從鴿子窩上拿來一根小樹枝，開始在地上畫起地圖來。

4

溫斯頓環顧查靈頓先生店鋪樓上那個簡陋的小房間：窗戶旁邊那張大床已經鋪好了，上面蓋了粗毛毯，還有沒有枕頭套的枕頭；刻著十二個小時的老鐘在壁爐架上滴答滴答地走著；角落裡那張摺疊桌上，他上次買的那枚玻璃紙鎮在半明半暗中發出柔和的光芒。

壁爐圍欄裡有一台殘破的鐵皮煤油爐、一個鍋子、兩只杯子，都是查靈頓先生準備的。溫斯頓把煤油爐點著，放了一鍋水在上面煮；他帶來了一信封袋的勝利牌咖啡和糖精片。老鐘的指針指著七點二十分，其實現在是十九點二十分。她說好十九點三十分會到。

荒唐啊，荒唐！他心裡不斷在說：自覺的、沒來由的、自殺式的荒唐！在黨員有可能犯的罪之中，這種罪是最難隱藏的。事實上，當初這個主意浮現在他腦海裡的時候，他看到的是摺疊桌光滑的桌面反映出來的玻璃紙鎮影像。正如他預料的，查靈頓先生欣然把房間租給他，顯然很高興因此有幾塊錢到手。當他知道溫斯頓租這個房間是爲了幽會，也沒有表現出吃驚或反感，只是看著前面不遠處說些一般而論的話，神情微妙之處，使人覺得他好像有一半已經變隱形了似的。他說：隱私是非常珍貴的東西，人人都想要有一個地方可以偶爾獨處，要是找到了這樣一個地方，其他知道的人就應該保密，這是最起碼的禮貌。他甚至還告訴溫斯頓，這間房子有兩個入口，一個是走小巷子從後院進來，說這話時他幾乎就像要化爲烏有了一般。

窗子底下有人在唱歌，溫斯頓躲在薄紗窗簾後面偷偷看出去。六月的太陽還高掛在天上，充滿陽光的院子裡有一個體積龐大的女人，像巨型圓柱一樣壯實，兩臂通紅，腰上圍著一條粗麻布圍裙，正踏著重重的腳步在洗衣盆和晾衣繩之間來來回回，晾出一件件白色方形的東西，溫斯頓認出是嬰兒尿布。她的嘴裡只要沒咬著衣夾子，就用宏亮的女低音唱道：

這只是一場沒有希望的單戀，
轉眼消散像四月天；
可是一個眼神、一句話教我魂牽夢縈，
偷走了我的心！

這首歌在倫敦已經流行了好幾個星期。音樂處下面有一個專門爲無產者發行歌曲的科，製作出數不清類似的歌曲，這首歌只不過是其中一首。這些歌的歌詞完全不經人手，而是由一種叫做「作詞器」的儀器編寫。可是那女人唱得那麼動聽，把原本令人受不了的胡說八道幾乎變得相當悅耳。他可以聽到那女人的歌聲、她的鞋子在石板上的摩擦聲，街上有孩子們的叫喊聲，遠處隱隱約約傳來鬧市的車聲，然而房間裡卻異樣的寂靜，多虧這裡沒有電幕。

荒唐，荒唐，荒唐！他又在想著。無法想像他們可以來此幽會超過幾個星期而不被逮到，可是想要擁有一個完全屬於他們的天地，可以躲在室內而又不太遠，這樣的誘惑對他們兩人來說都太大了。那次去了教堂鐘樓以後，有相當長一段時間，他們都沒有辦法安排約會。爲了迎接仇恨週，工作時間延長了許多；雖然距離仇恨週還有一個月，但是繁重、複雜的準備工作使每個人都得加班。最後，兩人終於安排好在同一天下午休息，相約再到樹林中那塊空地去。前一天晚上，他們在街頭匆匆見了一面，一如往常，兩人隨著人潮走向彼此時，溫斯頓幾乎不看茱莉亞，可是在匆匆一瞥之間，他覺得她的面色似乎比平時還要蒼白。

「吹了，」她判斷周圍安全時馬上低聲說：「我是說明天。」

「什麼？」

「明天下午，我不能來。」

「爲什麼不能？」

「唉，還不是那些，要提早開始。」

他一下子感到生氣極了。在他認識她的這個月裡，他對她的慾望在性質上有了變化，一開始當中很少有眞正的感官成分，他們第一次做愛只不過是有意要這樣做的，可是第二次以後就不同了，她頭髮的氣味、嘴唇的滋味、皮膚的觸感，都彷彿鑽進了他體內，或瀰漫在他周圍的空氣中。她成了生理上的需要，他不僅想要得到，而且覺得有權享有。當她說不能來的時候，他就覺得她在欺騙他。就在這個時候，人群把他們擠到一塊，他們的手無意間碰了一下，她很快地捏了一下他的指尖，這個小動作在他心中引起的不是慾望，而是愛意。他意識到，你如果和一個女人生活在一起，這種失望必定是不斷會有的平常事。想到這裡，他心中突然對她湧起了一股前所未有的深深柔情，他眞希望他們是一對結婚已有十年的夫婦；他眞希望他們像現在這樣在街上走著，不過是公開地、沒有恐懼地談著家常瑣事，給家裡買一些零星雜物；他尤其希望他們有一個可以單獨相處的地方，不必每次相會都覺得非做愛不可。把查靈頓先生的房間租下來的主意，倒不是這個時候浮現的，而是在第二天。他向茱莉亞提出來的時候，她竟然也馬上同意了。兩人都明白這樣做簡直是瘋了，就像故意往墳墓跨近一步一樣。他坐在床緣等她來，又想到了仁愛部的地下室。眞是不可思議，那命中注定的噩夢就這樣在意識中時隱時現。它在未來等著你，你躲不掉，但也許能夠拖延；然而，你卻經常以自覺的、有意的行動，縮短它到來的時間。

這時，樓梯響起一陣急促的腳步聲。茱莉亞衝了進來，手中提著一個褐色帆布工具包，那是他經常看到她上下班提著的。他走上前去摟她，可是她急忙掙脫開了，一半是因爲她手中仍提著工具包。

「等一等，」她說：「讓我先給你看我帶了什麼。你是不是帶了那劣等的勝利牌咖啡？把它扔掉吧，我們用不到它了。看這裡。」

她跪下來，打開工具包，把上面的扳手、螺絲起子倒出來，下面是幾個乾淨的紙包。她遞給溫斯頓第一個紙包，摸起來有一種奇怪但似曾相識的感覺，裡面裝了重甸甸像沙一樣的東西，一按就陷了下去。

「不會是糖吧？」他問。

「眞正的糖，不是人造糖精，是蔗糖。這裡是一條麵包——正規的白麵包，不是我們吃的那種鳥貨——還有一小罐果醬。這裡還有一罐牛奶——不過看看這個！這才是我最得意的東西，我得用粗布把它包起來，因爲……」

但是她不用說他也知道爲什麼要把它包起來了，因爲香味已經瀰漫了整個房間，一種濃烈的香氣，好像是從他童年時代散發出來的一樣，不過即使到現在也偶爾會聞到，在一扇門還沒有砰的一聲關上前從巷道裡傳來，或者在擁擠的街道上神祕地飄來，聞到一下又沒有了。

「咖啡，」他喃喃地說：「眞正的咖啡。」

「內黨專用的咖啡。這裡有整整一公斤。」她說。

「妳怎麼弄到這些東西的？」

「都是內黨專用品。這些豬什麼都有，眞的，不過當然囉，侍者和傭人會揩一些油，還有——看！我還弄到一小包茶葉呢。」

溫斯頓在她身旁蹲下來，把那個紙包撕開一角。

「是眞正的茶葉，不是黑莓葉。」

「最近茶葉很多，他們攻占了印度或什麼的。」她含糊地說：「聽著，親愛的，我要你轉過身去三分鐘。你坐到床的那一邊去，別靠窗口太近。我沒叫你不要回過頭來。」

溫斯頓心不在焉地看著薄紗窗簾外面。下面的院子裡，那個手臂通紅的女人仍在洗衣盆和晾衣繩之間來回忙碌，她從嘴裡又拿下兩個衣夾子，深情地唱道：

他們說時間治療一切，
他們說你總會淡忘一切；
可是這些年來的歡笑和淚水，
仍然緊緊揪著我心扉！

看來她把這首口水歌背得滾瓜爛熟。她的歌聲隨著夏日甜美的空氣飄上來，非常優美，充滿了一種愉快的憂愁，使人覺得如果六月的黃昏永無止境，要晾的衣服沒完沒了，她也會心滿意足地在那裡待上一千年，一邊晾尿布、一邊唱口水歌。他突然想到，他從來沒有聽過一個黨員自發地自個兒唱起歌來，這眞是一件奇怪的事。這樣做甚至會顯得有點不正統，像自言自語一樣，是危險的古怪行爲。也許只有在你窮得快餓肚子的時候，才會感到要唱歌吧。

「你可以轉過來了。」茱莉亞說。

他轉過身，一時幾乎認不出她來。他原本以爲會看到她脫得赤條條，但是她並沒有，她的轉變比這還要教他驚奇，她的臉上居然化了妝。

她一定是偷偷溜到無產階級區的商店裡買了全套化妝品。她的嘴唇塗得紅紅的，腮上抹了胭脂，鼻子撲了粉，眼皮下面還擦了些什麼使得眼睛顯得更加明亮。她的化妝術並不高明，但溫斯頓在這方面的要求不高，他以前從來沒有見過或者想像過黨內的女人塗脂抹粉。化妝對她容貌的美化效果十分驚人，只不過是在對的地方加上一點點顏色，她不僅好看多了，最主要的是更有女人味了，她的短髮和男孩子氣的工作服只增加了這種效果。他把她擁進懷裡時，一陣合成紫羅蘭的香氣撲進他鼻子裡，他想起那半明半暗的地下室廚房裡，那女人像黑洞一般的嘴，她用的就是這種香水，但是現在這一點也不重要。

「還噴了香水！」他說。

「沒錯，親愛的，還噴了香水。你知道我接下來要做什麼嗎？我要去弄一件眞正的女人洋裝，不穿這鳥褲子了。我要穿絲襪、高跟鞋！在這個房間裡我要做一個女人，不再是黨同志了。」

他們脫光了衣服，爬上那張紅木大床。他還是第一次在她面前脫得一絲不掛，在這之前，他一直對自己蒼白瘦弱的身體感到自卑，小腿上還靜脈曲張、腳踝上有一塊胎記。床上沒有鋪床單，他們躺在破舊的毯子上，毯子已經磨得很光滑，床的寬度和彈性也教他們感到驚喜。茱莉亞說：「恐怕有不少臭蟲，但是誰管它呢？」除了在無產家庭裡，如今已經看不到雙人大床了。溫斯頓小時候曾經睡過雙人大床，茱莉亞則不記得她曾經睡過。

不久，他們就睡著了一會兒。溫斯頓醒來時，老鐘的指針已悄悄地走到快九點了。他沒有動，因爲茱莉亞頭枕在他臂彎裡睡得正香，她的脂粉大部分已經擦到他臉上或枕頭上，不過一抹淡淡的胭脂仍然顯出她兩頰的嬌媚。夕陽的金黃光影斜照在床腳下，照亮了壁爐，爐上鍋子裡的水滾得正旺。下面院子裡那個女人的歌聲已經停了，不過街上仍隱約飄來孩子們的叫喊聲。他模糊地想到，在那被抹去痕跡的過去，像這樣躺在床上是不是很平常的事：在夏日黃昏涼爽的空氣裡，一個男人和一個女人裸裎相見，高興做愛就做愛，高興聊什麼就聊什麼，沒有覺得非起來不可，就只是躺在那裡靜靜地聽著外面的聲音。肯定沒有這樣的事很平常的時代吧？茱莉亞也醒來了，她揉一揉眼睛，支著手肘撐起身來看著那煤油爐。

「水燒乾一半了，」她說：「我得起來煮咖啡。我們還有一個小時的時間。你們那裡什麼時候斷電熄燈？」

「二十三點三十分。」

「我們宿舍是二十三點。不過你得更早進門，因爲——嚇！走開，你這個髒東西！」

她突然滾到床邊，從地上拾起一只鞋子，手臂一甩向牆角扔過去，動作就像男孩子，也跟他那天早上在兩分鐘仇恨時間裡看到她向戈斯坦扔字典一般無二。

「那是什麼？」他吃驚地問。

「一隻老鼠，我看見牠的鼻子從壁板下面鑽出來，那裡有一個洞。不過我把牠嚇跑了。」

「老鼠！」溫斯頓喃喃地說：「在這個房間裡？」

「到處都有啊，」她又躺了下來，若無其事地說：「我們宿舍的廚房裡也有，倫敦有些地方滿街都是老鼠。你知道嗎？牠們會咬小孩子，眞的會。在這種街道上，做媽媽的連兩分鐘都不敢離開孩子。會咬小孩的都是那些褐色的大老鼠，可惡的是這種畜生往往……」

「別再說了！」溫斯頓說，眼睛閉得緊緊的。

「親愛的，你臉都發白了！怎麼回事？老鼠讓你不舒服了嗎？」

「老天，竟然是老鼠！」

她用身子貼著他，四肢緊緊環抱著他，像要用體溫來安撫他似的。他沒有立刻睜開眼睛，有好一會，他好像又回到了他從小到大不斷重複做過的一個噩夢之中。夢中的景象總是很相似，他站在一道黑暗之牆前方，牆的另一邊是某種難以忍受、可怕得你無法面對的東西。在夢中，他最深刻的感覺就是自欺欺人，因爲他其實知道在黑暗之牆後面的東西是什麼，他只要使盡全身力氣，就可以把那東西拖到光天化日之下，像從自己的腦子猛地抽出一塊東西來那樣。他總是沒有弄清楚那東西究竟是什麼就醒了，不過，他知道那東西多少跟剛才他不讓茱莉亞說下去的事情有關。

「對不起，」他說：「沒什麼，我只是討厭老鼠而已。」

「別擔心，親愛的，我們不會讓這些髒東西在這裡搗亂。等會兒我們走之前，我會用破布把那個洞塞起來。下次來的時候，我再帶一些石灰來，把洞好好地堵死。」

這時那黑暗深淵般的恐懼已經忘了一半，他有點不好意思地靠著床頭坐起來。茱莉亞下了床，穿上工作服，開始煮咖啡。從鍋子裡飄出來的香味是如此濃郁而令人興奮，他們趕忙關上窗戶，以防有人聞到香味打聽起來。咖啡的味道已經夠好了，但加了糖之後，更有一種滑順的口感，溫斯頓用了多年的糖精之後，都快把這滋味給忘記了。茱莉亞一手插在口袋裡，一手拿著一片抹了果醬的麵包，在房間裡踱來踱去，一會兒漠然看一眼書架，一會兒指出最好怎樣修理摺疊桌，一會兒一屁股坐在破沙發中看看舒不舒服，一會兒又覺得有點好笑地研究那滑稽的十二小時鐘面。她把玻璃紙鎮拿到床邊，在光線下看個仔細。他從她手中取過來，又爲那柔和的、雨水般的玻璃色澤感到深深著迷了。

「這是什麼，你覺得？」茱莉亞問。

「我想什麼也不是，我是說，我想從來沒有人用它來做什麼。我喜歡的就是這一點，這是他們忘記竄改的一小塊歷史，是從一百年前傳來的訊息，只要妳懂得怎麼解讀。」

「還有那邊那幅畫，」她朝對面牆上的版畫點了點頭說：「也會是一百年前的嗎？」

「更久，我猜有兩百年了。不過很難說，現在不管什麼東西你都沒辦法知道有多久歷史了。」

她走過去看。「那隻老鼠就是從這裡伸出鼻子來的。」她一邊說，一邊踢了踢版畫下面的壁板。「這是什麼地方？我好像在哪裡見過。」

「是一間教堂，至少以前是教堂，叫做聖克里門丹麥人教堂。」查靈頓先生教他的那支童謠又浮現在他腦海中，於是他有點懷念地唱道：「聖克里門教堂的鐘聲說，柳橙和檸檬。」

令他驚奇萬分的是，她接下去唱道：

聖馬丁教堂的鐘聲說，你欠我三法辛；

老貝利教堂的鐘聲說，什麼時候還我錢？

「我不記得接下去怎麼唱了，不過我記得最後一句是：『這裡有支蠟燭照你上床，這裡有把斧頭砍你腦袋！』」

這就像一個暗號的上下兩句，不過在「什麼時候還我錢」下面一定還有一句。也許適當地提示一下查靈頓先生，就能從他的記憶中挖掘出來。

「是誰教妳的？」他問。

「我爺爺，我小時候他常常唱給我聽。他在我八歲的時候人間蒸發了，反正就是不見了。」她沒頭沒腦地又接下去說：「不知道檸檬是什麼東西，我看過柳橙，那是一種皮很厚的圓圓的黃色水果。」

「我記得檸檬，」溫斯頓說：「五〇年代的時候是很常見的東西。非常酸，光是聞一下你就會牙齒發軟。」

「我說那幅畫後面一定很多臭蟲，」茱莉亞說：「哪天我拿下來好好清理一下。我們差不多該走了，我得把化妝卸掉，真討厭！我等會兒再幫你把臉上的口紅擦掉。」

溫斯頓又躺了幾分鐘才起來。房間裡慢慢地暗下來，他轉身對著光線，躺在那裡定定注視著那枚玻璃紙鎮。教人百看不厭的不是那塊珊瑚，而是玻璃內部本身，看起來是如此深邃，同時又幾乎像空氣一般透明，好像玻璃弧形的表面就是蒼穹，圈起了一個小小世界，連大氣層都一應俱全。他覺得自己好像能夠進到裡面，而事實上他的確就在裡面，連同紅木大床、摺疊桌、老鐘、版畫，還有紙鎮本身，也都在裡面。那紙鎮就是他置身的房間，而珊瑚則是他和茱莉亞的生命，嵌在水晶球中心的永恆空間裡。

5

賽姆不見了。一天早上，他沒有來上班，幾個沒頭腦的人談到他的曠職，第二天就沒有人提起他了。第三天，溫斯頓到紀錄處的前廳去看布告欄，上面有一張布告列出象棋委員會委員的名單，賽姆原是委員之一。名單看上去幾乎跟以前一模一樣，沒有名字被劃掉，只是變短了——少了一個名字。這就夠了。賽姆已不存在，他從來沒有存在過。

天氣酷熱難當。在迷宮似的眞理部大廈裡，沒有窗戶的冷氣房保持著恆溫，但是在外面，人行道熱得燙腳，地下鐵在尖峰時間臭氣沖天。仇恨週的準備工作進入了如火如荼的階段，各部工作人員都得加班加點。遊行、集會、軍事操演、演講、蠟像展覽、電影放映、電幕節目都得策畫安排，講台、看台搭起來，假人像趕製出來，口號杜撰出來，歌曲編寫出來，謠言散播出去，照片僞造出來。茱莉亞在小說處屬下的那個單位也暫時停下生產小說的工作，趕製一系列揭露暴行的小冊子。溫斯頓在例行的工作之外，每天都要花大量時間檢查過期的《泰晤士報》舊報存檔，把演說中將會引用到的新聞加以竄改修飾。深夜裡，當大群大群的無產者在街頭喧鬧閒逛，整個城市奇怪地平添了一種狂熱的氣氛。火箭炸彈轟炸的頻率比以前更密，有時候從遠處傳來巨大的爆炸聲，沒有人知道是怎麼回事，謠言便開始滿天飛。

仇恨週的主題曲（叫做〈仇恨歌〉）已經譜出來了，在電幕上整天不停地播著，旋律像野獸的吼叫，很難說是音樂，倒比較像在打鼓，在行進的步伐聲中由成千上百個聲音唱出來，聽起來滿可怕的。無產者很喜歡這首歌，在夜半的街頭和那首還在流行的〈這只是一場沒有希望的單戀〉競相傳唱。帕森斯家的孩子用一把梳子和一張廁紙夜以繼日地奏著，教人很受不了。溫斯頓晚上的時間排得更滿了，帕森斯組織了志願隊，爲仇恨週布置門前那條街：縫旗子、畫海報、在屋頂上豎旗桿、在街道上空架鐵絲準備掛橫幅。帕森斯誇耀說，光是勝利大廈掛出的旗子，加起來就有四百公尺長。他如魚得水，開心得像一隻雲雀。酷熱的天氣加上體力工作，他更有藉口下班後只穿著短褲和開襟襯衫。他東奔西走，無處不在，推、拉、鋸、搥，出主意、想辦法，用同志的語氣哄勸每個人加入工作，自己則渾身散發出彷彿無窮無盡的刺鼻汗臭味。

倫敦到處突然張貼起一幅新的海報，海報上沒有文字說明，只有一個歐亞國士兵的龐大身影，有三、四公尺高，蒙古種的臉上毫無表情，穿著大軍靴做出大踏步前進的姿勢，一挺衝鋒槍從他腰間伸出來，槍口以透視法畫得很大，無論你從哪一個角度看，總好像對準著你。每一面牆的每一個空位都貼上了這幅海報，數量之多，甚至超過了老大哥的畫像。無產者通常不關心戰爭，此時卻被煽動起一時的愛國狂熱。好像爲了配合整個氣氛似的，火箭炸彈炸死的人比平時更多，有一枚落在斯坦尼區一間擁擠的電影院裡，活埋了好幾百人，附近居民全都參加了受害者的出殯，長長的隊伍走了好幾小時，實際上已成了一場抗議集會。還有一枚火箭彈落在一塊當作遊樂場的荒廢空地上，幾十個兒童被炸得血肉橫飛，於是又引起憤怒的示威，民眾焚燒戈斯坦的假人像，幾百張歐亞國士兵的海報被撕下來一起燒掉，一些商店在騷亂中遭到洗劫，接著就有謠言說，有間諜用無線電遙控火箭炸彈；有一對老夫婦因被人懷疑有外國血緣，房子遭縱火焚毀，兩老也被濃煙嗆死。

在查靈頓先生店鋪樓上的房間裡，茱莉亞和溫斯頓只要有機會去，就會一起躺在窗下沒有鋪墊的大床上，爲了涼快身上脫得赤裸裸。那隻老鼠沒有再來，炎熱中臭蟲卻多得厲害。這似乎沒有什麼關係，不管骯髒還是乾淨，這房間都是天堂。他們一到之後，就先到處撒上從黑市買來的胡椒，然後脫光衣服，在汗水中做愛，結束後睡一覺，醒來時臭蟲已經重整旗鼓，聚集起來進行反攻了。

六月裡，他們幽會了四次、五次、六、七次。溫斯頓戒掉了一天到晚喝琴酒的習慣，似乎已經無此需要。他長胖了，靜脈潰瘍也消退了，只留下腳踝上方一塊褐色的斑痕，早上起來也不咳嗽了。生活中的種種不再教他感到難以忍受，他也不再有衝動要對電幕做鬼臉，或者拉開嗓門大罵粗話。現在他們有了一個固定的幽會地點，幾乎就像家一樣，即使只能偶爾相會、每次只有一兩個小時，也不再覺得苦了。重要的是居然有舊貨鋪樓上的房間這樣一個地方，知道它安然存在，也就跟置身其中差不多。這房間是一個小天地，是過去世界的屬地，現已絕種的動物可以在其間活動。溫斯頓想著，查靈頓先生也是現已絕種的動物。他在上樓之前通常會停下來和查靈頓先生聊幾分鐘，這個老店主似乎很少外出，甚至根本不外出，而另一方面，他店裡又幾乎沒什麼客人上門。他在陰暗的小店面與後面更小的廚房之間，過著幽靈般的生活，他在那間小廚房裡自己做飯，裡面甚至不可思議地有一台裝著大喇叭的古老唱機。能有機會跟人說話，他似乎很高興。他長長的鼻子上架著一副厚眼鏡，身上穿著天鵝絨外套，彎著背在那些不值錢的舊貨之間踱來踱去，總教人覺得他是一個收藏家，而不是舊貨商。他會以一種褪色的熱情，摸摸這件破爛或那件破爛——瓷製瓶塞、破鼻菸壺的釉漆蓋、裝有嬰兒頭髮的鍍金小盒——從來不要溫斯頓買，只要他純粹的欣賞。跟他說話就像在聽一只老音樂盒的叮咚樂聲。他從記憶的角落裡又挖掘出更多早已被人遺忘的童謠片段，有一支是關於二十四隻黑畫眉，有一支是關於折了角的母牛，還有一支是關於知更鳥的死。每次想起一些片段，他就會不以為然地輕笑著說：「我只是想你可能會有興趣……」但是不管哪一支童謠，他都只記得一兩句。

茱莉亞和溫斯頓兩人都知道，現在這種情況不可能長久，從某方面來說，他們無時無刻不想到這一點。有時候，死亡的來臨就像他們躺在上面的大床一樣眞實，這時他們就會懷著一種絕望的情慾緊緊抱在一起，有如死期已到的人在死前五分鐘貪戀著最後一點點的歡愉。可是也有些時候，他們有一種幻覺，不僅感到安全，甚至以爲這種日子可以永遠過下去。他們都覺得，只要實際進到這個房間，就沒有什麼事可以來傷害他們。去那裡的過程是既困難又危險，但那個房間本身卻是避風港。這就像當溫斯頓凝視著那紙鎭的中心時，覺得要進入那水晶世界是辦得到的，一旦進入裡面，時間就能停頓下來。他們經常沉溺於逃避現實的白日夢：他們的運氣會永遠好下去，他們會一直這樣偷偷摸摸地在一起，直到老死；或者凱瑟琳會死，他們想一個巧妙的方法結成了婚；或者他們一起自殺；或者他們一同失蹤，改頭換面，學無產階級的腔調說話，到工廠做工，在一條後巷度過餘生而不被發現。兩人也知道這都是癡人說夢，在現實生活中，他們無可遁逃。即使是那唯一實際可行的辦法，即自殺，他們也無意實行。過一天算一天，過一星期算一星期，儘管沒有將來，還是不斷地延長眼前的日子，這似乎是一種克制不了的本能，就像只要有空氣，你的肺總會多呼吸一口氣一樣。

有時候，他們也談到從事實際的叛黨活動，但是卻不知道怎麼走第一步。就算傳說中的兄弟會確實存在，要找到管道進去還是很難。他告訴她在他和歐布朗之間存在著——或者說好像存在著一種奇怪的親密感，以及他有時候有一種衝動，想要走到歐布朗面前去告訴他自己是黨的敵人，需要他的幫助。不可思議的是，她並不覺得這樣做太過魯莽，她很習慣於從相貌上看人，所以溫斯頓單憑眼光一閃就認爲歐布朗可以信賴，在她來說是很自然的事。再者，她想當然地以爲，每個人——或者說幾乎每個人，私底下都是憎恨黨，在安全範圍內會破壞黨規的。不過，她不相信有普遍的有組織反對勢力存在，也不相信這種勢力存在的可能性。她說，關於戈斯坦及其地下軍的傳說，只不過是黨爲了自己的目的捏造出來的一派胡言，但是你必須假裝相信。在無數次的黨集會和自發性示威中，她都聲嘶力竭地喊著處死那些她從來沒有聽過、也不相信犯下什麼罪行的人。在公審大會上，她加入青年團特遣隊伍，在法庭外從早到晚高喊著：「賣國賊去死！」在兩分鐘仇恨時間裡，她咒罵戈斯坦總比別人大聲，然而戈斯坦是誰、他的主張應該是什麼，她都一無所知。她成長於革命之後的年代，年紀太輕，根本不知道五、六〇年代那些思想鬥爭。她完全無法想像有獨立的政治運動這種事，而且無論如何，黨是無法戰勝的，它將永遠存在，永遠不變，你的反抗只能是暗地裡不服從，頂多也只是孤立的暴力行爲，像殺掉某個人或炸掉某個地方。

在某些方面，她比溫斯頓精明得多，也比較不容易相信黨的宣傳。有一次，溫斯頓無意間提到與歐亞國的戰爭，她的反應使他相當吃驚，她隨口說，她認爲根本沒有什麼戰爭，每天轟炸倫敦的那些火箭炸彈，說不定是大洋國政府自己幹的好事，「好讓人民活在恐懼當中」。這種看法他簡直從來沒有想到過。她也使他感到有點妒嫉，因爲她說在兩分鐘仇恨時間裡，她最大的困難就是要忍住不大聲笑出來。但是她對黨的教導，只有在影響到她個人生活的時候，才會產生懷疑，平常她是很容易相信黨的那些神話的，原因只是在她看來，眞假之間的分別並不重要。例如，她相信飛機是黨的發明，這是她在學校裡學到的。溫斯頓記得，他在五〇年代後期上學的時候，黨宣稱由它發明的只有直升機；十幾年後，茱莉亞上學時，飛機也是黨發明的了；再過一代，蒸汽機也會變成黨的發明了。當他告訴她，飛機在他出生之前，也就是早在革命之前就已經有了時，她完全不感興趣，畢竟，飛機是誰發明的又有什麼關係呢？令他感到比較吃驚的，卻是有一次聊天時無意中發現，她不記得四年前大洋國是和東亞國打仗，和歐亞國相安無事的。的確，她把整個戰爭視為一場騙局，但是看來她連敵人的名字換了都沒有注意到。她含糊地說：「我以為我們一直都是和歐亞國打仗。」這令他感到有點可怕，飛機的發明是遠在她出生之前的事，可是戰爭對象的轉換不過就在四年前，是她早已長大成人以後的事了。他跟她爭論了約莫有一刻鐘，最後他終於把她的記憶強拉回來，她隱約記得有一陣子敵人是東亞國，而不是歐亞國，但她還是認為這個問題不重要。「誰管它？」她不耐煩地說：「這些鳥戰爭總是一場接一場的打，反正你知道所有的消息都是謊言。」

有時他跟她談起紀錄處和他在那裡放肆竄改紀錄的工作，這種事似乎也沒有嚇著她，她並沒有因為想到謊言變成眞理而感到腳下有一個無底深淵。他告訴她關於瓊斯、艾倫森和魯瑟福的事，以及那次他曾經把那張意義重大的舊報紙捏在手中的經過，她不覺得有什麼稀奇，事實上，一開始她完全不懂整件事的意義。

「他們是你的朋友嗎？」她問。

「不是，我不認識他們，他們是內黨黨員，而且年紀比我大很多，他們是老一輩的人，革命以前那個年代的人，我只認得他們的臉孔。」

「那還有什麼好煩惱的？一直都不斷有人被幹掉，不是嗎？」

他竭力想使她明瞭。「這件事很不一樣，這不是有人被幹掉的問題。妳知不知道，所有的過去，從昨天開始算起，都給抹得一乾二淨了？如果說有什麼地方還保存了一些的話，也只是在少數幾樣沒有文字紀錄的實在東西裡，像那塊玻璃。那場革命和革命以前的日子是怎樣的，我們已經幾乎一無所知，每一項紀錄都被銷毀或竄改過了，每一本書都重新寫過，每一幅畫都重新畫過，每一座塑像、每一條街、每一棟建築都重新命名過，每一個時期都改動過。而且這個過程還在天天、時時刻刻地進行著。歷史已經停頓，除了黨永遠是對的這個無盡的現在，什麼都不存在了。當然，我知道過去是竄改捏造出來的，可是我永遠不可能去證明，哪怕是我在竄改捏造也沒辦法，這種事做完以後，什麼證據也沒有留下來。唯一的證據只在我腦海裡，但是我一點也沒有把握是不是有人跟我有同樣的記憶。我這輩子就只有那一次，在那個事件發生之後——多年之後，我拿到了眞實確鑿的證據。」

「那又有什麼用？」

「沒有什麼用，因爲幾分鐘之後我就把它扔了。可是今天如果再發生這樣的事，我就要把它留下來。」

「我才不！」茱莉亞說：「我不怕冒險，但是要爲了值得的事情，才不要爲幾張舊報紙冒險。就算你留了下來，你又能拿它做什麼？」

「也許能做的不多，但畢竟是證據。假如我敢拿給別人看的話，也許會在這裡或那裡撒下一些懷疑的種子。我想我們是不可能在有生之年改變什麼了，但是可以想像，這裡那裡冒出一些小小的反抗組織，一小群人集合起來，人數慢慢增加，甚至還留下一些紀錄，下一代的人就可以持續下去。」

「我對下一代沒有興趣，親愛的，我只對我們有興趣。」

「妳只是一個腰部以下的反叛分子。」他對她說。

她覺得這句話很妙、很風趣，高興得張開雙臂摟住他。

對於黨的思想的理論細節，她一點興趣也沒有。只要他一開始談英社主義、雙重思想、過去的可變性和客觀事實的抹煞，或者開始用新話的詞彙，她就感到無聊、困惑，說她從來沒有注意過這種事情，既然知道這些都是胡說八道，又何必去操這個心？她知道什麼時候該歡呼，什麼時候該發出噓聲，這就夠了。如果他堅持談這類話題，她往往就會睡著，令他倍感挫敗，她是那種隨時隨地都可以睡著的人。從跟她的談話中，他發覺要擺出一副思想正統的樣子，而實際上根本不知思想正統爲何物是很容易的事情。從某方面來說，黨在灌輸它的世界觀時，最容易成功的就是在那些無法理解這套世界觀的人身上，連最明顯違反現實的東西，你都可以要求這些人去相信，因爲他們不曾眞正理解對他們的這種要求是多麼荒唐，同時他們對社會大事不夠關心，所以也不會注意到實際上發生了什麼事。因爲缺乏理解，他們才能夠不發瘋。他們只是吞下一切，而吞下去的東西傷害不了他們，因爲並沒有留下任何殘渣，就像一顆玉米未經消化地通過鳥兒的體內一樣。

6

終於發生了，那期待中的信息來了。他覺得他這輩子都在等待這一刻的來臨。

他正走在部裡大樓長長的走廊上，就快走到上次茱莉亞遞紙條給他的地方時，他意識到後面跟著一個個子比他高大的人。那人不知是誰，只聽見他輕輕地咳了一聲，顯然是想要說話的前奏。溫斯頓猛地停下腳步，轉過身去。那人是歐布朗。

他們終於面對著面了，而他唯一的衝動卻是想要逃開。他的心劇烈地跳著，他可能會說不出話來。但是歐布朗沒有停下來，他繼續往前走著，一隻手則親切地搭在溫斯頓的臂膀上一會，使得兩人變成並肩向前走。他開始用他那彬彬有禮的獨特口吻說話，這是他跟大多數內黨黨員不同的地方。

「我一直想找機會跟你談談，」他說：「前幾天我看了你在《泰晤士報》那篇用新話寫的文章。我想你很有興趣研究新話，對吧？」

溫斯頓已經稍微克制住自己，鎮定下來，他說：「談不上什麼研究，我只是業餘愛好者，這不是我的專業。我從來沒有參與這個語言的實際建構工作。」

「不過你用得很漂亮，」歐布朗說：「這不只是我個人的看法，我最近跟你的一個朋友談過，他肯定是個專家。我一時想不起他叫什麼名字了。」

溫斯頓的心又是一陣難受的擾動。無法想像這不是在說賽姆，可是賽姆不僅死了，而且完全抹去了痕跡，是個「非人」，任何顯然跟他有關的言論都會有喪命的危險，歐布朗的話一定是一個訊息，一個暗號。經由共同參與這個小小的思想罪，他使他們倆成了共謀。他們本來繼續在走廊上慢慢地走著，這時歐布朗停下腳步，調整了一下鼻梁上的眼鏡，他每次做這個動作，總能夠給人一種奇怪的親切感。然後他說：

「其實我想要說的是，我注意到你在文章裡用了兩個已經淘汰的詞彙，不過也是最近才淘汰的。你有沒有看過第十版的《新話辭典》？」

「沒有，」溫斯頓說：「我以為還沒有出版呢。我們紀錄處用的還是第九版。」

「我想第十版要再過幾個月才上市，不過有些地方已經拿到樣書了，我就有一本。或許你有興趣看一看？」

溫斯頓馬上領會了這樣問的用意，說道：「非常有興趣。」

「有些新發展眞是聰明，動詞的數量減少了，我想這點你會很有興趣。我看看，我派一個信差把辭典送去你那裡？可是這種事情我老是會忘記，還是你方便的時候到我住的地方來拿？等等，我把地址給你。」

他們正站在一台電幕前面。歐布朗有點漫不經心地摸一摸身上的兩個口袋，掏出一本皮套小筆記本和一支金色自來水筆，就在電幕底下，在電幕另一端監看的人完全可以看到他在寫什麼的位置，他在筆記本上寫下了地址，撕下來交給溫斯頓。

「我通常晚上在家，」他說：「如果剛好不在，我的傭人會把辭典拿給你。」

說完他就走了，留下溫斯頓站在那裡，手中拿著紙片，這次不需要藏起來了。不過，他還是謹愼地把上面的地址背起來，幾個小時之後就把它連同一堆紙張一起扔進了記憶洞。

他們的交談頂多只有幾分鐘，這件事只可能有一個含意，這是設計來讓溫斯頓知道歐布朗的地址的。這樣做是有必要的，因為除了直接詢問以外，你沒有其他辦法可以知道誰住在哪裡，電話簿、通訊錄這種東西是不存在的。歐布朗在告訴他：「你如果想見我，可以到這裡來找我。」

那本辭典裡甚至有可能會藏著信息，一張紙條，或一句話。無論如何，有一點是肯定的，他一直夢想的那種密謀確實存在，他已經沾上它的邊了。

他知道他遲早要響應歐布朗的召喚，也許明天，也許再等一段時間，他還不確定。剛剛發生的事只不過是在切實執行許多年以前早已開始的一個過程而已，第一步是一個不自覺地產生的祕密念頭，第二步是開始寫日記，他已經從思想進入語言，現在又從語言進入行動，最後一步將會是在仁愛部發生的事情，他已經接受了這樣的安排，結局早已包含在開始之中。然而這還是令人害怕，更確切地說，這有點像預先嘗到死亡的滋味，好像不再那麼活生生。就連在跟歐布朗說話的時候，當話語的含意慢慢進入他的意識中，他也感到全身一陣冷顫，他有一種踏進了墳墓寒冷潮濕的空氣中的感覺，而早已知道墳墓就在那裡等著他，並沒有使他感到好過些。

7

溫斯頓熱淚盈眶地醒來。茱莉亞睡意仍濃地挨過來，嘴裡喃喃地大概是在說：「怎麼了？」

「我夢見……」他開始說，但又停住了。這個夢太複雜了，無法用言語來表達。除了夢本身，又有與夢有關的記憶，在他醒來之後的片刻間浮現在他腦海中。

他閉上眼睛仰躺著，仍然沉浸在夢境的氣氛中。這是一場廣大而明亮的夢，他的一生像夏日黃昏雨後的景色般展露在眼前，一切全發生在那枚玻璃紙鎮裡，玻璃的表面就是蒼穹，蒼穹之下灑滿了清澈柔和的光，一望無際。這個夢也可以用一個手勢來概括，事實上，可以說整個夢的意義就包含在那個手勢裡，那是他母親的一個手勢，也是三十年後他又在新聞片中看到的，在直升機把那對猶太母子炸得粉碎之前，母親爲了掩護孩子不被子彈掃射而做出的那個手勢。

「你知道嗎，」他說：「直到這一刻以前，我都覺得我母親是我殺死的。」

「你爲什麼要殺她？」茱莉亞幾乎是在睡夢中問道。

「我沒有殺她，至少我沒有直接殺死她。」

在夢中，他記起了他見到母親的最後一瞥，醒來後的片刻裡，圍繞著那最後一瞥的連串事件細節又回到了他記憶中。多年來他一定是刻意把這個記憶從意識中排除出去了。他記不得確切的時間，不過這件事發生時他起碼有十歲了，很可能是十二歲。

那時候他父親已經失了蹤，至於是多早以前失蹤的，他已記不清了。他記得的是那時日子過得很動盪不安：經常發生空襲，在恐慌中躲避到地下鐵車站，到處都是瓦礫，街頭貼著他看不懂的公告，成群結黨的青少年穿著同樣顏色的恤衫，麵包店前大排長龍，遠處不時傳來機關槍聲——最令人難忘的是，每天總是吃不飽。他記得跟其他一些孩子花整個下午在垃圾堆裡翻找，揀出捲心菜的硬梗、馬鈴薯皮，甚至發霉的麵包皮，小心翼翼地把上面的爐渣剔除後拿來吃；有時則是在馬路上等卡車開過，他們知道這些卡車有固定的路線，車上載著餵牛的飼料，遇到路面有坑洞時，就會在顛簸中掉出幾塊油餅來。

他父親失蹤的時候，他母親並沒有露出任何驚訝或悲痛之色，但是她突然變了個人似的，好像完全沒有了生存意志，就連溫斯頓也看得出來，她是在等待一件她知道必然會發生的事情。一切該做的事她照樣在做：做飯、洗衣、縫補、鋪床、掃地、撢灰，只不過動作遲緩而機械化，好像畫家的人體模型自己在動一樣。她高大而曲線分明的身軀似乎自然地陷入了靜止狀態，她常常在床上呆坐好幾個小時，動也不動，餵奶給他只有兩三歲的妹妹吃；他的妹妹身體瘦弱，是個非常安靜的嬰兒，臉蛋瘦得像猴子一樣。他母親偶爾會把他抱在懷裡，一語不發地緊緊摟住許久。儘管溫斯頓那時年幼無知，只顧自己，但也知道這和即將要發生、但他母親絕口不提的事有關。

他記得他們住的那間房子，陰暗、狹小，又有異味，一張鋪著白床單的床就占去了一半面積。屋裡有一個瓦斯爐灶、一個食物櫃，屋外樓梯間有一個褐色的陶瓷水槽，是幾家共用的。他還記得他母親彎著高大的身子在瓦斯爐邊攪動著鍋裡的什麼東西，他記得最清楚的是他那從未間斷的飢餓感，以及吃飯時那些劇烈而可悲的爭吵。他會喋喋不休地問他母親，爲什麼食物只有這麼少，他會向她大喊大叫（他甚至還記得他當時的聲調，由於早熟的變聲有時會異常洪亮），也會爲了分到更多吃的而聲淚俱下地裝可憐。他母親很願意多分一些給他，想當然地以爲男孩子應該多吃一點；但是不管她給他多少，他還是嫌不夠。每次吃飯的時候，她總懇求他別太自私，不要忘了妹妹有病在身，也需要東西吃，但是都沒有用。只要她放下勺子不再多盛給他，他就會憤怒地大喊，想要把她手中的鍋勺奪過來，或者去搶妹妹碟中的食物。他明知這麼做會讓他母親和妹妹挨餓，但是他沒有辦法，他甚至覺得自己有權這麼做，他的轆轆飢腸似乎使他覺得理直氣壯。每餐之間，只要他母親稍不留意，他還會偷吃食物櫃裡一點點可憐的貯藏。

有一天，發了配給的巧克力，已經有好幾個星期、甚至好幾個月沒有巧克力配給了。他還清楚地記得那珍貴的一小塊巧克力，三個人配到兩盎司的一塊（那時仍用盎司爲重量單位），很明顯，應該等量一分爲三。突然間，好像有人在指使他似的，溫斯頓聽到自己聲如洪鐘地要求母親把巧克力全都給他，他母親叫他不要貪心，兩人開始喋喋不休、沒完沒了地吵起來，又是哭叫，又是哀嚎，又是規勸，又是討價還價。他瘦弱的妹妹雙手緊緊抱住母親，活像一頭小猢猻，睜著悲傷的大眼睛從他母親的肩膀上看著他。最後，他母親把那塊巧克力掰了四分之三分給溫斯頓，把剩下的四分之一給他妹妹。他妹妹拿了巧克力，呆呆地凝視著，好像不知道那是什麼。溫斯頓站在那裡看著他妹妹，突然跳起來，從他妹妹手中搶過巧克力，一溜煙往門外逃跑了。

「溫斯頓，溫斯頓！」他母親在後面喊他：「回來！把你妹妹的巧克力還給她！」

他停下腳步，但沒有往回走，他母親焦急的眼光定在他臉上。即使在那一刻，他也在想那件事，他不知道那即將要發生的事究竟是什麼。這時他妹妹發覺手中的東西被搶走，氣若游絲地哭了起來。他母親用一隻手摟住她，把她的臉貼到自己胸口上。不知爲什麼，這個姿勢讓溫斯頓意識到，他妹妹快死了。他轉過身，逃下了樓梯，巧克力在手中已經開始融化，變得黏糊糊的。

他從此以後沒有再見到他母親。吃完巧克力以後，他覺得有點慚愧，在街上徘徊了幾個小時，直到肚子餓了，才不得不回家。回到家裡，他母親不見了，這種事在那時已經變得很平常。除了他母親和妹妹之外，屋子裡全部東西都還在，她們沒有帶走任何衣物，連他母親的大衣都沒有帶。直到今天，他還不能肯定母親是不是已經死了，她很有可能只是被送去強迫勞動營，至於他妹妹，則有可能像溫斯頓一樣，被送去孤兒院（他們把它叫做改造院，內戰後如雨後春筍般成立）；也有可能跟他母親一起去了強迫勞動營，或者被丟在什麼地方，任由她慢慢地死去。

夢境在他腦海中仍然歷歷在目，尤其是那個用手臂摟住的保護姿勢，似乎就是整個夢的意義。他的思緒又回到兩個月前的另一個夢，他母親的姿勢跟坐在鋪著白床單的床上、懷中抱著孩子一模一樣，不過這次是坐在一條正在下沉的船上，在他下面很深的地方，一直不斷往下沉得更深，但是她仍然仰著頭，眼光透過愈來愈黝黑的海水望著他。

他把母親失蹤的事告訴了茱莉亞。她眼也不睜，翻了個身，蜷縮成一個更舒服的睡姿，口中含糊不清地說：「我早就料到你小時候是個小畜生，小孩子都是畜生。」

「是啊，但這件事的眞正重點是……」

聽她的呼吸聲，顯然又睡著了。他很想繼續談他母親。從他記得的母親的狀況來判斷，她應該不是什麼不平凡的女人，更談不上聰明，可是她有一種高貴、純潔的氣質，只因爲她有一套自己的行爲標準。她的情感都是發自內心的，外界影響不了她。她一定不曾去想，沒有效果的行動就沒有意義。如果你愛一個人，你就愛他，當你沒有什麼可以給他時，你仍然給他你的愛。當最後一塊巧克力給搶走時，他母親把孩子緊緊抱在懷裡，雖然沒有用，不能改變什麼，不會變出巧克力來，也不能避免孩子或自己的死亡，但她還是抱住孩子，這在她來說是很自然的事。難民船上的那個婦人也用手臂掩護孩子，這就像用紙來擋子彈，同樣也是沒有用的。黨所做的一件可怕的事就是使你相信，只有衝動或只有情感都是沒有意義的，而同時又把你對物質世界的控制剝奪淨盡。一旦受到黨的控制，不論你感覺到什麼或是沒感覺到什麼，不論你做什麼或是避免做什麼，實際上都沒有差別，不論怎麼樣，你都會消失，你這個人或你生前的言行都不會再有人提到，在歷史的潮流裡你被抹得一乾二淨。然而，這在兩代之前的人看來，就不會顯得那麼重要了，因爲他們並無意竄改歷史。他們以不容置疑的私人情義作爲行爲準則，重要的是人與人之間的關係，而那些完全沒有用處的姿勢：一個擁抱、一滴眼淚、對臨終者說的一句話，都有本身的價值。他突然想到，無產者仍舊處於這種狀態，他們並不忠於一個黨，或一個國家，或一種思想，他們只忠於彼此。他有生以來第一次不再輕視無產者，或只把他們看成一股有朝一日會爆發出生命力來振興這世界的蟄伏力量。無產者還有人性，他們沒有變得鐵石心腸，他們還保有原始的情感，而他自己卻必須透過有意識的努力才能重新學會這種情感。想到這裡，他記起一件表面看來毫不相干的事，數週前他在人行道上看到一隻斷手，就抬腳把它踢進水溝裡，好像那只是一截白菜頭似的。

「無產者才是人，」他大聲說道：「我們不是人。」

「為什麼不是？」茱莉亞說，她又醒了過來。

他想了一會兒，說：「妳有沒有想過，我們最好是趁還來得及趕快離開這裡，從此不再見面？」

「想過，親愛的，我想過好幾次了。但我還是不想這樣做。」

「我們算運氣好，」他說：「但這種運氣不會維持太久。妳還年輕，妳的外表很正常、很天眞，只要不跟我這種人來往，妳大概還能活上五十年。」

「不，我已經想清楚了。你怎麼做，我就跟著你去做。不要這麼灰心，我對求生存很有辦法的。」

「我們可能還可以在一起六個月、一年，誰知道，可是到最後我們還是得分開。妳有沒有想過我們會是多麼的孤立無援？一旦被他們抓到，我們兩個是沒有辦法、眞的一點也沒有辦法幫對方什麼忙的。假如我招供，他們會槍斃妳，假如我不招供，他們一樣也會槍斃妳，不管我做什麼、說什麼，或者不說什麼，都沒有辦法使你的死亡拖延五分鐘。我們甚至連對方是死是活也無從知道，我們會完全無計可施。但是有一點很重要：我們不要出賣對方，儘管這樣也不會讓事情有什麼不同。」

「如果你是在說招供，」她說：「那我們還是應該招供的。每個人都會招供，你沒辦法，他們會用酷刑。」

「我不是說招供。招供並不是出賣，你說什麼或做什麼都不重要，重要的是感情。假如他們能使我不再愛妳，這才是眞正的出賣。」

她想了一會兒，最後說：「他們辦不到，這是他們唯一辦不到的事。他們要你說什麼——不論什麼都可以，但他們不能要你相信這些話。他們不能進入你的內心。」

「不能，」他帶著比較有希望的語調說：「不能，妳說得沒錯，他們不能進入你的內心。假如你覺得保持人性是值得的，即使這樣並不會有什麼結果，你還是打敗了他們。」

他想到電幕那永不休息的耳朵，他們可以日夜監視你，但是只要保持頭腦清醒，你還是能勝過他們。憑他們的聰明才智，卻從來沒有找到探知另一個人的腦袋裡在想什麼的辦法，也許當你眞的落入他們手中，就不是這樣了。沒有人知道仁愛部裡的詳情，但可以猜到會有酷刑、麻醉藥、測量神經反應的精密儀器，還有透過不讓你睡覺、單獨禁閉和不斷審問等方式，讓你逐漸崩潰。無論如何，事實是藏不住的，他們可以到處盤查追蹤出來，他們可以嚴刑拷打使你從實招來。但是如果你的目的不是爲了求生而是爲了保有人性，那結果又有什麼不同呢？他們改變不了你的感情，事實上就算你自己想改變也改變不了。他們可以把你做過、說過、想過的一切鉅細靡遺地攤開來，但是你的內心是攻不破的，就連你自己也無法完全明白自己的內心活動。

8

他們行動了，他們終於行動了！

他們正站在一間燈光柔和的長方形房間裡，電幕的音量調得很低，只聽得見嗡嗡聲，深藍色的厚地毯令人感覺猶如踩在天鵝絨上。在房間的另一端，歐布朗正坐在桌邊，在一盞綠燈罩的枱燈下面，兩旁堆滿了文件。僕人把茱莉亞和溫斯頓引進來的時候，他連頭也不抬一下。

溫斯頓的心怦怦跳得很厲害，他擔心自己會連話也說不出來。他只能想著：他們行動了，他們終於行動了。到這裡來已經是一項輕率之舉，兩個人一齊來就更是絕對的愚蠢；的確，他們是走不同的路線，來到歐布朗家門口才會合的，但光是走進這樣一個地方就需要鼓起很大的勇氣，一般人只有在極罕見的情況下，才有機會看到內黨黨員住處的內部，就連走進他們的住宅區也是極少有的。這幢公寓大樓的恢弘氣氛，到處都是豪華的設備和寬敞的空間，空氣裡瀰漫著上等食物和菸草的陌生味道，電梯悄然無聲地升降，迅速卻快得驚人，穿著白制服的僕人來回忙碌著——這一切都令人望而生畏。雖然他有很好的藉口來這裡，但是每走一步，他都很怕角落裡突然冒出一個穿黑制服的警衛，要查看他的證件，把他轟出去。不過，歐布朗的僕人二話不說就讓他們進來了，那僕人是個黑頭髮的小個子，穿著白色制服，菱形的臉上毫無表情，很像是中國人的臉。他領著他們走過的那條走道鋪了柔軟的地毯，牆上糊了淡黃色的壁紙，壁板則是白色的，一切都光潔如新。這也同樣令人望而生畏，就溫斯頓記憶所及，還不曾見過有哪條走道不是因爲人體的接觸而弄得烏漆麻黑的。

歐布朗手中拿著一張紙條，似乎很專心地讀著。他嚴肅的面孔低垂著，可以看到他鼻子的輪廓，樣子令人畏懼，同時又顯得很有智慧。他坐在那裡動也不動，大概有二十秒鐘之久，接著他拉過說寫器，用混合了各部會術語的語言，厲聲讀出一段通知：

「第一逗號五逗號七等項完全批准句點六項所含建議倍加荒謬接近罪想撤銷句點機械間接費用充分估計取得前不進行建築句點通知完畢。」

他慢吞吞地從椅子上站起來，踩著無聲的地毯向他們走來。他的官僚氣息在說完了新話之後似乎消減了一些，可是表情比平常更嚴肅，好像不高興被打擾似的。溫斯頓原本的恐懼之上突然又升起了一股尋常的尷尬，他覺得自己很可能犯了一個愚蠢的錯誤：他有什麼眞憑實據可以確定歐布朗在政治上圖謀反叛？只不過是眼光的一閃，模稜兩可的一句話，除此之外，就只有他自己基於一個夢境而來的祕密想像。他甚至不能退回到他是來借辭典的這個藉口，因爲這就無法解釋茱莉亞爲什麼也跟著來了。歐布朗走過電幕的時候，似乎突然想到什麼，他停下來，轉過身去按了一下牆上的一個開關，啪的一聲，電幕沒有了聲音。

茱莉亞輕輕發出一聲驚呼。即使在一片慌亂之中，溫斯頓也驚異得忍不住開口說：「你可以把它關掉！」

「是啊，」歐布朗說：「我們可以把它關掉，我們有這個特權。」

他已經站在他們對面，魁梧的身材在他們倆面前居高臨下，臉上的表情依然高深莫測。他滿臉嚴肅地等著溫斯頓開口，但講什麼呢？即使在這一刻，仍然可以想像他只是個大忙人，正不耐煩地想著爲什麼有人來打擾他。沒有人講話，電幕關掉之後，室內鴉雀無聲，時間一分一秒地過去，每一秒都顯得廣大無邊。溫斯頓勉爲其難地繼續與歐布朗對視，接著那張嚴肅的臉孔突然好像就要露出笑容，然後歐布朗以他慣有的手勢，調整了一下鼻梁上的眼鏡。

「由我來講呢，還是你來講？」他說。

「我來講，」溫斯頓立刻說：「那東西眞的關掉了？」

「關了，什麼都關了。這裡就只有我們。」

「我們到這裡來是因爲……」

他停住了，第一次發覺自己的動機是多麼模糊。事實上，他並不知道自己想要從歐布朗那裡得到什麼幫助，因此也就不容易說清楚他爲什麼要來這裡。儘管明知自己的話聽起來既無力又矯情，他還是繼續說道：

「我們相信一定有什麼密謀、什麼祕密組織在進行反黨活動，而你是其中的一分子。我們想要參加，一起做這個工作。我們是黨的敵人，我們不相信英社主義，我們是思想犯，也是通姦犯。我告訴你這些是因爲我們願意任你發落，如果你要我們用別的方式涉入叛黨活動，我們也願意。」

他停下來，回頭看了身後一眼，因爲他感覺到門打開了。果然，那個矮小的黃臉僕人沒有敲門就進來了，只見他手中捧著一個盤子，上面放著酒瓶和玻璃杯。

「馬丁是我們的人。」歐布朗鎭靜地說：「馬丁，把酒拿到這裡來，放在圓桌上。椅子夠嗎？那麼我們不如坐下來，舒舒服服地談一談。馬丁，你也搬張椅子過來坐，這是公事，接下來十分鐘你可以暫時不必當僕人。」

那個小個子坐了下來，樣子很自然，卻又仍有一種僕人的神態，一種享受特權的貼身僕人的神態。溫斯頓用眼角看他，想到這個人一輩子都在扮演一個角色，即使暫停那麼一下他也覺得是危險的。歐布朗抓著酒瓶的瓶頸，把深紅色的液體斟滿了玻璃杯。這情形使溫斯頓想起很久以前依稀在牆上或者廣告牌上看到過的東西：用電燈泡組成的大酒瓶，會上下移動，把瓶裡的東西倒進一只杯子裡。從上面看下去，那酒幾乎是黑色的，但是在酒瓶裡卻亮晶晶的像紅寶石，聞起來有一種酸中帶甜的味道。他看到茱莉亞拿起杯子，湊到鼻尖聞了一聞，毫不掩飾她的好奇。

「這叫葡萄酒，」歐布朗淡淡地笑著說：「你們在書上一定讀到過，我想流到外黨去的恐怕不多。」他的臉又嚴肅起來，舉起杯子說：「我想應該先由爲健康乾一杯開始，爲我們的領袖艾曼紐・戈斯坦乾杯。」

溫斯頓帶著一種熱切的心情舉起酒杯，葡萄酒是他從書上讀到過，一直夢想要嘗一嘗的東西，如同那枚玻璃紙鎮，又像查靈頓先生只記得一半的童謠，都是屬於已經消失的、浪漫的過去，也就是他私下喜歡說的老時光。不知爲什麼，他一直以爲葡萄酒的味道很甜，就像黑莓果醬一樣，而且一喝馬上就醉。當他眞的喝下去時，這東西卻十分令人失望，實情是他喝了多年的琴酒，早已嘗不出葡萄酒的滋味了。他放下了空酒杯。

「那麼說眞的有戈斯坦這個人？」他說。

「是啊，是有這個人，而且還活著。至於在哪裡，我就不知道了。」

「還有那個陰謀——那個組織，也是眞的了？不只是思想警察杜撰出來的？」

「不是，是眞的，我們叫它兄弟會。關於兄弟會，你們除了知道它確實存在，還有你們是它的會員以外，不會再知道別的情形了。這個我等會兒再說。」他看了看手錶，說：「即使是內黨黨員，把電幕關上超過半個小時也很不妥。你們不該一起來的，待會兒得分開走。妳，同志，」他向茱莉亞點了點頭：「先離開。我們還有差不多二十分鐘的時間。你們一定能理解，一開始我必須先問你們幾個問題。大體來說，你們願意做些什麼？」

「只要能力做得到的我們都願意做。」溫斯頓說。

歐布朗在椅上略微轉過身子，面對著溫斯頓。他幾乎不理茱莉亞，似乎當作溫斯頓可以代表她講話。他把眼皮低垂了一會，開始用低沉而沒有感情的聲音發問，好像這是例行公事，是問答式的教誨，大部分答案他早已了然於胸。

「你們願意犧牲自己的生命？」

「願意。」

「你們願意殺人？」

「願意。」

「願意從事破壞活動，即使可能導致千百個無辜平民的死亡？」

「願意。」

「願意把國家出賣給外國？」

「願意。」

「你們願意欺騙、捏造、敲詐、汙染孩子的思想、販賣毒品、鼓勵賣淫、散播性病——凡是能夠敗壞風氣、削減黨的勢力的事都願意去做？」

「願意。」

「比方說，如果用硫酸去潑一個小孩子的臉能幫助我們達到目的，你們也願意做？」

「願意。」

「你們願意隱姓埋名，下半輩子做一個服務生或碼頭工人？」

「願意。」

「假如我們要你們自殺，你們也願意自殺？」

「願意。」

「你們兩個願意分手，永遠不再相見？」

「不行！」茱莉亞插進來叫道。

溫斯頓覺得自己過了好久都答不上話來。有一會兒他似乎連說話的能力也喪失了，他的舌頭無聲地動著，準備說出一個字的第一個音節，一下又換成另一個字的第一個音節，反反覆覆，不知道該說哪一個字。最後他終於說：「不。」

「你這樣告訴我是對的，」歐布朗說：「我們需要知道一切。」

他轉向茱莉亞，聲音裡多了一絲感情，說道：「妳要明白，即使他僥倖活下來，也可能變成另一個人了。我們可能不得不給他一個新的身分，他的輪廓、他的舉止、他手的形狀、他頭髮的顏色，甚至他的聲音都會改變。妳自己也可能變成了另一個人。我們的外科醫生能夠把人整形整得完全認不出來，有時候這是必要的，有時候我們甚至要截肢。」

溫斯頓禁不住又偷瞄了馬丁那張蒙古臉一眼，他沒有看到什麼疤痕。茱莉亞面色更蒼白了，臉上的雀斑益發明顯，不過她還是勇敢地面對歐布朗，喃喃地說了什麼，似乎是表示同意。

「很好，那就這麼定了。」

桌上有一只銀菸盒，歐布朗漫不經心地把菸推向其他人，自己取了一根，然後站起來開始慢慢地來回踱步，好像他站著比較能夠思想似的。那菸是上等貨，菸絲包裝得又扎實又完密，菸紙像絲一般光滑。歐布朗又看了看手錶。

「馬丁，你還是回廚房去吧，」他說：「我會在一刻鐘之內打開電幕。走之前好好看清這兩位同志的臉，你還會再見到他們，我可能不會了。」

就像剛才在大門口時那樣，那小個子的黑眼珠在他們臉上來回轉動，態度沒有一絲友好的意思，他在默記他們的容貌，但是對他們毫無興趣，至少表面看來是如此。溫斯頓想到，人工的面孔大概是無法變換表情的。馬丁一語不發也沒有打招呼就走了出去，靜悄悄地把門帶上。歐布朗依然踱來踱去，一隻手插在黑色工作服的口袋裡，一隻手夾著香菸。

「你們要知道，」他說：「你們將在黑暗中作戰，你們會永遠處於黑暗之中。你們會接到命令，要照著去做，但是你們不會知道爲什麼要這麼做。過些時候我會送你們一本書，你們就會從中了解我們這個社會的眞相，還有我們會用什麼策略去摧毀這個社會。讀了這本書以後，你們就是兄弟會的正式會員了，可是除了我們奮鬥的總體目標和當前的任務之外，你們什麼也不會知道。我可以告訴你們兄弟會是存在的，但我沒辦法告訴你們會員有一百人，還是一千萬人。你們會親身接觸到的會員，也永遠不會超過十來個。你們會有三、四個聯絡人，每隔一陣子就換人，原來的人就會消失。因爲這是你們的第一次接觸，所以我們的聯繫會保持下去。你們接到的命令都是從我這裡發出的，如果我們覺得有必要聯絡你們，就會通過馬丁。最後被逮到了，你們會招供，這是免不了的。但是你們除了自己做過的事以外，就沒有什麼好招供的了，最多只能供出一小撮不重要的人。甚至連我，你們大概也沒辦法出賣，到那時我可能已經死了，或者變了另一個人，換了另一張臉。」

他繼續在柔軟的地毯上踱來踱去。雖然他身材魁梧，舉止卻十分優雅，就連把手插進口袋或手指夾著香菸這些動作，都顯出他的優雅。他固然給人很有力量的印象，但更多的是充滿自信，以及一種帶著嘲諷的體諒；不論對一件事多麼認眞，他都沒有狂熱分子那種一心一意的衝勁。他談到殺人、自殺、性病、截肢和易容的時候，神情中帶有一絲揶揄，語氣好像在說：「這是無法避免的，這是我們必須毫不畏懼去做的事，但是等到生命値得好好過的時候，就不應該再這樣了。」溫斯頓心中對歐布朗升起了一股欽佩，甚至可以說崇拜，一時把戈斯坦的模糊形像拋在腦後。當你看著歐布朗強壯的肩膀和粗獷的臉孔，如此醜陋但又如此有修養，你會認爲他是不可能打敗的，沒有什麼謀略是他應付不了的，沒有什麼危險是他事先不曾預見的。甚至茱莉亞似乎也大爲折服，她全神貫注地聽著，香菸在手中燃盡了也不知道。歐布朗繼續說：

「你們想必聽過兄弟會的謠言，對這個組織一定已經有你們自己的想像。你們大概想像它是一個龐大的地下組織，會員在地下室祕密開會，在牆上寫字暗通信息，用暗號或特別的手勢來互相辨識。沒有這樣的事。兄弟會的會員沒有辦法互相辨識，任何一個會員所認識的其他會員不會超過少數幾個，就算是戈斯坦本人落入思想警察手中，也沒辦法供出全體會員的名單，或者任何可以找出全部名單的情報，根本沒有這種名單。兄弟會之所以不會被消滅，就是因爲它不是一般觀念中的那種組織，沒有什麼東西把它團結在一起，只有一個無法摧毀的思想，除了這個思想以外，不會有任何東西支撐你。你們不會得到同志愛，不會受到鼓勵，最後當你們被捕時，也不會得到幫助。我們從來不幫助會員，最多也只是在絕對有必要滅口時，偷偷送一片刀片進監牢裡去。你們得習慣這種沒有結果、沒有希望的生活：從事反黨活動一陣子，被捕，招供，處死，你們唯一能看到的結果就是這些。在我們這輩子是不可能發生什麼明顯變化的，我們是死人，我們眞正的生命只在將來，我們將化爲一撮塵土、幾根白骨來參與將來的生活。但是這個將來有多遠，沒有人知道，可能要一千年。目前除了一點一滴地擴大清醒的人的範圍，別無他法，我們不能集體行動，我們只能把我們的認知一個人一個人地傳開去，一代一代地傳下去。在思想警察面前，我們沒有別的選擇。」

他停下來，第三次看手錶。

他對茱莉亞說：「同志，妳差不多該走了。」又說：「等一等，還有半瓶酒呢。」

他把酒杯斟滿，然後舉起自己那杯酒。

「這次爲什麼乾杯呢？」他說，仍然帶著一絲嘲諷的口吻：「爲思想警察的失序？爲老大哥的死？爲人類？爲將來？」

「爲過去。」溫斯頓說。

「過去更重要。」歐布朗神情嚴肅地表示同意。他們一飲而盡，不一會，茱莉亞起身要走。歐布朗從櫥櫃頂上取下一個小盒子，拿出一片白色藥片，叫她含在嘴裡。他說，千萬不能帶著酒味出去，電梯服務員是很敏感的。她一走出去關上門，他好像就忘了她的存在。他又來回踱了一兩步，然後停了下來。

「還有一些細節要解決，」他說：「我想你應該有一個祕密的地點吧？」

溫斯頓跟他說了查靈頓先生店鋪樓上的那個房間。

「暫時還可以用，以後我們再幫你安排別的地方，祕密地點必須經常更換。同時我會給你『那本書』」——溫斯頓留意到，就連歐布朗提到那本書時，也會特別加強語氣——「就是戈斯坦的書，會盡快給你。我可能要過幾天才能弄到一本。你也想像得到，現有的書數量不多，思想警察到處搜查、銷毀，我們幾乎來不及印，不過也沒多大關係，那本書是銷毀不了的，就算最後一本也被沒收了，我們還是有辦法幾乎逐字逐字地重印出來。你上班帶不帶公事包？」他又問。

「通常會帶。」

「什麼樣子？」

「黑色的，很舊，有兩條帶子。」

「黑色，兩條帶子，很舊，好的。不久之後的一天——我沒辦法給你一個日期——你早上的待辦文件中會有一個印錯的字，你必須要求重發。第二天你不要帶公事包上班，那天的白天裡，在路上會有人拍拍你的肩膀說：『我想你掉了公事包。』他給你的公事包裡會有戈斯坦的書。你必須在十四天內歸還那本書。」

兩人靜默了一會兒。

「再過幾分鐘你該走了，」歐布朗說：「我們再見——如果有機會再見的話……」

溫斯頓抬頭看他。「在沒有黑暗的地方？」他囁嚅著問。

歐布朗點點頭，看起來毫不訝異。「在沒有黑暗的地方。」他說，好像懂得這句話在隱喻什麼似的。「走之前你還有什麼話想說嗎？有什麼口信、什麼問題嗎？」

溫斯頓想了想，他好像沒有什麼問題要問的了，更不想說些空泛的高調。此時他腦子裡想到的，並不是與歐布朗或兄弟會直接有關的事，卻是由他母親最後住過的那間陰暗臥房、查靈頓先生店鋪樓上的那個小房間、那枚玻璃紙鎮，以及花梨木畫框裡那幅蝕刻版畫所交織而成的圖像。他有點沒頭沒腦地說：

「你有沒有聽過一首老歌謠，開頭一句是『聖克里門教堂的鐘聲說，柳橙和檸檬』？」

歐布朗又點了點頭，禮貌而又十分嚴肅地唱出了下面的歌詞：

聖克里門教堂的鐘聲說，柳橙和檸檬；
聖馬丁教堂的鐘聲說，你欠我三法辛；
老貝利教堂的鐘聲說，什麼時候還我錢？
秀爾迪契教堂的鐘聲說，等我發財的時候。

「你知道最後一句！」溫斯頓說。

「是的，我知道最後一句。我想你現在得走了。先等一等，你最好也含一片藥片。」

溫斯頓站起來，歐布朗伸出手跟他相握，那力道大得溫斯頓骨頭都快被捏碎了。走到門口的時候，溫斯頓回過頭來，但是歐布朗似乎已經把他拋在腦後了，他正把手放在電幕的開關上等著，在他身後，溫斯頓可以看到桌上的綠燈罩枱燈、說寫器、堆滿了文件的鐵絲籃。這件事情已經結束，他覺得在三十秒鐘之內，歐布朗就會回到他被打斷的重要黨務工作上了。

9

溫斯頓累得像一團漿糊般。「漿糊」是很貼切的形容，這個詞是自動跳進他腦海裡的。他的身體不僅像漿糊一樣軟弱，彷彿也像漿糊一樣半透明，他覺得如果他舉起手，就能看到光線穿透過來。大量的工作把他體內的血液和淋巴液都吸乾了，只剩下神經、骨頭和皮膚的脆弱架子，所有感官知覺似乎都放大了，工作服摩擦著他的肩膀，路面搔著他的腳底，甚至手掌的張合也會使關節格格作響。

五天來，他工作了九十多個小時，部裡人人都是如此。現在終於都做完了，到明天早上以前，他可以說沒有事情可做，任何黨的工作都沒有。他可以在祕密幽會地點逗留六個小時，再在自己床上消磨九個小時。在和煦的午後陽光下，他沿著髒亂的街道，緩步向查靈頓先生的店鋪走去，一邊留神有沒有巡邏隊，一邊又毫無理由地相信這天下午他不會遇到任何麻煩。每走一步，他那沉甸甸的公事包就撞一下他的膝蓋，使他那條腿的皮膚感到陣陣發麻。公事包裡裝著「那本書」，他拿到手已經六天了，但是他還沒打開來過，連看也沒有看過一眼。

在仇恨週的第六天，在六天來的遊行、演說、呼喊、唱歌、旗幟、標語、電影、蠟像、打鼓、吹號、齊步前進、坦克轔轔、飛機轟鳴、槍聲隆隆之後，亢奮的情緒達到了高潮，民眾對歐亞國的憎恨沸騰到了瘋狂的程度，假如此時那兩千名將會在最後一天公開絞死的歐亞國戰俘落入了民眾手中，一定會給撕成了肉醬——就在這個時候突然宣布，大洋國並沒有跟歐亞國作戰，大洋國是在跟東亞國作戰，歐亞國則是盟國。

當然，並沒有人出來承認發生了什麼改變，只是非常突然地，全國各地都知道了敵人是東亞國而非歐亞國。事發時，溫斯頓正在倫敦市中心的一個廣場上參加示威，當時是晚上，人們蒼白的臉孔和鮮紅的旗幟被泛光燈照亮著。廣場上擠了數千人，其中一個區塊是大約一千名穿著少年偵察隊制服的學童。掛滿了紅布條的講台上，內黨的一位演講者正對群眾發表演說，他是個瘦小的男人，有著不成比例的長胳臂，和只剩下幾綹頭髮的光禿大腦袋。這個像神話中小妖精似的人物懷著滿腔仇恨，一隻手緊抓著麥克風的把柄，另一隻長在瘦長胳臂尾端的大手，則張牙舞爪地在頭頂上揮舞。他的聲音透過擴音器傳來，聽起來有一種刺耳的金屬聲，連珠砲不斷地數落著敵國的暴行、屠殺、驅逐、劫掠、強姦、虐待俘虜、轟炸平民、宣傳謊言、惡意侵略、撕毀條約等罪狀。聽他講話，你幾乎無法不相信他，跟著也就感到怒不可遏。每隔一會兒，群眾的憤怒情緒沸騰開來，從幾千人的喉嚨裡發出來野獸般的失控怒吼淹沒了演講者的聲音，而最粗野的吼叫聲都是來自那些學童。演講進行了大約有二十分鐘，一個信差匆匆跑上講台，把一張紙條塞在演講者手裡。演講者一面繼續講話，一面打開那張紙條來看。他的聲音和神態都沒有變，演講的內容也相同，但是突然之間，名字都變了。不用說什麼，一波理解的浪潮在群眾之中推了開去。大洋國在跟東亞國打仗！接著是一場大騷動：廣場上掛的旗幟和海報都錯了，其中差不多有一半畫的臉都不對！有人在搞破壞，是戈斯坦的特務在搞鬼！於是演講暫時中斷，大家在喧譁聲中把牆上的海報撕下來，把旗幟撕碎踩在腳下；少年偵察隊像在表演特技，爬上屋頂把掛在煙囪上的橫幅剪斷。可是不到兩三分鐘，一切就結束了。那位演講者仍然抓著麥克風的把柄，肩膀向前聳，另一隻手在空中揮舞，繼續發表他的演說。再過一分鐘，群眾又再發出同樣的怒吼聲，除了對象轉換之外，仇恨活動一如剛才那樣繼續進行。

事後回想起來，讓溫斯頓印象最深刻的是，那位演講者是在一句話講到一半時轉換對象的，而且不僅沒有停頓片刻，甚至句法結構都沒有打亂。不過當時有別的事情分散了他的注意力，就在大家都在撕海報的混亂之際，有一個他連樣子也沒有看清的人拍拍他的肩膀說：「對不起，我想你掉了公事包。」他沒有回話，有點失神地把公事包接過來。他知道他要過好幾天才有機會打開公事包：示威一結束，他就一逕回到眞理部，雖然那時已快二十三點了。整個部門的員工也都回去了。電幕發出了指示，要他們回到工作崗位上，其實並沒有這個必要。

大洋國正在跟東亞國作戰：大洋國一向是跟東亞國作戰。五年來的政治文獻現在有一大部分完全不合時宜，各式各樣的報告和紀錄：報紙、書籍、手冊、電影、錄音帶、照片，全都得在極短的時間內予以修正。儘管上面沒有發出這樣的指令，但是大家都知道，紀錄處主管們的意思是一個禮拜後不要再看到有任何地方提及與歐亞國的戰爭，或是與東亞國的結盟。這是一項繁重之極的工作，尤其因爲必須修改的名稱都不能明講出來。紀錄處裡人人每天工作十八小時，分兩次睡覺，一次睡三小時。床褥從地下室搬了出來，鋪滿在走廊上；三餐由食堂的服務員用餐車推上來，吃的是三明治和勝利牌咖啡。溫斯頓每次停下工作去小睡之前，都設法把桌上的工作處理完畢，可是每次帶著感覺黏稠酸痛的眼睛回來時，桌上又已像積雪一樣堆滿了紙筒，幾乎把說寫器也掩沒，連地板上都是，因此第一件事總是先把紙筒整理成一疊，好騰出地方來工作。最糟的是，這絕不只是機械式的工作，雖然大多數時候只要把名字替換過來就夠了，但是碰到對事件的詳細報導時，就要小心處理，還要發揮想像力，就算只是把戰爭從一個地區搬到另一個地區，也需要有相當廣博的地理知識。

到了第三天，他的眼睛已經痛得難以忍受，每過幾分鐘就要揩一下眼鏡。這就像是在奮力完成某種重體力工作，你有權利拒絕不做，可是卻神經質地急欲趕快完成。在他有時間想起的圍範之內，他並沒有爲自己對著說寫器所說的每一句話、用自來水筆寫下的每一個字都是蓄意捏造的謊言而感到不安，他跟紀錄處裡的每一個人一樣，竭力想要捏造得天衣無縫。到了第六天早晨，紙筒漸漸少了，有長達半小時的時間，氣送管都沒有掉東西出來；然後再一個紙筒，接著就沒有了。差不多在同一時間，每個地方的工作都慢慢結束了，紀錄處裡的人都深深地、悄悄地吁了一口氣：一項不能說出口的重大工作已告完成，現在誰也沒辦法用文獻紀錄來證明大洋國曾經與歐亞國發生過戰爭了。到了十二點正，上面突然宣布眞理部全體員工放假到明天早上。溫斯頓一直帶著藏有「那本書」的公事包，工作時放在兩腳中間，睡覺時則壓在身體下面，此時他提著公事包回家，剃鬍子、泡澡，雖然水一點也不熱，他還是差點在浴缸裡睡著了。

在查靈頓先生的店鋪爬著階梯上樓時，他身上的關節格格作響，他倦極了，但已無睡意。他打開窗戶，點燃汙穢的小煤油爐，放了一鍋水上去燒，準備煮咖啡。茱莉亞很快就會到，在這之前他有「那本書」可以打發時間。他在那張邋遢的單人沙發上坐下來，解開了公事包上的帶子。

那是一本黑封面的厚書，裝釘得很粗糙，上面沒有書名或作者名字，裡面的印刷字體也不大規則。書頁邊緣都已磨損，很容易掉頁，看來書本一定經過許多人之手。書名扉頁上印的是：

寡頭集體主義的理論與實踐

艾曼紐．戈斯坦　著

溫斯頓開始讀下去：

第一章　無知就是力量

自有記載以來，大概在新石器時代結束以後，世上的人可分為三種：上等人、中等人、下等人。這三種人曾以各種不同方式再進一步細分，曾有各式各樣不同的名稱，相對人數以及相互間的態度也因時代而異，但是這種基本社會結構從未改變。即使經過巨大的動盪或看來無法扭轉的變遷，社會總又回復到這樣的格局，就像陀螺儀，不管你朝哪個方向推到底，它總會恢復平衡。

這三種人的目標是完全南轅北轍的……

溫斯頓不再讀下去，想享受這種在舒適且安全的環境下讀書的感覺。他獨處一室：沒有電幕，鑰匙孔邊沒有耳朵，沒有忍不住想要回頭張望或用手遮住書頁的神經兮兮。夏日甜甜的風輕拂著他的兩頰，遠處隱約飄來小孩子的叫喊聲，房間裡面除了老鐘的滴答之外，一片鴉雀無聲。他往沙發中一沉，把腳擱在壁爐擋架上，這就叫幸福，這就叫永恆。這時候，就好像拿著一本明知最終必將讀完而且會熟讀每一個字的書那樣，他把書隨便翻到另一頁，正好翻到第三章。他繼續看下去：

第三章　戰爭就是和平

世界會分成三大超級強國，是在二十世紀中葉前已可預見的事。隨著俄國併吞了歐洲，美國併吞了大英帝國，目前三大國之中的兩國實際上已經出現，即歐亞國和大洋國。第三國東亞國則是又經過十年混戰才形成。三大國的邊界在若干地方是任意劃定的，若干地方又會隨著戰爭勝負而變動，但大致上按照地理界線劃分。歐亞國的國土包括歐亞大陸的整個北部，從葡萄牙延伸至白令海峽。大洋國占有美洲、包括英倫三島在內的大西洋島嶼、澳洲以及非洲南部。東亞國較其他兩國爲小，西部邊界也比較不確定，面積包括中國、中國以南的國家、日本諸島，還有滿洲、蒙古和西藏大片經常變動的領域。

這三大國之間不是聯此攻彼，就是聯彼攻此，永遠處於交戰狀態，過去二十五年來一向如此。不過，戰爭已經不再是二十世紀初期那種拚個你死我活的毀滅性鬥爭，而是有限目標的戰爭，交戰國之間誰也沒有能力打敗對方，雙方既不是爲了物質上的理由交戰，彼此在意識形態上也沒有眞正的差別。但這並不是說戰爭的行爲和對待戰爭的態度，就變得不那麼殘酷，或比較講道義一些；相反的，戰爭歇斯底里仍然繼續存在，而且各國皆然，諸如強姦、搶劫、殘殺孩子、奴役人民、以燒死或活埋戰俘來報復等行爲，都被視爲家常便飯，甚至只要是我方而不是敵方所爲，還會認爲是值得讚揚的。不過事實上，戰爭只牽涉到少數人，大多是訓練有素的專家，造成的傷亡也相對較少。如果有戰事，通常都發生在讓人概念模糊的邊境，確切的地點一般人只能猜想而已；要不就是發生在捍衛海上要道的浮動堡壘附近。在文明的中心，戰爭只意味著物資的匱乏，偶爾會落下一枚火箭彈，造成幾十人的死亡，如此而已。事實上，戰爭已經變了質，更確切地說，作戰理由的重要次序有了變化：二十世紀初期已經存在但並不重要的戰爭動機，現在成了最主要、被人們認定且加以實行的理由。

要了解目前這場戰爭——儘管每隔幾年就換一次對手和盟友，但戰爭還是同樣那場——的性質，首先要明白這場戰爭是不可能有明確結果的。三大國之中，沒有哪一國能徹底被打敗，即使另外兩國聯手也不可能。三國太過旗鼓相當，天然防禦條件都太難以踰越：歐亞國受到廣大空曠陸地的保護，大洋國兩邊有浩瀚的大西洋和太平洋，東亞國則有勤奮多產的人民。其次，這場戰爭已不再有任何物質動機。自從建立了自給自足的經濟體，生產與消費已互相配合，過去的戰爭主要起因於爭奪市場，這種時代已經結束，爭奪原料也已不再是生死攸關的事。無論如何，三大國的幅員是如此廣闊，各自所需的原料幾乎都能在境內取得。若說這場戰爭還有什麼直接的經濟目的，那就是爭奪勞動力：在三大國的邊境之間，有一片從來沒有長期屬於哪一國的區域，大致上形成一個四方形，以丹吉爾、布拉薩、達爾文和香港爲四個角，這個區域的人口大約占了全世界的五分之一，三大國持續不斷的鬥爭，就是爲了爭奪這片人口稠密的區域和北極區。實際上，從來沒有一國曾經完全控制這整片紛爭不斷的區域，其中部分地區經常易手，而三國之間敵友關係不斷改變，就是因爲藉由出其不意的叛變，能有機會奪得這塊或那塊地區。

這些多事地區全都有寶貴的礦藏，其中有些地方還出產重要的植物產品，如橡膠，在寒冷地區橡膠只能以成本較高的方式來人工合成。不過最主要的，還是這些地區有無窮盡的廉價勞動力，不論那一國控制了赤道非洲，或中東國家，或南印度，或印尼群島，誰就掌握了數億廉價、勤奮的苦力。這些地區的居民或多或少已經淪爲公開的奴隸，不斷在不同的征服者之間轉手，當作煤或石油一樣使用，好生產更多的軍備，占領更多的領土，掌握更多的勞動力，再生產更多的軍備，占領更多的領土，如此無休無止地推演下去。值得注意的是，這場戰爭從來沒有眞正超出這些多事地區的範圍，歐亞國的邊界在剛果盆地和地中海北岸之間伸縮；印度洋和太平洋島嶼不斷被大洋國和東亞國爭來奪去；歐亞國與東亞國在蒙古的分界線從來未曾固定；在北極一帶，三國都宣稱擁有廣大領土，事實上那些地方根本沒有人煙，甚至從未有人探勘過。但是三國總是大致上保持勢均力敵，各國的心臟地帶一直都安然無事。此外，赤道一帶受剝削人民的勞動力，對世界經濟其實並非必要，他們並不曾增添世界的財富，因爲他們的生產都是爲了戰爭用途，而發動戰爭的目的總是爲了取得有利的地位以便發動另一場戰爭。這些奴隸人口的勞動力加快了這場持續不斷的戰爭的節奏，但是如果沒有他們的存在，整個世界的社會結構以及維持這種結構的方式，基本上不會有什麼不同。

現代戰爭的最主要目的（按照「雙重思想」的原則，內黨的領導們既承認又不承認這個目的）是消耗機器的生產果實，讓一般生活水準不致提高。自十九世紀末以來，工業社會裡一直潛伏著怎樣處理剩餘消費品的問題。目前，只有少數人才吃得飽，這個問題顯然並不迫切，即使沒有人爲的破壞在進行，這可能也不會是迫切的問題。今天的世界與一九一四年以前相比，是一個匱乏的、飢餓的、破敗的地方，若與那個時代的人所展望的未來世界相比，更是如此。在二十世紀初期，幾乎每一個有文化的人都會憧憬未來世界將會富足、優閒、有秩序、有效率得令人難以置信，是一個由玻璃、鋼筋和雪白混凝土所構成的閃亮光潔的世界。當時科技發展正突飛猛進，大家很自然地以爲會一直繼續發展下去，結果並不是這樣，一半是因爲接連不斷的戰爭和革命造成了窮困，一半是因爲科技的進展有賴從經驗而來的思考習慣，而這種習慣爲嚴格管制的社會所不容。總而言之，今天的世界比五十年前更原始，若干落後地區固然已有進步，與戰爭和密探活動有關的那些技術也有了發展，可是試驗和發明大半都停頓下來，一九五〇年代原子戰爭所留下的瘡痍也從未完全修復。儘管如此，機器所蘊含的危險依舊存在。從機器問世之初，凡有思想的人都很清楚，人類不再需要做苦工了，很大程度上人與人之間的不平等也可以消除了。如果有意識地把機器用於這個目的，幾代之內所有飢餓、過勞、汙穢、文盲和疾病等問題都可以掃除。事實上，在十九世紀晚期至二十世紀初期的大約五十年間，機器雖然沒有用在這樣的目的，但是經由一種自動的過程，生產的大量財富有時候不可能不分配出去，因此一般人的生活水準確實大大提高了。

但還有一點也很清楚：財富的全面增加會威脅到社會的等級結構，從某方面來說，甚至會導致等級社會的毀滅。在一個人人都工時短、吃得飽、住房裡有浴室和冰箱、出入有汽車甚至飛機的世界裡，最明顯、大概也是最重要的不平等都已經消失了，一旦普及，財富就不會造成什麼分別。固然，我們可以想像這樣的社會：從個人財產和奢侈品來說，「財富」是平均分配的，而權力仍然留在少數特權階級的手中。但在現實中，這樣的社會很難維持長久穩定，因爲如果人人都能享受閒暇和安定，本來由於貧窮而愚昧無知的平民大眾就會讀書識字，學會獨立思考，一旦做到這一點，他們遲早會發覺少數特權階級其實毫無作用，就會把特權階級剷除。等級社會只有在貧窮和無知的基礎上，才有可能長久存在。二十世紀初期有些思想家夢想回到過去的農業社會，這不是實際的解決辦法，不但跟在全世界已幾乎變成本能的機械化趨勢相衝突，更何況，任何國家要是工業落後，軍事上也會沒有力量，勢必受到其他較先進國家直接或間接的控制。

用限制產量來使老百姓維持貧困，也不是令人滿意的解決方法。在資本主義的最後階段，大約在一九二〇年至一九四〇年間，曾經廣泛使用過這套方法。許多國家任由經濟停滯，土地休耕，資本設備不增加，大批人口不給工作而由國家救濟，半死不活地度日。但這也會削弱軍事力量，而且這麼做所造成的貧困顯然易見是可以避免的，因此必然會引起造反。問題就在於怎樣在不眞正增加世界財富的情況下使工業巨輪持續運轉，物品必須生產，但是不能分配出去，在現實中要做到這點，唯一的辦法就是持續不斷地打仗。

戰爭的基本行爲就是毀壞，不一定是人命的毀滅，而是人類勞動生產的毀壞。戰爭是把物資打得粉碎、化爲烏有、沉入海底的方法，否則這些物資可能會使老百姓的日子過得太舒服，長期來說，也就會變得太聰明。即使戰爭的武器沒有遭到摧毀，武器的生產仍然是一方面消耗勞動力，另一方面又沒有生產出任何消費品的方便法門。譬如說，海上浮動堡壘所消耗的勞動力，就足以用來建造好幾百艘貨輪，而這些浮動堡壘最後都會因陳舊而拆卸廢棄，由始至終不曾給任何人帶來物質上的好處，而後又要再消耗大量的勞動力，來建造新的海上浮動堡壘。原則上，戰爭都是計畫來把滿足了人民最低需求以後可能剩餘的所有物資耗盡；實際上，人民的需求往往被低估，結果就是生活必需品有一半長期短缺，但這種狀態被視爲有利。在這種政策之下，甚至對受優待的階層也有意讓他們處於貧窮的邊緣，因爲在物資普遍匱乏的情況下，更能顯出少數特權階級的重要性，也更擴大了貧富之間的差距。以二十世紀初期的標準來說，就連內黨黨員的生活也算是清苦的，然而，他們所享受到的少許奢侈——設備完善的大公寓、較好的衣料、較好的飲食和菸草、兩三個傭人、私人汽車或直升機——讓他們的世界與外黨黨員迥然不同；而外黨黨員與我們稱爲「無產者」的下層老百姓相比，又處於類似的優勢地位。整個社會氣氛就像一座圍城，只要持有一塊馬肉，就顯出了富貧的差異。同時，由於意識到是戰爭時期，處境危險，爲了求生存，把全部權力交給一個少數階層，就成了理所當然而不可避免的條件。

由此可見，戰爭不獨完成了必要的毀壞，完成的方式還是心理上可以接受的。要浪費世界上的剩餘勞動力，原則上很簡單，大可以蓋寺廟、建金字塔、挖掘地面再填補起來，甚至生產大量物品再付之一炬，但這些做法只能給等級社會提供經濟的基礎，不能提供感情的基礎。這裡要擔心的不是老百姓的情緒，老百姓的態度並不重要，只要讓他們不斷地工作就可以了；要操心的是黨本身的士氣。即使是最低階的黨員，也應該是能幹的、勤奮的，甚至還要有限度的聰明，但他也必須是輕信而無知的狂熱分子，容易爲恐懼、仇恨、阿諛奉承和欣喜若狂等情緒所主導。換言之，他必須有戰爭時期的那種心態，戰爭是不是眞的發生並不重要；由於不可能有決定性的勝利，戰事順不順利也不重要，要緊的是戰爭狀態必須存在。智力的分裂是黨對黨員的要求，這在戰爭的氛圍下比較容易做到，現在黨內幾乎已經人人如此，地位愈高的黨員愈是明顯。因此正是在內黨裡，戰爭歇斯底里和對敵人的仇恨最爲強烈。內黨黨員作爲行政長官，經常必須知道這一條或那一條戰爭新聞是假的，可能也經常發覺整場戰爭都是假的，不是根本沒有發生，就是並非爲了官方宣稱的目的而打，但是這些知識很容易用「雙重思想」來抵消。另一方面，所有內黨黨員無不莫名而堅定地相信，戰爭是眞的，而且最後勝利一定屬於我方，大洋國將成爲全世界無可爭議的霸主。

內黨黨員人人都相信這未來的勝利，像一種信仰一樣。實現勝利的途徑有兩種，一是逐步占領更多領土，建立壓倒性的優勢；一是發明一種無敵的新武器。發明新武器的工作從未間斷，有創意或喜歡探索的頭腦想找到發洩的管道，這是少數尚存的活動之一。在目前的大洋國，以往觀念中的科學幾乎已蕩然無存，新話裡沒有「科學」這個詞彙，過去所有科學成就的基礎——根據經驗的思維方法，與「英社」的最基本原則相牴觸。甚至技術，也只有在產品的用途可以在某方面限制人類的自由時，才能有所進展。至於所有的實用藝術，不是停滯不前，就是反而倒退；土地用馬來拉犂耕種，書籍由機器寫作。不過在至關重要的事情上——其實就是戰爭和密探活動——經驗法則仍然受到鼓勵，或者至少受到容忍。黨有兩大目標：一是征服整個地球，一是徹底撲滅獨立思考的可能性。因此黨也有兩大問題要解決：一是如何在違背某人意願的情況下知道他心裡在想什麼，一是如何在數秒鐘之內毫無預警地消滅幾億人。如果目前還有科學研究在進行，這就是研究的主題。今天的科學家要不是心理學家兼審訊官，能夠鉅細靡遺地研究一個人的面部表情、姿態和聲調代表什麼意義，試驗藥物、催眠、震盪療法、肉體酷刑的逼供效果；就是化學家、物理學家或生物學家，在各自的領域裡專門做與致人於死有關的研究。在和平部龐大的實驗室裡，還有在巴西叢林裡、在澳大利亞沙漠中、在南極無人知曉的島嶼上那些隱密的試驗站裡，一隊隊的專家們在孜孜不倦地工作，有些專門制定未來戰爭的後勤計畫；有些設計愈來愈大的火箭炸彈，愈來愈強的炸藥，愈來愈打不穿的裝甲板；有些尋找更致命的新毒氣，或可以大量生產來毀滅整個大陸的植物的可溶毒藥，或不怕一切抗體的病菌；有些努力想要製造出一種能像潛水艇在水下航行一樣在地下行走的車輛，或像輪船一樣不需要基地也能飛航的飛機；有些探索更遙遠的可能性，例如通過架設在幾千公里以外空中的透鏡把太陽光束聚於一點，或利用地球中心的熱能來製造人爲的地震和海嘯。

但是這些計畫沒有一項接近完成階段，三大國之中也沒有哪一國的進展比其他兩國超前。更不可思議的是，三大國其實都已擁有威力強大的武器，比目前的研究所能發明的武器威力要強大得多，那就是原子彈。雖然黨照例宣稱原子彈是它發明的，其實早在一九四〇年代，原子彈就已問世，並在十年後首次大規模使用。那時有幾百枚原子彈在多個工業中心投下，主要在歐俄、西歐和北美，結果使得所有國家的統治集團相信，再多投幾枚原子彈，有組織社會就完了，而他們的權力也將結束。自此以後，雖然沒有正式簽訂協定，甚至也沒有人提出這類建議，但沒有誰再投原子彈。三大國只是繼續製造原子彈，儲存起來等待最後一用的機會，三國都相信這機會遲早會到來。另一方面，戰爭的藝術三、四十年來幾乎不變。的確，直升機比以前更常使用，轟炸機大多已被自動推進武器代替，脆弱的戰艦讓位給幾乎不沉的海上浮動堡壘；但除此之外，一切很少進展。坦克、潛艇、魚雷、機關槍，甚至步槍和手榴彈仍在使用中。儘管報上和電幕上不斷報導殺戮仍在無休無止地進行，但早期戰爭常常數週內就殺死幾十萬甚至幾百萬人的那種殊死大戰，已經不再重演。

三大國都不曾嘗試過任何必須冒嚴重失敗危險的行動。如果有大規模的行動，通常是對盟國的突擊。三大國採取的戰略，或者說假裝自己採取的戰略，都是相同的，那就是用作戰、談判、時機恰到好處的背叛等多管齊下的方式，取得足以包圍其中一個敵國的一圈基地，然後與該國簽訂友好條約，維持和平狀態多年，使對方卸下疑心，而在此期間，在所有戰略要點部署裝了原子彈的火箭，最後萬箭齊發，使對方徹底潰敗，根本不可能報復。這時便是跟剩下的大國簽訂友好條約的時候，準備另一輪的突擊。不用說，這種戰略簡直是作白日夢，不可能實現。何況，事實上除了赤道和北極一帶的多事地區之外，其他地方根本不曾有戰爭，也不見有進犯敵國領土之事。這說明了爲什麼三大國之間有些地方的國界是隨意劃定的。例如，英倫三島在地理上是歐洲的一部分，歐亞國原可以輕而易舉攻下來，從另一方面來說，大洋國也可以把疆界推至萊茵河，甚至到維斯杜拉河❷；可是這樣做就違反了一項不成文但各方都遵循的原則，那就是文化的統一。假如大洋國要征服這塊以前稱作法國和德國的地區，就必須殲滅其中的居民，這是一項實際執行起來非常困難的任務；要不就是必須同化這裡大約一億、就技術發展而言水準與大洋國不相上下的人民。這個問題是三大國共有的，因此禁止與外國人接觸，除非是與戰俘和有色奴隸有限度的接觸，對三國這樣的結構絕對有必要，即使對當前的正式盟國，也總要投以最猜忌的眼光。除了戰俘以外，大洋國的一般公民從來沒有見過一個歐亞國或東亞國公民，而且也禁止他們學習外國語。如果有機會接觸外國人，他們會發現對方跟自己一樣也是人，而以前聽到關於外國人的種種大部分都是謊言，那麼他們生活其中的鐵幕世界就會打破，支撐著他們士氣的恐懼、仇恨和自以爲是都會煙消雲散。因此三大國都明白，不論波斯、埃及、爪哇或錫蘭等地易手有多頻仍，主要疆界除了炸彈之外，是不容任何人踰越的。

在這個局面之下，有一個事實是從未大聲張揚，但大家心照不宣並以此爲行動依據的，那就是：三大國的生活水準都差不多。大洋國實行的哲學叫英社主義，歐亞國的叫新布爾什維克主義，東亞國叫的是一個中文名字，一般譯爲「崇死」，不過或許譯爲「滅我」更貼切。大洋國的公民不得知道其他兩國的哲學信條，只曉得那是對道德和常識的野蠻踐踏，必須對之深惡痛絕。事實上，這三種哲學很難區別，它們所建立起來的社會制度更是完全沒有差別，到處都是相同的金字塔結構，相同的對半神領袖的崇拜，相同的靠持續戰爭維持同時也爲持續戰爭服務的經濟。由此看來，三大國不獨不能征服彼此，即使征服了也無利可圖。相反的，只要維持衝突狀態，就能互相支撐，像三捆堆在一起的麥稈。照例，三大國的統治集團對自己在做什麼又是清楚又是不清楚，他們畢生致力於征服全世界，但也了解這場戰爭必須

❷維斯杜拉河（Vistula），波蘭境內最長的河流。

永遠繼續下去而不能分勝負；同時由於沒有被征服的危險，罔顧現實就變得有可能，這就是英社主義及其敵對思想體系的特色。在此，有必要重提上面說過的話：因爲永無休止地打下去，戰爭的性質已從根本上起了變化。

在過往的年代，從定義來說，戰爭遲早都會結束，孰勝孰敗通常一清二楚。同時在過去，戰爭是人類社會與物質現實保持接觸的主要手段之一。歷代的統治者都想要把一套不眞實的世界觀加諸他們的子民身上，但如果是會損害軍事效能的幻覺，他們就不敢鼓勵了。只要戰敗意味著喪失主權，或帶來其他一般公認不好的結果，預防戰敗就是魯莽不得的事，對物質事實也就不能忽視。在哲學上、宗教上、倫理學上、政治學上，二加二可能等於五，但是在設計槍炮飛機時，二加二只能等於四。效率差的國家遲早會被征服，而要追求效率，就不能有幻覺。此外，要講求效率就必須能夠向過去學習，這就需要對過去發生的事有比較正確的概念。當然，報紙和歷史書總會帶有色彩和偏見，但是像今天這樣的僞造就不可能發生。戰爭是讓人保持頭腦清楚的可靠保障，而且只要涉及統治階級，大概就是所有保障中最重要的保障了。戰爭有勝有敗，但沒有統治階級可以完全不負責任地亂來。

可是當戰爭眞個永遠打不完時，戰爭就不再有危險性了。當戰爭變成了經常狀態，就沒有所謂軍事必要性這種事。技術發展可以停頓，最明顯不過的事實可以否認或置之不理。上面已經說過，能稱得上科學的研究仍在爲了戰爭目的而進行，但基本上只是一種白日夢，沒有什麼成果，但這並不重要。效率已經不是必需，甚至軍事效率亦然。大洋國裡除了思想警察外，沒有什麼事情是有效率的。由於三大國都是無法征服的，因此每個國家實際上就是一個獨立的小宇宙，在裡面怎樣扭曲事實、顚倒是非都沒有問題。現實只有透過日常生活的需要才會顯出壓力：要吃要喝的需要，住房穿衣的需要，避免中毒或失足跌下高樓的需要，諸如此類。在生與死之間，在肉體享受與肉體痛苦之間，還是有所分別，但除此之外就沒有了。大洋國的公民與外界隔絕，與過去隔絕，像活在星際太空的人，分不清上下左右。這種國家的統治者擁有絕對的權力，連法老或凱撒都沒有這種權力，他們只要避免過多的人民餓死，以免對自己不利，只要保持本國的軍事技術水準跟敵國一樣低；一旦這些起碼條件達到了，他們就可以隨心所欲地扭曲現實。

因此，如果以過去的戰爭標準來看，這場戰爭只不過是個冒牌貨，就像某種反芻動物之間在打鬥，但牠們頭上的角所頂的角度都沒有辦法傷害對方。不過，這場戰爭儘管很不眞實，卻並非沒有意義，它消耗了剩餘的消費品，維持了等級社會所需要的特殊心理氛圍。由此可見，戰爭已成了純粹的內政。過去，雖然各國統治集團可能意識到彼此的共同利益而抑制戰爭的破壞程度，但他們確實是在互相對打，戰勝國也總會征服戰敗國。在我們這個時代，他們根本不是在對打，各國統治集團發動戰爭都是針對自己的人民，戰爭的目的不是征服別國領土或保衛本國領土，而是維持社會的結構。因此，「戰爭」這兩個字已經名不副實。或許可以這樣說：由於無日無之，戰爭已不復存在。從新石器時代到二十世紀初期戰爭對人類所造成的那種特殊壓力，如今已經消失，而由一種完全不同的東西取代。如果三大國決定不打仗了，協議永久和平相處，互不侵犯彼此的領土，結果將會大致相同，因爲各國仍然是一個自給自足的小宇宙，永遠不受外來危險的撼動。因此，眞正持久的和平跟持久的戰爭是一樣的，這就是黨的口號「戰爭就是和平」的內在含義，不過大多數黨員的理解都很膚淺。

溫斯頓暫時放下書本。遠處不知什麼地方有一枚火箭炸彈爆炸了。他仍然沉浸在一個人關起門來讀禁書、房間裡又沒有電幕的幸福感覺中。獨處和安全是生理上的感受，混合了身體的疲乏、沙發的柔軟、從窗外吹進來的微風拂面的觸感。這本書令他著迷，更確切地說，是令他感到安心。從某方面來說，這書並沒有告訴他什麼新事物，但這也是它的吸引力所在。它說出了他心裡的話，若使他能夠把自己零碎的思考整理出來的話，他也會這麼說。寫這本書的人的頭腦跟他的頭腦一樣，只是比他有力得多、有系統得多、無畏得多。他深深覺得，最好的書就是把你已經知道的事情告訴你的書。他剛把書翻回到第一章，就聽到樓梯上茱莉亞的腳步聲，他起身去迎接她。茱莉亞把褐色的工具包往地上一扔，撲進他懷中。他們倆已有一個多禮拜沒有見面了。

「我拿到那本書了。」他們擁抱完之後他說。

「喔，拿到了？很好。」她不大感興趣地說，說完馬上蹲在煤油爐邊煮起咖啡來。

他們上床半小時之後才又回到這個話題。這個晚上很涼爽，剛好可以把床罩掀起來蓋在身子上。樓下傳來熟悉的歌聲和皮鞋踩在石板路面的叩叩聲。溫斯頓第一次來就見到的那個紅臂粗壯婦人幾乎成了院子裡的常客，白天裡沒有一刻不見她在洗衣盆和晾衣繩之間來來回回，一會兒嘴裡咬著衣夾子，一會兒引吭唱起情歌。茱莉亞在床上平躺了下來，看來快睡著了。溫斯頓伸手拿起擱在地板上的那本書，靠著床頭坐起來。

「我們一定要讀一讀，」他說：「妳也要讀。兄弟會的所有成員都要讀。」

「你來讀吧，」她閉著眼說：「大聲讀出來，這樣最好，你可以一面讀一面解釋給我聽。」

時鐘指著六點，也就是十八點，他們還有三、四個鐘頭的時間。他把書擱在膝上，開始讀起來：

第一章　無知就是力量

自有記載以來，大概在新石器時代結束以後，世上的人可分為三種：上等人、中等人、下等人。這三種人曾以各種不同方式再進一步細分，曾有各式各樣不同的名稱，相對人數以及相互間的態度也因時代而異，但是這種基本社會結構從未改變。即使經過巨大的動盪或看來無法扭轉的變遷，社會總又回復到這樣的格局，就像陀螺儀，不管你朝哪個方向推到底，它總會恢復平衡。

「茱莉亞，妳沒睡著吧？」溫斯頓問。

「沒睡著，親愛的，我在聽。唸下去吧，很精采呢。」

他繼續唸道：

這三種人的目標是完全南轅北轍的：上等人的目標是要保持他們的地位，中等人的目標是要跟上等人調換位子，下等人由於始終被勞役壓得喘不過氣來，很少有餘暇去想日常生活以外的事，通常沒有什麼目標，如果有的話，無非是取消一切差別，建立一個人人平等的社會。因此從古至今，一場輪廓相同的鬥爭一而再再而三地發生。會有很長的時期，上等人的權力看起來很穩固，但遲早會有這樣的時候，他們喪失了對自己的信心，或者喪失了有效統治的能力，或者兩者都有。這時他們就被中等人推翻，中等人會佯裝自己是爲了自由和正義而戰，把下等人拉到他們這邊來。一旦達到目的，中等人就把下等人推回到以前的奴役地位，自己則做起了上等人。不久，其他兩組人之中有一組，或者兩組人裡都分裂出一批新的中等人，這場鬥爭又周而復始。在這三等人之中，只有下等人從來沒有實現過目標，哪怕暫時實現的機會也沒有。若說從古至今人類在物質上毫無進步，未免言之過甚，即使在今天這個衰落時期，一般人的物質生活也要比幾百年前好。但是不論財富怎麼增長，態度怎麼放軟，怎麼進行改革或革命，都沒有使人類向平等稍微邁進一步。從下等人的觀點看來，歷史不管怎麼改變，不過就是主子名字的變更而已。

到了十九世紀末期，許多觀察家都看出了這種周而復始的現象，於是出現了各家學派，把歷史解釋爲一種循環的過程，並宣稱證明了不平等是人類社會不變的法則。這種學說當然一直有其信徒，只是今天的呈現方式有了顯著的改變。在過去，社會需要分等級是上等人的學說，國王和貴族鼓吹這種學說，依附他們生存的教士、律師等人也鼓吹這種學說，並普遍以在死後世界將得到補償的承諾來軟化這種學說；至於中等人，只要還在爭取權力，總會利用自由、正義、博愛等說辭。但是現在，這些還沒有掌權、但盼望不久就可以掌權的人，卻開始抨擊這種世界大同的觀念了。在過去，中等人打著平等的旗幟發動革命，一旦把舊暴政推翻，又會建立起新的暴政。現在的新式中等人等於是事前就表明了他們的暴政。十九世紀初期出現的社會主義理論，是可以回溯到古代奴隸造反的一脈思想的最後一環，因此仍然深深受到歷代烏托邦思想的影響。但是從一九〇〇年以後出現的各種社會主義學派，都愈來愈公開放棄了實現自由平等的目標。本世紀中葉出現的新社會主義運動：大洋國的英社、歐亞國的新布爾什維克主義、東亞國一般所謂的「崇死」，都有意以延續不自由和不平等爲目標。這些新運動當然是從老運動演變而來，往往也保留了老運動的名字，嘴上鼓吹著老運動的意識形態，但目標其實全都是在適當時刻阻礙進步、凍結歷史，那熟悉的鐘擺現象還得再發生一次，然後就停止不動：像以往一樣，上等人會被中等人推翻，中等人會變成上等人，可是這一次，新的上等人會有意識地以謀略永遠保住地位。

這種新學說的產生，部分是由於歷史知識的累積和歷史意識的形成，這些都是十九世紀之前沒有的現象。歷史的循環運動如今已可理解，或至少表面看來可以理解，既然可以理解，那就可以改變。不過最主要、最根本的原因，還是早在十二世紀初，人類平等在技術上變得有可能實現。儘管人與人之間天賦各不相同，各有所長，有些人就是比別人占優勢，這仍舊是事實，但是階級區分和貧富懸殊已不再有實際的必要。在早期的年代，階級區分不僅不可避免，而且是有利的，不平等是文明的代價。然而，機器生產出現之後，情形不同了。雖然人類仍然需要分工，已經沒有必要讓不同的人生活在不同的社會或經濟水準上。因此，從即將奪得權力的那批人的觀點來看，人人平等已經不再是需要努力追求的理想，反而是要避免的危險。在比較原始的時代，公正和平的社會實際上還不可能實現，因此很容易成爲一種信念。幾千年來，人類夢寐以求想要實現這樣一個人間天堂，一個四海之內皆兄弟、沒有法律、也沒有苦役的世界。甚至每次歷史變革都能從中獲得好處的那些人，這種願景對他們仍有一定的吸引力：法國、英國和美國革命的後代，多少相信他們口中所說的人權、言論自由、法律之前人人平等之類的話，甚至讓這些話在一定程度上影響了他們的行爲。可是到了二十世紀四〇年代，所有的主流政治思潮都成了威權主義；正是在人間天堂有可能實現之際，這種理想卻遭到唾棄。每一種新的政治理論，儘管名稱各不相同，都回到了等級制度和嚴格管制。而大約在一九三〇年情勢普遍變得嚴峻的時候，一些廢止已久的做法，有些甚至廢止了有百年之久，例如不經審訊即加監禁、把戰俘當作奴隸使用、處決示眾、嚴刑逼供、扣押人質、驅逐整個族群等等，不僅又普遍起來，甚至那些自認開明進步的人也容忍、袒護這些做法。

英社和它的兩個對壘學說，是在十年的國際戰爭、內戰、革命和反革命之後，才脫穎成爲充分成熟的政治理論。不過這些理論的先鋒，也就是一般稱爲極權主義的各種制度，在本世紀早期就已經清楚地預示了在那些動亂之後世界將會有的大致面貌。什麼樣的人將會統治這個世界，也同樣清楚。新特權階級主要由官僚、科學家、技術人員、工會組織者、宣傳專家、社會學家、教師、新聞工作者、職業政客組成，這些人原來是受薪的中產階級和上層工人階級，由工業壟斷和中央集權政府的乏味世界塑造並結合起來。與過去的對手相比，他們沒有那麼貪婪，沒有那麼耽於享樂，但權力欲更強，特別是對自己的行爲更有自覺、更執意要打垮反對者。這最後一點區別是關鍵所在。跟今天的暴政相比，以前的暴政全都是半吊子，軟弱無能。過去的統治集團多少總受到自由思想的感染，到處都留下未了結的問題和漏洞，只留意公開的行動，對人民在想些什麼毫無興趣知道。用現代標準來看，連中世紀的天主教會也算是寬大的。之所以如此的原因之一，是以前從來沒有一個政府有能力去不間斷地監視人民。但是自從有了印刷術之後，要操縱輿論就容易得多，電影和無線電的發明，又使這種情況更進一步；隨著電視的發明，還有可以透過同一台電視機同時收發的技術，私生活便宣告結束。每一個公民，至少是每一個值得注意的公民，都可以讓他一天二十四小時受到警察的監視、讓他聽到官方的宣傳，而所有其他通訊管道則統統封閉起來。歷史上首次出現了這樣的可能，不僅可以使全體人民服從國家的意志，還可以使全體人民對所有事情的意見一致。

一九五〇和六〇年代的革命時期之後，社會像以往一樣，又重新劃分成上等人、中等人和下等人。但這次的上等人不像他們的前輩，他們不憑直覺行事，而知道要怎樣才能保住權位。他們早已認識到寡頭政體唯一可靠的基礎就是集體主義，財富和特權只有在共同享有的時候，才最容易保衛。本世紀中葉實行的所謂「取消私有財產」，事實上就是把財富集中到比以前更少數的人手中，不同的只是，新的主人是一個集團，而不是一群個人。個別來說，黨員全都沒有財產，有的只是一些微不足道的個人物品；集體來說，大洋國的一切都是黨的財產，因爲黨控制了一切，可以隨心所欲處置任何產品。在革命之後的幾年裡，黨能夠踏上這個統率一切的地位，沒有受到什麼阻撓，是因爲整個過程被視爲集體化的象徵。大家一向認定，沒收資產階級的財產之後，接下來必然實行社會主義，而毫無疑問，資產階級的財產已遭沒收：工廠、礦場、土地、房屋、運輸工具，所有東西都從他們手中拿了過來；既然這些東西已不再是私有財產，就一定是公有財產。從早期社會主義運動脫胎而來的英社，不但沿用了早期社會主義運動的詞彙，事實上執行了社會主義綱領的要點，而結果是可以預見也在計畫中的，那就是經濟不平等成爲永久的事實。

但是如何把等級社會永久維持下去，問題比這深入得多。統治集團喪失權力不外乎四種情況：一是被外部力量征服；二是統治太過無能，老百姓起來造反；三是讓強大而不滿的中等人集團出現；四是自己失去了統治的信心和意志。這四個因素不會是單獨起作用，總或多或少全都同時存在。統治階級若能預防這四個因素，就能永久掌握權力。最終，決定性的因素在於統治階級本身的心態。

從本世紀中葉以後，第一種危險實際上已經消失。今天瓜分世界的三大國，事實上都是互不能征服的，除非經過漫長的人口變化過程，但有廣泛權力的政府很容易避免這個問題。第二種危險也只是理論上的危險，老百姓從來不會自己起來造反，也從來不會只因爲受到壓迫而造反；說眞的，只要不讓他們有比較的標準，他們甚至不會意識到自己受到壓迫。過去那種反覆發生的經濟危機完全沒有必要，現在絕不允許再發生，不過其他同樣規模的騷亂可以發生，也確實發生過，但不會有任何政治後果，因爲不滿的情緒不會有任何表達的機會。至於生產過剩的問題，自從發明了機器技術以來，一直是社會的潛伏危機，但可以用不斷打仗的辦法來解決（參見第三章），而且這同時也可以把老百姓的鬥志維持在必要的高度。因此，站在目前統治者的立場來看，唯一眞正的危險是分裂出一個有能力、未能充分發揮所長、權力欲強的集團，還有就是在統治階級自己的隊伍中出現了自由主義和自我懷疑。換言之，這是個教育問題，也就是要不斷地去改造領導集團及其下面人數較多的執行集團的意識。至於老百姓的意識，只要消極地去影響就可以了。

了解這個背景之後，之前還不清楚大洋國社會結構的人，就可以推論出一個大概。在金字塔頂端的是老大哥，老大哥是永不犯錯、無所不能的，一切成就、一切果實、一切勝利、一切發明、一切知識、一切智慧、一切幸福、一切美德，都直接來自他的領導和感召。從來沒有人見過老大哥，他是宣傳看板上的一張臉，電幕上的一把聲音，我們可以相當肯定地說，他將永遠不死，現在對於他的出生年份都已經很難確定了。老大哥是黨用來向世人展現的代表形貌，作用是充當愛、恐懼、敬畏等情感的焦點，因爲對個人比對組織容易產生這類情感。在老大哥下面是內黨，黨員限制在六百萬人，即不到大洋國人口的百分之二。內黨之下是外黨，如果說內黨是國家的頭腦，外黨就可說是雙手。外黨下面是愚蠢的老百姓，我們一般叫做「無產者」，大約占人口的百分之八十五。用上面說過的分類法來劃分，無產者就是下等人；因爲赤道地區的奴隸人口不斷從一個征服者手中轉到另一個征服者手中，不能算是整個結構中的固定成員或必要成員。

原則上，這三種人的身分並不是世襲的，內黨黨員的子女理論上並不是生來就有內黨黨員身分，加入內黨或外黨都要通過考試，一般在十六歲時參加。也沒有種族歧視，或一地管轄另一地的情形，黨內最高層有猶太人、黑人、純印第安血統的南美人，每一地的行政官員也都是從該地居民中選拔出來。大洋國內沒有一地的居民會覺得自己是受到遠方首都管轄的殖民地人民，大洋國沒有首都，名義上的元首則是一個沒有人知道下落的人；除了英語是主要通用語和新話是官方語言，大洋國沒有任何中央集權的形式。讓統治集團團結起來的，不是血緣，而是共同的信仰。不錯，我們的社會是分階層的，乍看起來似乎是按世襲身分嚴格劃分階級，不同階級之間的流動遠比資本主義甚至前工業時代還要少。黨的兩大階層之間是有一定流動，但程度不大，只不過為了確保內黨的弱者遭到淘汰，外黨企圖心強的黨員則因有晉升機會而不致為害。在現實中，無產階級是無法升入黨內的，他們之中最有天賦的人，只要有可能成為不滿的核心人物，就會被思想警察盯上，最後消滅掉。不過這種情形並不必然是永久不變的，也並非原則上非如此不可，黨並不是舊觀念裡的一個階級，它的用意不在把權力傳給自己的子女，假如沒有其他辦法能把最能幹的人留在金字塔頂端，黨隨時願意從無產階級之中選拔一整代的新人。在關鍵的那幾年裡，黨不是一個世襲組織這一點，對於消除反對意見起了很大作用。老一輩社會主義者受到的訓練，就是要反對所謂的「階級特權」，因此認為不是世襲的東西就不能長久存在，他們沒有看到，寡頭政體的延續不一定要是有形的；他們也沒有想到，世襲的統治貴族一向短命，像天主教會那樣的選任組織有時反而能延續幾百年甚至幾千年。寡頭政治的基本精神並不是父子相傳，而是某一種世界觀、某一種生活方式的延續，由死者加諸生者身上。一個統治集團只要能指定接班人，就能繼續成為統治集團。黨在意的不是血統的延續，而是它本身的延續。只要權力結構永遠保持不變，由誰掌權並不重要。

當代的一切信仰、習慣、品味、感情、心態，其實都是為了保持黨的神祕，以防當前社會的眞相給人看穿。任何造反的行動或者預謀，在目前都是沒有可能的。無產階級根本不足為懼，只要放任他們，他們會一代又一代、一百年又一百年地繼續過下去，工作、生育、死亡，不獨沒有造反的念頭，也沒有能力理解這個世界並非只能這樣。只有當工業技術進步到一個程度，需要讓他們受多一點教育的時候，他們才會變得有危險性；但是由於軍事和商業競爭已不再重要，老百姓的教育水準事實上已經下降。老百姓有什麼意見或沒什麼意見，被視爲無足輕重的問題，他們可以有思想的自由，因爲他們沒有思維的能力。至於黨員，即便在最不重要的問題上，也不容許有絲毫歧見。

黨員從出生到死亡，都在思想警察的監視下生活。就算當他一個人的時候，他也無法確定自己眞的是一個人。不論他在哪裡，不論他睡著還是醒著，在工作還是在休息，在浴缸裡還是在床上，他都有可能受到監視，事前沒有警告，事後也完全不知情。他做的事情沒有一件是可以忽略的：他的朋友、他的休閒、他對妻兒的態度、他獨處時臉上的表情、他在睡夢中的囈語，甚至他特有的動作，全都受到嚴密的檢查。且別說眞的有什麼行爲不檢，就是多麼細微的怪癖，任何習慣的改變，任何不安的舉動，只要可以視爲內心鬥爭的徵象，都無可避免會被察覺。不論在哪一方面，黨員都沒有選擇的自由。但另一方面，他的行動並沒有受到法律或任何明文規定的行爲守則制約。大洋國根本沒有法律，那些一經查出必死無疑的思想和行爲並沒有明文禁止，無休無止的清算、拘捕、拷打、監禁和人間蒸發，並不是作爲實際犯了罪的懲罰，而僅僅是要把將來有可能犯罪的人剷除。黨員不獨要有正確的觀點，並且還要有正確的本能。黨要求他必須具備的種種信念和態度，有許多都沒有明確說明，事實上也無法明確說明，因爲一說就會暴露英社主義內在的矛盾。假如他是天生正統的人（新話叫

「好思想者」），不論在什麼情況之下，他想也不必想就會知道什麼是正確的信念、什麼是應有的感情。但不管怎樣，黨員從小就受到精心設計的、以「犯罪停止」、「黑白」、「雙重思想」這些新話詞彙為中心的心理訓練，使他不願意也沒辦法在任何問題上想得太深。

黨員是不許有私人感情的，但熱情卻絲毫不得退減。他應該永遠生活在對外敵內奸感到仇恨、對勝利感到得意、對黨的力量和英明感到五體投地的狂熱情緒當中。枯燥貧乏的生活所帶來的不滿，都被有意引導向外，通過像「兩分鐘仇恨」這樣的手段發洩出來；至於可能導致懷疑或反叛態度的思想，則在早年受到的內心紀律訓練中就事先遏止了。這種訓練的最初階段也是最簡單的階級，在孩子很小的時候就可以進行，新話叫做「犯罪停止」。「犯罪停止」的意思是在腦中出現任何危險思想之前就本能地懸崖勒馬的能力，這種能力包括了無法理解類比、看不到邏輯錯誤、對最簡單但有違英社主義的論點產生誤解、對可以導向異端方向的思路感到厭倦和厭惡。簡言之，「犯罪停止」意味著有保護作用的愚蠢。不過，光是愚蠢還不夠，要做到完全正統，反而需要有完全控制自己思維過程的能力，就像表演柔軟體操的雜技演員能夠控制自己的身體一樣。鞏固大洋國社會的兩個終極信念是：老大哥無所不能，以及黨永遠不會錯。但由於現實生活中老大哥並非無所不能，黨也不是永遠不會錯，因此在處理事實時就需要夙夜匪懈、時時刻刻地保持靈活性。在這個問題上有一個關鍵字是「黑白」。就像新話中的許多詞彙一樣，這個詞有兩個相互矛盾的含義：用在對手身上，是指罔顧明顯事實硬把黑說成白的無恥習慣；用在黨員身上，則是指在黨紀要求黨員把黑說成白時，黨員完全願意這麼做的效忠態度，但同時也指有「相信」黑就是白的能力，甚至「曉得」黑就是白，並忘掉自己曾經不作此想。這就需要不斷地竄改過去，要做到這點，只有通過一種思想方式，而這種思想方式實際上也包含了所有其他方式，那就是新話中所謂的「雙重思想」。

之所以需要竄改過去，有兩個理由。一個是輔助性的理由，也可以說是預防性的理由，那就是：黨員能夠像無產者那樣容忍當前的生活條件，部分原因是他沒有比較的標準，爲了讓他們相信他們過得比祖先好，平均物質生活水準也在不斷提高，因此一定要讓他們與過去隔絕，就像一定要讓他們與外國隔絕一樣。但是竄改過去還有一個重要得多的理由，是爲了保衛黨永遠不會錯的形象。這不單只是把演說、統計和各種紀錄不斷修改得符合現狀，以證明黨的預言從來沒有錯過，而且還不能承認黨的信條或政治友敵關係有過任何改變。因爲改變自己的思想，甚至改變自己的政策，就等於承認自己有缺點。譬如說，假如今天的敵國是歐亞國或東亞國（不論哪一國都一樣），那麼那個國家必須由始至終一直是敵國，如果事實與這說法不符，就必須去竄改事實。於是歷史不斷地被改寫，這種由眞理部執行的日常竄改捏造過去的工作，對於維持政權的鞏固，就跟仁愛部所負責的鎮壓和偵察工作一樣必要。

過去是可以更改的，這是英社主義的核心信條。這個信條的論點是，過去事件並不客觀存在，只留在文字紀錄和人的記憶裡，因此只要紀錄和記憶都這麼說，那麼過去就是如此。由於黨完全控制了紀錄，也完全控制了黨員的思想，因此，黨要過去是什麼樣子，過去就是什麼樣子；也因此，雖然過去是可以更改的，但黨從未承認在任何事件上作過更改，因爲在按當時情況需要重新改寫之後，新改出來的樣子就是過去，任何其他不同的過去都不曾存在過。即使同樣的事件在一年之內改了好幾次而改得面目全非，這種情形也經常發生，還是得如此處理。不管任何時候，黨的說法都是絕對的眞理，而絕對的東西當然不可能會有不同於現在的樣子。由此可見，控制過去首先有賴記憶的訓練，而使所有文字紀錄符合當前的正統思想，只不過是機械的行動而已。但還有一件事必須做到，就是按照符合要求的方式「記得」過去的事件，既然有需要重新安排記憶或竄改文字紀錄，那麼事後「忘掉」曾經這樣做過也是必要的。要怎麼做到，可以像其他心理方法一樣學會，大多數黨員都學會了這種技巧，思想正統的聰明人就更不用說。在老話中，這種做法老實地叫做「現實控制」，用新話來說就是「雙重思想」，只是「雙重思想」還包括更廣的意義。

「雙重思想」是指一個人有辦法在思想中同時保有、同時接受兩種互相矛盾的想法。黨內的知識分子知道自己的記憶必須朝什麼方向改變，因此他們也明白自己是在玩弄現實，但是由於運用了「雙重思想」，他們也使自己相信沒有違背現實。這個過程必須是自覺的，否則便會不夠精確，但也必須是不自覺的，否則就會有一種弄虛作假的感覺，也就會有罪惡感。「雙重思想」是英社主義的中心思想，因爲黨的基本做法就是既要自覺地欺騙，又要保有完全誠實才會有的堅定意志。既要有意地說謊，又要眞心地信以爲眞；既要忘記那些會拆穿謊言的事實，又要在有需要的時候把遺忘的事實喚回來，需要多久就維持多久；既要否認客觀現實的存在，又要一直把否認的現實記算在內——所有這些都是不可或缺，絕對必要的。即使在使用「雙重思想」這個字眼的時候，也必須實行「雙重思想」，因爲你使用這個字眼就是承認你在竄改現實，但是再來一下「雙重思想」，你就把這個認知也消除掉了，如此無休止地反覆，謊言永遠搶先眞相一步。黨就是靠「雙重思想」，最終能夠左右歷史的道路，而且看來也許還能繼續這樣下去千萬年。

過去的寡頭政體會喪失權力，不是因爲僵化，就是因爲軟化。僵化時他們變得愚蠢而自大，不能因應環境的變化作調整，因而被推翻；軟化時他們變得開明而懦弱，在應該用武力的時候卻讓了步，同樣地也被推翻。也就是說，他們的倒台或者是通過自覺，或者是通過不自覺。黨的成就是訂出一套思想體系，使兩種情形能夠同時並存。再沒有別的思想基礎能夠讓黨的統治春秋萬世，你要統治，而且要持續統治下去，就必須要能夠打亂現實，因爲統治的祕訣就是把相信自己永遠不會錯的信念，以及從過去錯誤中汲取教訓的能力結合起來。

不消說，最懂得巧妙運用「雙重思想」的人就是發明「雙重思想」、知道這是一套極高明的心理騙術的人。在我們的社會中，最了解實際情況的人也是離現實最遠的人。一般說來，了解愈多，錯覺愈大；人愈聰明，頭腦愈不清醒。有一個明顯的例子可以說明這一點：隨著一個人的社會地位提高，戰爭歇斯底里也愈嚴重。對戰爭的態度最接近理性的人，就是多事地區的人民，在這裡的人民看來，戰爭不過是一場持續不斷的災禍，像潮汐一樣在他們身上打過來又打過去，哪一方得勝對他們毫不相干，他們懂得改朝換代只不過是爲新主子做相同的工作，而且新主子對待他們跟舊主子不會有任何差別。地位比他們高一級、我們稱爲「無產者」的工人，只是偶爾意識到有戰爭，必要時他們可以被煽動得陷入恐懼和仇恨的瘋狂情緒之中，但是如果不做什麼，他們會長時間不曾想到有戰事發生。只有在黨員身上，尤其在內黨黨員身上，你才能看到對戰爭眞正的狂熱。最堅決相信要征服世界的人，是那些知道無此可能的人。這種把相反觀念結合起來的奇特現象——知與無知，憤世嫉俗與盲目狂熱——是大洋國社會的主要特徵之一。官方的意識形態充滿了矛盾，即使並無此實際需要，也仍然存在著矛盾。於是，社會主義原來主張的一切原則，黨都加以反對和攻擊，但是又假社會主義之名而行之。黨鼓吹大家藐視工人階級，這是過去幾百年來沒有先例的做法，但是要黨員穿的制服又一度是只有勞工才會穿的服裝，而選這種制服也正基於這個理由。黨有計畫地破壞家庭關係，但是對領導人的稱呼卻又直接訴諸家庭感情。甚至統治我們的那四個部，也藉由故意顛倒事實的名稱，表現出一種權力傲慢：和平部負責作戰，眞理部負責說謊，仁愛部負責施加酷刑，富裕部負責讓人民挨餓。這種矛盾不是偶然，也不是一般的虛僞，而是有意地運用「雙重思想」。因爲只有調和矛盾，權力才能無止境地維持下去，除此之外沒有別的辦法可以打破古老的循環。要永遠避免人類平等，如果我們所謂的上等人要永久維持他們的地位，那麼主流的心理狀態就必須是在控制之下的瘋狂。

但是直到現在爲止，有一個問題我們幾乎不曾觸及，那就是：爲什麼要避免人類平等？假設以上所述都是事實，那麼這樣大規模地、計算精準地要在某一特定時刻凍結歷史的努力，究竟動機何在？

這裡我們觸及了核心的祕密。如前所述，黨的祕訣，尤其是內黨的祕訣，就在於「雙重思想」。但比這更深一層，還有一個原始動機，從最初的奪取政權，到後來出現的「雙重思想」、思想警察、不斷戰爭以及其他一切必要的附帶產物，都源自於這從未受到質疑的本能。這個動機其實包含……

溫斯頓突然察覺四周一片寂靜，就好像你突然聽到新的聲音一樣。他覺得茱莉亞躺著一動不動已經很久了。她側臥著，腰部以上裸露，臉頰枕在手上，一綹黑髮披在眼睛上。她的胸部緩慢而有規律地一起一伏。

「茱莉亞。」

沒有回答。

「茱莉亞，妳睡著了嗎？」

沒有回答。她睡著了。他把書闔上，小心地放在地板上，自己也躺下來，把床罩拉過來蓋在兩人身上。

他心裡想，他還是不知道那最終的祕密。他只知其然，卻不知其所以然。第一章就像第三章，實際上並沒有告訴他什麼他不知道的事，只不過把他已經知道的知識有系統地整理出來而已。不過讀了之後，他比以前更清楚自己並沒有發瘋。身爲少數派，即使是只有一個人的少數派，也不代表你就瘋了。世事有眞理，有虛假，如果你堅守眞理，即使全世界都不同意你，你也沒有瘋。西沉夕陽的一道黃光透過窗戶斜照進來，落在枕頭上。他閉上眼睛，灑在他臉上的落日餘暉和貼在他身邊的女孩的光滑肉體，讓他有一種強烈的、睏倦的、自信的感覺。他是安全的，一切平安無事。他漸漸入睡，嘴裡還喃喃說著：「神志正常不是由統計數字來決定的。」心裡覺得這句話包含著深刻的智慧。

10

他醒來的時候，有一種睡了很久的感覺，但是瞥一眼那台老鐘，也才二十點三十分。他躺著又打了一會兒盹，跟著下面院子裡傳來那熟悉的引吭高歌聲：

這只是一場沒有希望的單戀，
轉眼消散像四月天；
可是一個眼神、一句話教我魂牽夢縈，
偷走了我的心！

這首胡扯瞎掰的歌曲似乎盛行不衰，到處都還聽得到，比〈仇恨歌〉流行得更久。茱莉亞也被吵醒了，舒服地伸了個懶腰，下了床。

「我餓了，」她說：「我們再煮一點咖啡吧。該死！爐子熄了，水冷掉了。」她拿起爐子搖了搖，「沒有煤油了。」

「我們應該可以跟老查靈頓要一些吧。」

「眞奇怪，我明明把油裝滿的。」她又說：「我把衣服穿起來，好像變冷了一些。」

溫斯頓也起床把衣服穿上。那不知疲倦的歌聲又唱了起來：

他們說時間治療一切，
他們說你總會淡忘一切；
可是這些年來的歡笑和淚水，
仍然緊緊揪著我心扉！

他一邊扣上工作服的腰帶，一邊踱到窗前。太陽已經落到房屋後面去了，院子裡不再照到陽光，地上的石板是濕的，好像剛剛洗過一般，他覺得天空也好像剛剛洗過一般，從屋頂煙囪之間望去，是一片淡淡清朗的藍。那個婦人不知疲倦地走來走去，一會兒放聲高歌，一會兒嘴裡塞著衣夾子而默不作聲，永無休止地晾出更多尿布。他想著她是不是靠洗衣爲生，抑或只是給二、三十個孫子做牛做馬。茱莉亞走到他身邊來，兩人一起有點入迷地看著下面那個壯實的身影。看著那婦人特有的姿態，粗壯的手臂往晒衣繩上晾衣服，母馬似的肥大屁股凸出來，溫斯頓第一次感覺到這婦人是美麗的。他以前從來沒有想到一個五十歲婦人，身軀因爲生兒育女而膨脹到異常臃腫的地步，又因爲辛勞而磨得粗糙硬實，像熟透了的蘿蔔，居然還可以是美麗的。但事實就是如此，而且他想，這又有何不可呢？那壯實沒有曲線、像一塊花崗岩的軀體，還有那粗糙發紅的皮膚，與一副少女身軀之間的關係，正如玫瑰果實與玫瑰花之間的關係，爲什麼果實就要比花朵次一等呢？

「她好美。」他喃喃地說。

「她的屁股起碼有一公尺寬。」茱莉亞說。

「這就是她的那種美。」溫斯頓說。

他把茱莉亞柔軟的腰身很容易地摟在胳臂裡，她的身體從臀部到膝部貼著他的身體。他們的身體將不會生小孩，這是他們永遠沒辦法做的一件事，他們只有靠口耳相傳，從一個頭腦到另一個頭腦，把這個祕密傳下去。下面那個女人沒有頭腦，她只有強壯的手臂、熱誠的心腸和多產的肚皮。他心想她不知道生了多少個孩子，很可能有十五個吧。她也有過一次野玫瑰的短暫怒放，也許一年，接著就突然像受了精的果實一樣膨脹起來，變得又硬又紅又粗，然後她的一生就是洗衣、擦地、縫補、燒飯、打掃、修理、再擦地、再洗衣，先是爲子女，再來爲孫兒，不間斷地整整做了三十年，而到頭來，她仍在唱歌。他對她升起的那股莫名崇敬之感，不知怎麼與煙囪之上淡淡的萬里晴空情景交融在一起。想來眞是奇怪，不管是在歐亞國、東亞國，還是這裡，天空對每個人來說都是一樣的，而天空下面的人基本上也是一樣的——全世界到處的人、成千上萬上億的人都是這樣，大家不知道彼此的存在，被仇恨和謊言的高牆隔開，然而大家幾乎都一模一樣——這些人從來不懂得思考，但是他們的心中、肚子裡、肌肉裡卻貯積著一股有朝一日會推翻這世界的力量。如果眞有希望，希望就在無產者身上！不用讀到「那本書」的結尾，他知道這一定是戈斯坦的最後結論。未來是屬於無產者的。那麼他能不能夠肯定，當無產者的時代來臨的時候，他們所建立的世界對他——溫斯頓·史密斯來說，不會跟黨的世界那樣格格不入？能，因爲至少那會是個神志清醒的世界，凡是有平等的地方，神志便能清醒。這是遲早會發生的事，力量將會變成意識。無產者是不朽的，看到院子裡這個剛強的身影，你就不會有任何懷疑。他們的覺醒終究會到來，雖然可能要等上一千年，但是在這之前他們會排除萬難生存下去，像鳥兒一樣，把黨所沒有的、也不能扼殺的生命力，通過軀體一代一代地傳下去。

「妳還記得第一次約會，那隻畫眉鳥在樹林邊上對我們唱歌嗎？」他問。

「牠不是對我們唱歌，」茱莉亞說：「牠是對自己唱歌找樂子，甚至也不是，牠就只是在唱歌而已。」

鳥兒唱歌，無產者唱歌，黨不唱歌。在全世界各地，在倫敦和紐約，在非洲和巴西，在邊界之外的神祕禁地，在巴黎和柏林的街道上，在廣大無邊的俄羅斯平原的村莊裡，在中國和日本的市場內，到處都屹立著這打不垮的結實身影，因辛勞工作和生兒育女而變得臃腫，從出生到死亡都忙碌幹活卻依然在唱歌。從這些強大的肚皮中總有一天會生出一群有自覺的民族。你是死人，未來是他們的，但是你可以分享他們的未來，只要你能像他們維持肉體的活力一樣維持頭腦的活力，把二加二等於四的祕密信條傳承下去。

「我們是死人。」他說。

「我們是死人。」茱莉亞順從地附和說。

「你們是死人。」他們背後一個冷酷的聲音說。

他們驚得彼此彈開。溫斯頓覺得自己的五臟六腑好像變成了冰塊。他可以看到茱莉亞眼珠子周圍的眼白，她的臉色發黃，兩頰上的胭脂顯得特別醒目，似乎與下面的皮膚脫離了關係。

「你們是死人。」那個冷酷的聲音又說。

「是在版畫後面。」茱莉亞低聲說。

「是在版畫後面。」那聲音說：「站在原地，沒有命令不許亂動。」

來了，終於來了！他們除了站在那裡看著對方以外什麼也不能做。趕快逃命，趁還來得及趕快逃出屋外——他們完全沒有這類想法。無法想像不聽從牆上那個冷酷的聲音。只聽見啪地一聲，好像有一道鎖打開了，接著一陣玻璃碎裂聲，那幅畫掉到地上，露出後面的電幕。

「現在他們看得見我們了。」茱莉亞說。

「現在我們看得見你們了。」那聲音說：「站到房間中央，背對背，兩手交叉放在腦後。互相不准接觸。」

他們並沒有接觸，但他好像感覺得到茱莉亞的身體在顫抖，或許只是因爲他自己在顫抖。他可以咬緊牙關不讓牙齒上下打顫，但他控制不了雙膝。樓下、屋裡屋外響起一陣皮靴聲，院子裡似乎都是人。有什麼東西拖過石板地，那婦人的歌聲突然中斷了，只聽見一陣東西滾過地面的長長嗆啷聲，好像洗衣盆給摔到了地上，接著是一陣混亂的憤怒叫喊，最後是一聲疼痛的尖叫。

「房子被包圍了。」溫斯頓說。

「房子被包圍了。」那聲音說。

他聽到茱莉亞咬緊牙關，說道：「我想我們還是說再會吧。」

「你們還是說再會吧。」那聲音說。接著另一個纖細文雅、溫斯頓覺得似曾相識的聲音插進來說：「對了，趁我們還在這個話題上，『這裡有支蠟燭照你上床，這裡有把斧頭砍你腦袋！』」

溫斯頓背後有什麼東西重重地掉到床上，一把梯子從窗戶中插進來，把窗框擠掉了。有人爬進窗來，樓梯上也響起陣陣皮靴聲，房間裡一下子站滿了身穿黑制服、腳踩釘鐵片皮靴、手持警棍的壯漢。

溫斯頓不再顫抖，甚至連眼睛也不再轉動。只有一件事最重要：不要動，不要讓他們有藉口打你！一個下巴垂肉像拳擊手一樣光滑、嘴巴只是一道細縫的大漢在他面前停下腳步，若有所思地把警棍夾在大拇指和食指中間。溫斯頓與他四目交投，那種兩手交叉放在腦後、整個身體暴露在別人面前的感覺，簡直難以忍受。那大漢伸出白色的舌尖，舔了舔應該是嘴唇的地方，就走開了。這時又聽見一陣碎裂聲，有人拿起放在桌上的玻璃紙鎮，在壁爐底石上摔得粉散。

那一小團粉紅色的、像蛋糕上的玫瑰花蕾糖霜的珊瑚碎片，在蓆子上滾了開去。溫斯頓心想，多麼小的一片，一直是多麼小的一片啊！他聽見背後有人深深吸了口氣，接著砰地一聲，他的腳踝給人重重踢了一下，幾乎使他踉蹌倒地。另一個人一拳打中茱莉亞的腹腔神經叢，使她像折尺一樣彎了下去，她在地上滾來滾去，拚命想要呼吸。溫斯頓轉也不敢轉一下頭，但是她漲成青紫、快要窒息的臉有時會進入他的視線範圍。即使在極度恐懼之中，他仍然可以感受到她的痛楚，猶如痛在自己身上一樣，不過再怎麼痛也不比無法呼吸的感覺難受，他知道那是什麼滋味：那可怕的劇痛在那裡等著你，但你還無暇顧及，因爲你得先設法呼吸。這時，有兩個大漢提著她的肩膀和膝部，把她像麻袋一樣抬出了房間。溫斯頓瞥見她倒過來的臉，面色發黃，表情扭曲，眼睛緊閉，兩頰上仍有一抹胭脂——這是他見到她的最後一眼。

他一動也不動地站著。還沒有人過來打他。他腦海裡各種念頭紛紛自動湧現，但是完全沒有意思。他想到，不知他們抓了查靈頓先生沒有；他想到，不知他們是怎樣對付院子裡的那個婦人；他發覺自己尿很急，覺得有些奇怪，因爲他兩三個小時前剛剛尿過；他注意到壁爐架上的老鐘指著九點，也就是說二十一點，但光線似乎太亮了，八月夜晚的天黑時間，難道不是二十一點嗎？他想到，不知他跟茱莉亞是不是把時間弄錯了，足足睡了時鐘的一圈，卻以爲是二十點三十分，而實際上已是第二天早上的八點三十分。但是他沒有繼續想下去，這沒什麼意思。

走廊上又傳來一陣比較輕的腳步聲。查靈頓先生進來了，穿黑制服的大漢們的態度馬上變得比較克制。查靈頓先生的外表也跟以前有些不同了。他的眼光落在玻璃紙鎮的碎片上。

「把碎片撿起來！」他厲聲說道。

一個大漢屈身從命。那一口倫敦土腔消失了，溫斯頓突然明白剛才在電幕上聽到的是誰的聲音了。查靈頓先生仍然穿著他那件舊天鵝絨外套，但是他原來幾乎全白的頭髮，已經變成烏黑的了，而且也不戴眼鏡了。他目光銳利地看了溫斯頓一眼，好像驗明正身似的，之後就不再理他。他的樣子依然認得出來，但已不再是原來的那個人，他的背部挺直，身材也似乎大了些；他的臉只有細微的變化，但卻完全換了一個樣：黑色的眉毛不再那麼濃密，皺紋消失了，整個臉部線條都似乎有所改變，甚至鼻子也變短了。這是一個大約三十五歲男子的機警而冷酷的臉。溫斯頓忽然想到，這是他有生以來第一次在有知覺的情況下看到一個思想警察。

第三部

他不知道自己身在何處，想必是在仁愛部，但是他無從確定。

他正置身一間天花板很高、沒有窗戶的牢房，四壁都鋪上了亮晶晶的白色瓷磚。隱藏的燈把牢房照得一片寒光，室內有低低的、持續不斷的嗡嗡聲，他猜想大概跟空氣調節設備有關。沿著四壁釘上了一列長板凳，或者說木架，寬度只夠讓人坐下，只在門口和對門放便盆的地方中斷，便盆上沒有坐圈。每一面牆上都有一台電幕，總共四台。

他肚子裡隱隱作痛。從他們把他綁上囚車押走那一刻起，他的肚子就一直這麼痛著。不過此刻他還感到肚子餓，餓得飢腸轆轆，十分難受。他可能有二十四小時沒有吃東西了，也可能是三十六小時。他還是不知道他們逮捕他的時候是早上或是晚上，大概永遠也不會知道了。總之他被捕以後還沒有吃過東西。

他盡可能在狹窄的長凳上靜靜地坐著不動，雙手交疊放在膝上。他已經學會要靜靜地坐著，如果隨便亂動，他們就會從電幕中叱喝你。但是想吃東西的慾望愈來愈難耐，他最想要的是一塊麵包。他記得工作服的口袋裡好像還有些麵包屑，甚至很可能還有很大一塊，他會這麼想是因爲有什麼東西一直搔著他的大腿。想要弄清楚的誘惑終於戰勝了恐懼，他把一隻手伸進口袋裡去。

「史密斯！」電幕上一個聲音叫道：「六〇七九號史密斯！牢房裡不准把手伸進口袋！」

他又靜靜地坐著不動，雙手交疊放在膝上。他被帶到這裡來之前，曾經給帶到另一個地方，應該是一間普通監獄或巡邏隊的臨時拘留所。他不知道在那裡待了多久，至少有幾小時，因爲沒有鐘，又不見天日，時間很難確定。那是個喧鬧、臭氣沖天的地方，他們把他關在一間跟現在這間差不多的牢房裡，不過那裡又髒又臭，隨時都擠著十幾個人，大多數是普通罪犯，但中間也有幾個政治犯。他靠牆靜靜地坐著，被骯髒的身體推來擠去，心中充滿恐懼，肚子又痛，因此對周遭環境沒怎麼留意，可是仍然察覺到了黨員囚犯和其他囚犯在舉止上的天差地別。黨員囚犯總是默不作聲，一副嚇壞了的樣子；普通犯人則似乎對什麼人都無所顧忌，他們大聲辱罵警衛，個人財物被沒收時抵死不從，在地上塗鴉猥褻的話，吃著從衣服裡不知什麼地方拿出來的偷帶進來的食物，甚至在電幕叫他們守秩序時大聲罵回去。另一方面，有些人似乎跟警衛關係很好，以綽號來叫他們，透過門上的監視孔連哄帶騙地向他們討香菸。警衛對普通罪犯似乎也比較寬容，即使在不得不對他們動粗的時候也是如此。經常有人談起強迫勞動營，因爲大多數犯人都是要送去那裡，他所得到的結論是：被送去勞動營其實「還好」，只要你關係不錯，又懂得走門路，那裡有賄賂、偏袒和各種敲詐，有同性戀和賣淫，甚至還有用馬鈴薯提煉的私酒；需要信任的任務都只交給普通罪犯，特別是交給幫派分子和殺人犯，他們可以說是勞動營裡的貴族，所有骯髒的工作都留給政治犯去做。

那裡不斷有各種各樣的犯人進進出出：毒販、小偷、強盜、黑市商人、酒鬼、妓女。有些酒鬼發起酒瘋來需要其他犯人一起合力才能制伏。有一個身材壯碩、年約六十的婦人，胸前垂著一雙大乳房，捲曲的白髮在掙扎中披散下來，一路踢喊著，由四個警衛分別抓著四肢抬了進來。她一直想用皮鞋去踢那些警衛，警衛把她的鞋子脫了下來，再把她丟在溫斯頓身上，幾乎把溫斯頓的大腿骨都壓斷了。那婦人坐了起來，朝退出去的警衛大罵道：「幹……狗雜種！」接著發現自己坐在凹凸不平的表面上，便從溫斯頓的大腿上滑下來，坐在長凳上。

「對不起，寶貝，」她說：「不是我要坐在你身上，都是那些混蛋把我放上去的。他們眞不知道怎樣善待女士，對不對？」她停了下來，拍拍胸脯，打了一個嗝，說道：「對不起，我今天狀態不佳。」

說著傾身向前，哇的一聲吐了一地。

「這樣舒服多了。」她說著，閉上眼睛往牆上一靠，又說：「我常說，想吐就不要忍，趁著東西下肚還沒多久趕快吐出來。」

她精神恢復了，轉頭又看了一眼溫斯頓，似乎馬上對他產生了好感，伸出粗大的手臂搭在他肩上，一把將他拉過來，一陣啤酒味和嘔吐味吹到了他臉上。

「寶貝，你姓什麼？」她問。

「史密斯。」溫斯頓說。

「史密斯？眞有意思，我也姓史密斯。哎呀，」她深情地說：「也許我就是你娘呢！」

溫斯頓想，她的確有可能是他母親。她的年齡和體形都符合，而且在強迫勞動營裡待了二十年之後，人是很有可能會變的。

除此之外，那間牢房裡就沒有人跟他說過話了。出乎意料，普通囚犯都不理睬黨員囚犯，只以一種不感興趣的輕蔑態度稱他們「政犯」。黨員囚犯似乎也害怕跟人交談，尤其害怕跟別的黨員囚犯交談。只有一次，有兩個女黨員囚犯在長凳上被擠到一塊，他才在嘈雜的人聲中聽到她們匆忙交換了幾句耳語，其中提到什麼「一〇一是」，他不知道那是指什麼。

他們把他押來這裡可能是兩三個小時之前的事。他肚子裡那股隱隱的痛一直沒有消失，只不過有時候好一些，有時候壞一些，他思緒的範圍也隨之時而擴展、時而收縮。當痛得厲害時，他心中就只想到肚子的痛和飢餓；當疼痛稍減時，恐懼就占據了心頭。有時候，他想到接下來會發生在自己身上的遭遇，那情景是如此眞實，使他的心怦怦亂跳，幾乎停止了呼吸：他感覺到警棍打在他的手肘上，釘有鐵片的皮靴踩在他的脛骨上；他看到自己匍匐在地，從打掉了牙齒的牙縫中大呼饒命。他很少想到茱莉亞，他無法把思緒集中在她身上。他愛她，不會出賣她，但這只是個事實，就像知道算術規則一樣。他感覺不到對她的愛意，甚至不太去想她現在怎麼了。他倒比較常想到歐布朗，想到時就感到一線希望。歐布朗一定已經得悉他被捕了，他曾經說過，兄弟會從來不拯救會員，但是他也說了刀片的事，如果能夠的話，他們會送刀片進來。警衛衝進這間牢房大概需要五秒鐘時間，刀片將會割進他的喉頭，讓他感到一陣灼燒的森冷，甚至拿刀片的手指頭也會給割到見骨。他全身難受，什麼感覺都恢復了，連一點點疼痛也教他顫抖著往後縮。即使他能拿到刀片，他也沒有把握會用它了。過一天算一天，這要自然得多，即使明知最後難逃酷刑，多活十分鐘也好的。

有時候，他想數一數牢房牆壁上總共有多少片瓷磚。這應該不難，可是他總是數著數著就忘了數到哪裡。他更常想到的是自己究竟身在何方，以及現在是什麼時候。這一刻他覺得十分肯定外面是大白天，下一刻他又同樣肯定地認爲外面正漆黑一片。他直覺地知道，這個地方是永遠不會熄燈的，這是個沒有黑暗的地方，他現在終於明白爲什麼歐布朗似乎懂得這個比喻了。仁愛部是沒有窗戶的，他這間牢房可能位於大樓中央，也可能靠著外牆；可能在地下十層，也可能在地上三十層。他在心中去到這一個個地方，想要根據身體的感覺來判斷自己究竟是身在高空、還是深埋地底。

外面有皮靴的腳步聲，鐵門噹啷一聲打開了。一個年輕軍官神氣地踏進來，他穿著整齊的黑色制服，全身上下似乎都發出皮革的光澤，灰白而線條筆直的臉好像蠟製面具一般。他示意門外的警衛把犯人押進來，詩人安普福斯腳步踉蹌地進了牢房，鐵門又噹啷關上了。

安普福斯遲疑地左右移動了一下，好像以爲另有一扇門可以出去，接著就在牢房裡來回踱步。他還沒有注意到溫斯頓，他憂愁的眼神凝視著溫斯頓頭上約一公尺的牆上。他沒有穿鞋，骯髒的腳趾從破襪洞裡露了出來。他也有好幾天沒有刮鬍子了，濃密的鬍根一直長到顴骨上，使他看上去一副凶相，跟他高大羸弱的身軀和慌慌張張的舉止極不相稱。

溫斯頓從頹靡中略爲振作起來。即使會遭到電幕叱喝，他也一定要和安普福斯說話。他甚至可以想像，安普福斯就是送刀片來的人。

「安普福斯。」他說。

電幕沒有傳來叱喝聲。安普福斯停下腳步，微微一驚，眼睛的焦點慢慢地集中到溫斯頓身上。

「啊，史密斯！」他說：「你也在這裡！」

「你怎麼會進來？」

「老實跟你說……」他笨手笨腳地在溫斯頓對面的長凳上坐下來，說道：「其實就只有一種罪，不是嗎？」

「那你已經犯了？」

「看來顯然是這樣。」

他一隻手放在額頭上，手指按住太陽穴好一會，彷彿在努力回想什麼事情。

「這種事是會發生的，」他含糊地說：「我記得有一次——可能是那一次吧，毫無疑問，那是一時大意，我們正在校訂吉卜林❶詩集的權威版本，我沒有把一句詩的最後一個字『God』❷改掉，我沒有辦法！」他幾乎是忿忿不平地說，一面抬起頭來看著溫斯頓。「這句根本不可能改，整首詩押的是『rod』韻，你知不知道，英文裡能押這個韻的字就只有十二個？我絞盡腦汁好幾天，就是沒有別的字可以押韻。」

他臉上的表情變了，煩惱的神情消失，有一刻看起來甚至有點高興。從他臉上髒汙蓬亂的毛髮之下，散發出一種對知識的熱情，一種書呆子發現某種無用的事實時會有的喜悅。

「你有沒有想過，」他說：「整部英國詩歌史就是建構在英文缺少韻腳的這個事實上？」

沒有，溫斯頓從來沒有想過這個問題，在目前的情況下也不覺得這有什麼重要或有趣的。

「你知道現在是什麼時候嗎？」他說。

安普福斯又愣了一下。「我根本沒想到這件事。他們把我抓起來，可能是兩天前，也可能是三天前。」他的眼光在牆上飄來飄去，好像以爲可以找到一扇窗似的。「在這種地方白天黑夜都一樣，我不知道你要怎麼算出時間來。」

他們有一搭沒一搭地聊了一會兒，跟著電幕毫無來由地叱喝他們安靜。溫斯頓默默地坐著，雙手交疊。安普福斯個子太大，在狹窄的長凳上坐得很不舒服，不斷左右挪動，兩隻瘦長的手交握著一會兒放在左膝上、一會兒放在右膝上。電幕發出喝罵聲，要他靜靜坐著別動。時間一分一秒過去，是二十分鐘、還是一個小時，很難斷定。門外又響起皮靴聲，溫斯頓五臟六腑都縮了起來，快了，就快了，可能五分鐘，可能馬上，皮靴的步伐聲將意味著輪到他了。

門開處，那個冷著面孔的年輕軍官踏進牢房。他的手微微一擺，指了指安普福斯。

「一〇一室。」他說。

安普福斯被警衛押在中間跌跌撞撞地走了出去，臉上有些不安，但並不了解是什麼狀況。

過了似乎很長一段時間，溫斯頓肚子裡的疼痛又作怪了。他的念頭一遍又一遍地在同一個軌道上轉，好像一粒球一次又一次地掉進同一系列的溝槽裡。他只有六個念頭：肚子痛、麵包、流血和慘叫、歐布朗、茱莉亞、刀片。他的五臟六腑又是一陣抽搐——沉重的皮靴聲又走近了。門一開，迎進來的風裡有一股強烈的汗臭味，帕森斯走進了牢房，身上穿著卡其短褲和運動衫。

這一回輪到溫斯頓驚得忘記了自己。

「你也進來了！」他說。

帕森斯看了一眼溫斯頓，眼神既非感到興趣，也毫無驚訝，只是一派愁苦。他開始一步一頓地走來走去，顯然靜不下來。每一次他挺直胖嘟嘟的膝蓋，看得出來膝蓋正在發抖。他的眼睛睜

---

❶ 吉卜林（Rudyard Kipling, 1865~1936），英國作家，出生於印度孟買，一九〇七年諾貝爾文學獎得主。

❷ God 即上帝。

得很大，目光呆滯，好像禁不住一直要盯著眼前不遠的某件東西。

「你怎麼會進來？」溫斯頓問。

「思想罪！」帕森斯幾乎是哽咽著說。從他的語氣聽得出來，他完全承認自己犯了罪，同時心中又充滿了恐懼，不敢相信這樣的字眼竟然可以用到自己身上。他在溫斯頓前面站住了，開始急切地向他求助：「老兄，他們不會槍斃我的吧，你說是嗎？你如果根本沒有做過什麼，只是有過不該有的思想，而你又沒有辦法避免，他們不會槍斃你的吧？我知道他們會給你一個公平的審訊，呵，我相信他們會的！他們會知道我過去的表現，是不是？你知道我是怎樣的人，我這個人不壞，當然，腦筋不好，但是有滿腔熱情。我盡我的能力為黨做事，是不是？判我五年就差不多了，你說是嗎？還是十年？像我這樣的人在勞動營裡是很有用的。他們不至於因為我出一次軌就把我槍斃吧？」

「你有罪嗎？」溫斯頓問。

「我當然有罪！」帕森斯奴叫道，一邊奴顏婢膝地朝電幕看了一眼：「你以為黨會錯捉無辜的人嗎？」他那張青蛙臉平靜了一些，甚至露出一點假裝虔誠的表情。「老兄，思想罪是一件可怕的事，」他像背書一樣地說：「它很陰險，會悄悄進入你的思想，連你自己都不知道。你知道它是怎樣進入我的思想的嗎？在睡夢中！是的，事實就是這樣。我努力幹活，想要盡我的一份力，從來不知道我腦袋裡有什麼壞東西。可是，我開始說夢話了。你知道他們聽到我說什麼了嗎？」

他把聲音壓低，好像有人為了醫學上的理由而不得不說猥褻的話一樣。

「『打倒老大哥！』眞的，我說了！看來還說了一遍又一遍。老兄，這話我只跟你說，我很慶幸事情還沒有更進一步他們就逮住了我。你知道在法庭上我會怎樣對他們說嗎？我準備說：『謝謝你們，謝謝你們及時救了我。』」

「是誰告發你的？」溫斯頓問。

「我的小女兒，」帕森斯答道，愁苦的神情中帶著驕傲：「她在鑰匙孔外偷聽，聽到我說的夢話，第二天趕緊就去報告巡邏隊。以一個七歲小丫頭來說眞夠聰明的，哼？我一點也不怨她，反而以她爲榮，這表示我把她教得很好。」

他又一步一頓地走了幾步，目光渴望地看了便盆幾眼，接著突然脫下褲子。

「老兄，對不起，」他說：「我憋不住了，等了好久。」

他的大屁股噗的一聲坐到了便盆上，溫斯頓連忙用手遮住臉。

「史密斯！」電幕上的聲音大喝道：「六〇七九號史密斯！手放下來，牢房裡不准遮臉。」

溫斯頓把手放下。帕森斯又多又響地方便完之後，發現沖水的鈕壞了，結果牢房裡臭氣歷久不散好幾個小時。

帕森斯被帶走了。更多犯人神祕地進來，又神祕地帶走。其中有一個女犯人要被帶去「一〇一室」，溫斯頓發覺她聽到那幾個字時臉色大變，整個人都似乎皺縮起來。有一個時候──假如他被帶進來的時候是早上，這時就是下午；假如那時是下午，這時就是深夜──牢房裡有六個犯人，有男有女，大家都靜靜地坐著不動。溫斯頓對面坐著一個沒有下巴、牙齒外露的男人，樣子很像馴良的大型齧齒動物，他那豐滿多斑的臉頰下垂得很厲害，很難不相信裡面沒有藏著一些食物。他灰白的眼睛膽怯地從這張臉上飄到那張臉上，一跟別人的眼光相遇，又趕忙把視線轉開。

門開了，又有一個犯人被帶進來，溫斯頓看到他的樣子，心頭一涼。他是個相貌平庸的普通人，以前可能是個工程師或技術人員。但是令人吃驚的是他面容的消瘦，簡直像一顆骷髏頭。由於臉上瘦削，他的嘴巴和眼睛看起來大得不成比例，眼睛裡彷彿充滿對某個人或某件事恨之入骨的凶殘神情。

那人在離溫斯頓不遠的長凳上坐下來。溫斯頓沒有再看他一眼，但是那張受盡折磨的骷髏臉在他腦海中栩栩如生，好像就在他眼前一樣。他突然明白是怎麼一回事了，那人就快餓死了。這個想法似乎同時在牢房裡每一個人的腦海中閃現，一陣極輕微的騷動在長凳上傳開來。那個沒有下巴的男人眼光不斷往那骷髏臉上飄，馬上又充滿罪惡感地轉開，隨即又抗拒不了衝動地被吸引回去。他開始在長凳上坐立不安，最後站了起來，腳步蹣跚地走過去，一手伸進工作服的口袋，有點難為情地拿出一塊髒汙的麵包，遞給那個骷髏臉男人。

電幕爆發出一聲震耳欲聾的怒吼，沒有下巴的男人嚇得跳了起來，骷髏臉男人立刻把雙手放在背後，好像要向全世界表明他拒絕那份禮物。

「巴姆斯特德！」電幕的聲音咆哮道：「二七一三號巴姆斯特德！放下那塊麵包！」

沒有下巴的男人鬆手讓那塊麵包落在地上。

「站在原地別動，」那聲音說：「面對著門，不准動！」

沒有下巴的男人乖乖聽命，他那豐滿下垂的面頰控制不住地哆嗦起來。門噹啷一聲開了，那個年輕軍官走進來站到一邊，他身後跟進來一個矮壯結實、胳臂粗大無比的警衛。那警衛站到沒有下巴的男子面前，等那軍官一使眼色，就使盡全身力氣猛地揮出斗大的拳頭，重重擊在那沒有下巴的男人嘴上，力道之大，幾乎使他離地而起。他的身體飛到牢房的另一邊，撞在便盆的底座上。他躺在那裡愣了好一會，烏血從他嘴巴和鼻子裡流了出來。他彷彿不自覺地發出一陣嗚咽聲還是呻吟聲，跟著翻過身，兩手和膝蓋著地，搖搖晃晃地爬起來。在一團模糊的鮮血和口水當中，他嘴裡掉出破成兩半的一排假牙。

犯人們都動也不動地坐著，雙手交疊在膝蓋上。沒有下巴的男人爬回他的位子上，一邊臉的下半部已經開始瘀青，嘴巴腫得像一團中間有個黑窟窿的櫻桃色肉塊，鮮血不時一滴一滴地淌在他工作服的胸襟上。他那灰白的眼睛依然在其他人臉上飄來飄去，帶著比之前更深的罪惡感，好像想要知道別人有多卑視他的自取其辱。

門開了，那個軍官略微擺手，指向那個骷髏臉男人。

「一〇一室。」他說。

溫斯頓身邊有人倒抽了一口氣，接著是一陣慌亂的聲響，骷髏臉男人竟然跪倒在地，兩手握在一起求饒。

「同志！長官！」他叫道：「你不必把我帶到那裡去吧！我不是什麼都告訴你了嗎？你們還想知道什麼？我什麼都願意招供，什麼都願意！你們只要告訴我，我馬上就招供。你們只要寫下來，我就簽字——什麼都可以！可是別帶我去一〇一室！」

「一〇一室。」那軍官說。

那人的臉色本已十分慘白，此時又轉變成一種溫斯頓不敢相信會有的顏色——不會有錯，那無疑是一片慘綠。

「你們怎樣對付我都行！」他叫道：「你們已經餓了我好幾個星期，就讓我餓死吧。槍斃我！吊死我！判我二十五年徒刑！你們還有什麼人要我招供的嗎？儘管說出來，你們要知道什麼我都可以告訴你們。我不管他是誰、不管你們把他怎麼樣。我有一個老婆和三個孩子，最大的還不滿六歲，你們可以把他們全抓起來，在我面前把他們的喉管切斷，我一定站在這裡看著。可是千萬別帶我去一〇一室啊！」

「一〇一室。」那軍官說。

那人焦急地看看周圍的其他犯人，好像想到可以找別人來當替死鬼。他的眼光落在那個沒有下巴的男人被打腫的臉上。他猛地舉起瘦骨嶙峋的手臂。

「你們應該帶走的是他，不是我！」他大喊道：「你們沒有聽到他被打以後講了些什麼話。給我一個機會，我會把他講的話全部告訴你們。反黨的是他，不是我。」警衛往前踏了一步，那人的話音變成了尖叫：「你們沒聽到他講什麼啊！電幕出了問題。你們要抓的是他，去抓他，不是抓我！」

那兩個粗壯的警衛彎下身去抓他的手臂，就在此時，他往地上一撲，滾到牢房的另一邊，緊緊抓住長凳的鐵腳不放，接著像野獸一樣嚎叫起來。警衛抓住他，想把他的手扳開，可是他緊抓不放，力量大得驚人。警衛跟他拉扯了大概有二十秒鐘，其他犯人都靜靜地坐著，雙手交疊在膝蓋上，眼睛直勾勾地看著前方。嚎叫聲停了，那人已經快沒氣了，跟著又是一聲不同的叫喊，其中一個警衛用靴子踢斷了他的手指。他們把他拖了起來。

「一〇一室。」那軍官說。

那人被帶了出去，他的腳步踉蹌，垂頭喪氣，捧著一隻受了傷的手，一點鬥志都沒有了。

過了一段很長的時間——假如那個骷髏臉男人被帶走的時候是深夜，此時就是早上；假如那時是早上，此時就是下午——牢房裡只有溫斯頓一個人，而且他一個人已經有許多個小時。在狹窄的長凳上坐久了，他全身痛得不得不經常站起來走動，電幕倒也沒有叱喝他。那塊麵包還在那個沒有下巴的男人丟下的地方。起初，他必須費很大的勁兒才能忍住不去看它，不久，口渴代替了飢餓，他嘴裡乾燥黏稠，還有一股惡臭。持續不斷的嗡嗡聲和永不熄滅的蒼白燈光令人感到昏暈，他覺得腦袋空空如也。他會因爲全身骨頭痛得難受而站起來，但是幾乎馬上又坐下去，因爲他暈眩得站不穩腳步。只要他的身體感官稍微恢復，恐懼又襲上心頭。有時候，他懷著愈來愈渺茫的希望想到歐布朗和刀片，他可以想像刀片會藏在他的食物中送進來——如果他們會讓他吃東西的話。他也依稀想到茱莉亞，她不知在什麼地方也在受苦，也許比他還厲害，這一刻她可能正痛得大聲尖叫。他想：「如果我多承受一倍的痛就能救茱莉亞，我願不願意這麼做？願意，我願意的。」但這只是個理智上的選擇，會這樣選擇是因爲他知道自己應該這樣做，而不是感覺到要這樣做。在這種地方，除了痛和預見到痛之外，你不會有任何感覺。何況，當你正在承受痛楚時，眞的有可能爲了什麼理由而希望自己的痛楚再增加嗎？不過這個問題目前還無法回答。

門外又有皮靴聲接近。門開處，歐布朗走了進來。

溫斯頓想要站起來，這一幕驚得他把所有戒備拋到了九霄雲外。許多年來，這是他第一次忘了有電幕的存在。

「你也被他們逮到了！」他叫道。

「我早就被他們逮到了。」歐布朗說，語氣略帶一種幾乎像遺憾的諷刺。他往旁邊讓開，身後出現一個胸膛粗壯的警衛，手中握著一根長長的黑色警棍。

「溫斯頓，你早就知道這是怎麼回事，」歐布朗說：「別自欺欺人了，你是知道的，你一直是知道的。」

是的，他現在明白了，他一直是知道的。但沒有時間去想這個了，此刻他眼中看到的就只有那個警衛手中的警棍，落在什麼地方都有可能：頭頂上、耳尖上、手臂上、手肘上……

手肘上！他跪倒在地，一隻手按住挨了一棍的手肘，感覺快癱瘓了，眼前的一切都炸開成一片黃光。無法想像，無法想像一棍打來可以造成這般劇烈的痛！黃光散去，他看到他們兩個正低頭看著他，那個警衛看到他痛得扭成一團，哈哈大笑起來。至少有一個問題得到了解答：你絕不可能為了任何理由而希望增加自己的痛楚。天底下沒有什麼比身體上的痛楚更難受的了，在痛楚之前沒有英雄，沒有英雄──他在地上滾來滾去時一遍一遍地這樣想著，同時徒勞地按住他那被打殘了的左臂。

2

他躺在一張床上，感覺像是行軍床，不過離地面很高，而且他身上好像被固定住了，動彈不得。比平常強烈的燈光照在他臉上。歐布朗站在旁邊，正低頭專注地看著他。另外一邊站著一個穿白袍的男人，手中拿著打針用的注射器。

即使他已經睜開眼睛，仍然過了好一會才慢慢看清周圍的環境。他有一種感覺，好像他是從一個迴然不同的世界、一個很深的海底世界游上這個房間來的，他在下面那個世界待了多久，他也不知道。自從他們把他抓起來的一刻起，他就沒有見過黑夜或白天。而且，他的記憶也不連貫，有那麼一些時候，他的意識——甚至睡著時仍有的那種意識——完全停止了，經過一段空白的間隔才恢復過來，但是這段空白的間隔是幾天、幾星期，還是不過幾秒鐘，就無從知道了。

在手肘挨了那一棍之後，夢魘便開始了。後來他才知道，接下來發生的一切只不過是前奏，是幾乎所有犯人都要經歷的例行審訊。每個人都得招供各種各樣的罪行：從事間諜、破壞活動等等。招供不過是形式，拷打卻是貨眞價實的。他被打了多少次、每次打多久，他已經記不清了，不過每次總有五、六個穿黑制服的大漢同時伺候他，有時用拳頭，有時用警棍，有時用鐵棒，有時用皮靴。有時候他在地上打滾，像野獸一般不知羞恥地扭來扭去，想躲開拳打腳踢，但這只是徒勞而絕望的努力，結果只招來更多的腳踢，踢在他的肋骨上、肚子上、手肘上、脛骨上、鼠蹊上、睪丸上、尾椎上。有時候沒完沒了的拷打好像永遠不會結束，讓他覺得最殘酷、最可惡、最不可原諒的事情，並不是那些警衛不停地打他，而是他沒辦法使自己失去知覺。有時候，他神經緊張得完全不受控制，拷打還沒開始他已大呼饒命，看到拳頭舉起就足以讓他自動招供各種各樣或眞或假的罪行。還有一些時候，他下定決心什麼都不招，要逼他說一個字都得經過一番毒打；有時他則是無力地想要折衷，對自己說：「我會招供，但不是馬上，我要堅持到眞的痛得受不了時再說。再踢三腳、再踢兩腳，我才說出他們要我說的話。」有時他被打得站不起來，像一袋馬鈴薯似的被丟到牢房的石板地上，讓他在那裡喘氣幾個小時，然後又帶出去毒打。也有讓他復原得比較久的時候，但他的印象很模糊，因爲這些時候幾乎都是在睡夢中或恍惚中度過。他記得一間牢房裡有一張釘在牆上的木板床，還有一個鐵皮洗臉盆，有人送熱湯和麵包來，有時還有咖啡。他記得有一個臉色陰沉的理髮師來替他刮鬍子、剪頭髮，還有一個一本正經、面無表情的白袍男人來探他的脈搏、試他的神經反應、翻他的眼皮，粗糙的手指在他身上探摸，看看有沒有骨頭斷裂的地方，還有在他手臂上打針使他昏睡過去。

拷打的次數減少了，而且主要成爲一種威脅，在他的答覆不能令他們滿意時用來恐嚇他隨時有可能再把他送去拷打。現在審問他的人已不再是穿黑制服的惡漢，而是黨內的知識分子，那些矮矮胖胖、動作敏捷、眼鏡閃光的小個子男人，他們輪番審問他，每次審問歷時十幾個小時，這是他的感覺，但他也無法肯定。這些審問者會讓他一直承受著輕微的痛楚，不過痛楚並不是他們的主要手段。他們摑他耳光，擰他耳朵，扯他頭髮，要他單腳站立，不放他撒尿，用強烈的燈光照他的臉，一直照到他眼睛裡流出淚水來；不過這樣做的目的只是要侮辱他，摧毀他辯論說理的能力。他們眞正的武器是無情的盤問，無休無止，一個小時接著一個小時，找他的漏洞，讓他掉進圈套，歪曲他所說的每一句話，抓住他的每一句謊言和自相矛盾的話，一直到他因爲恥辱、也因爲神經疲勞而哭起來。有時一次審問過程中他要哭上五、六次，大多數時候他們大聲辱罵他，他回答時稍有遲疑，就威脅要把他交還給警衛；但有時他們又語氣一變，叫他同志，用英社主義和老大哥的名義來打動他，傷心地問他事到如今難道黨沒有在他心中留下一點點忠誠，足以讓他想要痛改前非。經過好幾小時的審問，他的神經已經脆弱不堪，連聽到這樣的好言相勸也會讓他涕淚俱下。結果，這種喋喋不休的審問比警衛的拳打腳踢還厲害，讓他完全屈服，他變成一張聽命說話的嘴，一隻服從簽字的手，他唯一關心的是弄清楚他們要他招認什麼，弄清楚之後就馬上招認，免得又再受到拷打羞辱。他招認暗殺重要黨員，散發煽動反叛的冊子，盜用公款，出賣軍事機密，從事各種各樣的破壞活動；他招認早在一九六八年就給東亞國政府收買，從事間諜活動；他招認自己有宗教信仰，崇拜資本主義，是個性變態；他招認殺了妻子，儘管他知道，審問的人也一定知道，他的妻子尚在人間；他招認許多年來一直跟戈斯坦保持聯繫，也一直是地下組織的成員，幾乎他所認識的每一個人也都是這個組織的成員。招認一切，牽連每一個人，這樣要容易得多。況且，從某方面來說，這都是事實，他的確是黨的敵人，而且在黨的眼裡，思想與行爲是沒有差別的。

還有另外一種記憶，在他腦海裡毫不連貫地紛紛浮現，就像一幅幅被黑色包圍的圖片一樣。

他在一間牢房裡，四周可能漆黑一片，也可能有亮光，因爲除了一雙眼睛之外，他什麼也看不到。附近有什麼儀器在慢慢地、規律地滴答響著。那雙眼睛愈來愈大，愈來愈亮。突然間，他從坐著的地方飄浮起來，躍進那雙眼睛裡，被吞噬進去了。

他被綁在一張椅子上，周圍都是表盤，在強光下非常耀眼。一個穿白袍的男人正在看著表盤。門外有厚重皮靴的步伐聲，門噹啷一聲打開了，那個面如蠟像的軍官踏進來，後面跟著兩名警衛。

「一〇一室。」那軍官說。

穿白袍的男人頭也不回，也不看溫斯頓，只專注地看著表盤。

他沿著一條寬闊無比的走廊打滾，那走廊足足有一公里寬，充滿了金黃色燦爛的光，他在放聲大笑，也在扯著嗓門招供。他什麼都招了，甚至在嚴刑拷打之下沒有招出來的事情也招了，他正把自己的生平一五一十地向著一群早已知道一切的聽眾說出來。跟他在一起的還有警衛、那些審問他的人、那個穿白袍的男人、歐布朗、茱莉亞、查靈頓先生，他們全都在走廊裡打滾、放聲大笑。某件潛伏在未來生命中的可怕事情，不知怎麼給跳過了，沒有發生。一切太平無事，再也沒有痛楚，他生命中最小的細節都已赤裸裸地攤開，得到了諒解和寬恕。

他想要從木板床上坐起來，因爲他好像聽到歐布朗的聲音。整個審問過程中，他雖然從來沒有見到歐布朗，但他有一種感覺，覺得歐布朗就在他身邊，只是沒有讓他看見而已。是歐布朗在指揮這一切；是歐布朗下令警衛毆打他，但也是歐布朗不讓他們把他打死；是歐布朗決定什麼時候該讓他痛得大叫，什麼時候該讓他緩一口氣，什麼時候該給他吃東西，什麼時候該讓他睡覺，什麼時候該給他手臂打針；是歐布朗提出了那些問題，也是他提供了那些答覆。歐布朗既是折磨他的人，又是保護他的人；既是審問者，又是朋友。有一次，溫斯頓記不得是在打了麻醉藥的昏睡中，還是在正常的睡眠中，或甚至在短暫清醒的時候，他聽到耳邊有一個聲音在低低地對他說：「溫斯頓，別擔心，有我照看著你。我觀察你七年了，現在是一個轉捩點，讓我來拯救你，讓我把你變得十全十美。」他不知道這是不是歐布朗的聲音，但這跟七年前在另外一個夢裡跟他說「讓我們在沒有黑暗的地方相見」的聲音，是同一個人的聲音。

他不記得審問是怎麼結束的。有一段時期一片黑暗，然後他現在身處的這間牢房，或者說房間，就在他眼前漸漸清晰起來。他躺得很平，不能動彈，身上各個重要部位都被固定在床上，甚至連後腦勺也像有什麼東西箍著。歐布朗低頭看著他，神情嚴肅而悲傷。由下往上看去，他臉上皮膚粗糙，面容憔悴，眼袋下垂，鼻子到下巴之間的皺紋很深。他比溫斯頓原以爲的要老得多，大概有四十幾五十歲了。他的手下面有一只表盤，上面有一根槓桿，表盤面上有一圈數字。

「我告訴過你，」歐布朗說：「我們如果再見到，就是在這裡。」

「是的。」溫斯頓說。

歐布朗的手微微一動，除此之外沒有任何其他預警，溫斯頓突然感到全身一陣劇痛。這種痛非常可怕，因爲他看不到發生了什麼事，他覺得身體正受到致命的傷害。他不知道這傷害是眞的，還是由電流產生的效果，他感到身體被扭得變了形，每個關節都慢慢被扳開，他痛得額頭直冒汗，但最糟糕的還是他害怕脊椎骨就要斷了。他咬緊牙關，鼻子深深地呼吸，努力堅持不要叫出聲來。

歐布朗看著他的臉，說道：「你害怕再過一下有什麼就要斷了，你特別害怕的是你的脊椎骨就要斷了，你腦海裡可以清楚地看到一幅脊椎骨斷裂、髓液正一滴一滴流出來的畫面。溫斯頓，你現在想的就是這個，不是嗎？」

溫斯頓沒有回答。歐布朗把表盤上的槓桿扳回來，劇痛頓時消退，幾乎就跟來時一樣快。

「這是四十度，」歐布朗說：「你可以看到表盤上的度數最高到一百。請你記住，在我們談話的過程中，我有辦法隨時教你痛不欲生，要多痛隨我高興。你如果對我說謊，或者想要搪塞過去，甚至沒有達到你平常的智力水平，你會馬上痛得大叫，明白嗎？」

「明白。」溫斯頓說。

歐布朗的態度和緩了些。他若有所思地調整了一下眼鏡，來回踱了幾步。再說話的時候，他的聲音變得既溫和又有耐心，感覺像醫生、老師，甚至牧師、神父，一心只想解釋、說服，而不是懲罰。

「溫斯頓，我不怕麻煩這樣對你，」他說：「是因爲你値得這種麻煩。你完全知道你的問題在哪裡，你很多年前就知道了，只是不肯承認而已。你的精神錯亂，你的記憶力有缺陷，你記不得眞實發生的事情，卻讓自己相信你記住那些沒有發生過的事。幸好這是可以治的。你從來不去治好自己，因爲你不想這樣做，就只需要在意志上做一點點努力，但你就是不願意。甚至到現在，我很清楚你還是死抱著這個毛病不放，自以爲是一種美德。現在我們來舉一個例。我問你，現在大洋國正在跟哪一國打仗？」

「我被捕的時候，大洋國正在跟東亞國打仗。」

「東亞國，很好。大洋國一直都是跟東亞國打仗，對不對？」

溫斯頓吸了一口氣，張開口想說話，但沒有說出來。他的眼光離不開那只表盤。

「溫斯頓，要說眞話，你的眞話。告訴我你覺得你記得些什麼。」

「我記得在一直到我被捕之前的一個星期，我們根本不是跟東亞國打仗，他們是我們的盟友，我們是跟歐亞國打仗，前後打了四年。在那以前……」

歐布朗擺手示意他不必說下去。

「另一個例子，」他說：「幾年前，你有過一次非常嚴重的幻覺。有三個人，三個以前的黨員，名叫瓊斯、艾倫森和魯瑟福，他們在做出最完整、最徹底的招供之後，以叛國罪和破壞罪處決。但你卻認爲他們沒有犯這些罪，你以爲你看到確鑿無疑的物證，可以證明他們的口供是假的。你有一種幻覺，以爲看到了一張照片，你相信自己曾經把這張照片握在手中。就是像這樣的一張照片。」

歐布朗手上拿著一張剪報，有大概五秒鐘的時間，那張剪報在溫斯頓的視線之內。那是一張照片，毫無疑問，就是那張照片了，就是瓊斯、艾倫森和魯瑟福在紐約參加黨大會的照片，十一年前他曾經無意間見到它，隨即就銷毀了它，如今它在他眼前出現了一剎那，馬上又從他視線中消失，可是他已經看到了，不會有錯，他已經看到了！他忍著痛拚命想撐起上半身，但是不論朝哪一個方向，都無法動彈一分一毫。他甚至暫時忘掉了那只表盤，一心只想把那張照片再一次拿在手中，至少再看上一眼。

「它是存在的！」他叫道。

「不。」歐布朗說。

他走到房間的另一邊，那邊牆上有一個記憶洞。歐布朗掀開蓋子，那張薄薄的紙被熱風捲進看不見的地方，最後將在閃爍的火光中化成灰燼。歐布朗從牆邊走回來。

「化成了灰，」他說：「而且是認不出來的灰。歸於塵土。它不存在，它從來沒有存在過。」

「可是它眞的存在過！它是存在的！它存在於記憶裡，我記得它，你也記得它。」

「我不記得。」歐布朗說。

溫斯頓心一沉，這是雙重思想，他心裡有一種很深的無力感。如果他能夠確定歐布朗是在說謊，似乎還無所謂，但是歐布朗完全有可能眞的忘了那張照片，如果是這樣，那麼他勢必也已經忘了自己不承認記得那張照片的事實。你要如何才能確定這只是個騙局呢？或許大腦眞的會出現瘋狂的錯亂，讓他感到挫敗的就是這個念頭。

歐布朗低頭打量著他，神情比剛才更像一個老師在想盡辦法管教一個任性妄為但很有潛力的孩子。

「黨有一句關於控制過去的口號，」他說：「你如果願意，可以複述一遍。」

「誰控制過去就控制了未來，誰控制現在就控制了過去。」溫斯頓順從地複述道。

「誰控制現在就控制了過去。」歐布朗一邊說，一邊慢慢地點頭表示讚許：「溫斯頓，那麼你是不是認為，過去是眞的存在？」

那種無力感又襲上溫斯頓心頭。他的眼光轉向那只表盤。他不僅不知道答「是」還是答「不」可以使他免受痛楚，他甚至不知道自己認為哪一個答覆才是眞的。

歐布朗淡淡一笑道：「溫斯頓，你不是形而上學者，到目前為止，你根本沒有考慮過什麼是存在。讓我說得更明確一些，過去是具體地存在於空間裡嗎？是不是在什麼地方，有一個眞實物體的世界，過去仍在那裡發生？」

「沒有。」

「那麼過去如果眞的存在，到底在哪裡存在呢？」

「在紀錄中，都寫下來了。」

「在紀錄中，還有……？」

「在頭腦裡，在人的記憶裡。」

「在記憶裡。好吧，那麼，我們黨控制了全部紀錄，也控制了全部記憶，等於我們控制了過去，不是嗎？」

「可是你怎麼能夠阻止別人記得事情呢？」溫斯頓叫道，又暫時把表盤給忘了：「它是不由自主的，它是個人意志之外的。你怎麼能夠控制記憶？你就沒有控制我的記憶！」

歐布朗的態度又嚴峻起來，他把手放在表盤上。

「剛好相反，」他說：「是你沒有控制自己的記憶，所以你才會來到這裡，你來到這裡就是因爲你不自量力、不知自律。你不肯服從，可是那就是神志正常的代價，你寧可當一個瘋子、單打獨鬥的少數派。溫斯頓，只有懂得紀律的頭腦才能看清現實。你認爲現實是客觀的、外在的、獨立的存在，你認爲現實的本質是不言自明的，當你自欺欺人地以爲看到了什麼東西，你假設別人也看到了同樣的東西。可是我告訴你，溫斯頓，現實並不是外在的，現實只存在於人的頭腦裡，除此之外沒有別的地方。但並不是存在於個人的頭腦裡，因爲個人的頭腦會出錯，而且很快就會死亡；現實只存在於黨的頭腦，黨的頭腦是集體的，是不朽的。黨說是眞理，就是眞理。只有透過黨的眼睛，你才有可能看到現實。溫斯頓，你必須重新學習這個事實，這需要自我毀滅，需要靠你的意志。你必須先放低自己，神志才有可能正常。」

他停頓了一會，好像要讓對方把他剛剛說的話聽進去。

「你記不記得，」他繼續說：「你在日記上寫『所謂自由就是可以說出二加二等於四的自由』？」

「記得。」溫斯頓說。

歐布朗舉起左手，手背向著溫斯頓，大拇指縮進去，四隻手指伸出來。

「溫斯頓，我伸出了幾隻手指？」

「四隻。」

「假如黨說不是四隻而是五隻，那麼是幾隻？」

「四隻。」

話剛說完，溫斯頓感到一陣劇痛，表盤上的指針轉到了五十五度。他全身冒汗，每一個呼吸都變成了撕心裂肺的呻吟，即使咬緊牙關也壓不住。歐布朗打量著他，四隻手指仍然伸著。他把槓桿扳回來，但是這次劇痛只稍微減輕了些。

「溫斯頓，幾隻手指？」

「四隻。」

指針轉到六十度。

「溫斯頓，幾隻手指？」

「四隻！四隻！我能說什麼？四隻！」

指針一定又上升了，但是他沒有去看。他眼裡只看到那張粗壯嚴厲的臉和四隻手指，那四隻手指在他眼前像四根柱子，粗大、模糊，而且似乎在震動，可是毫無疑問就是四隻。

「溫斯頓，幾隻手指？」

「四隻！停下來，停下來！你怎麼能夠一直繼續下去？四隻！四隻！」

「溫斯頓，幾隻手指？」

「五隻！五隻！五隻！」

「溫斯頓，這沒有用，你在說謊，你還是認爲是四隻。到底幾隻？」

「四隻！五隻！四隻！你高興幾隻就幾隻。只求你停下來，停下這劇痛！」

突然間，溫斯頓發現自己坐了起來，歐布朗的胳臂正環抱著他的肩膀。他可能昏了過去幾秒鐘。他身上的束縛鬆開了。他覺得發冷，禁不住打寒顫，牙齒格格作響，眼淚也撲簌簌流了下來。他像個孩子似的抱住歐布朗，環抱在他肩膀上的粗壯胳臂不知怎地讓他覺得受到撫慰。他覺得歐布朗是他的保護人，痛楚則是外來的，有別的來源，而且只有歐布朗會把他從痛楚中拯救出來。

「溫斯頓，你學得很慢。」歐布朗溫和地說。

「我有什麼辦法？」他哭著說：「我有什麼辦法不看到眼前的東西呢？二加二是等於四呀。」

「只是有時候，溫斯頓。有時候它是五，有時候它是三，有時候它又是三又是四又是五。你要努力一點，想要神志正常不是容易的事。」

他把溫斯頓放到床上躺下，溫斯頓的手腳又給束縛起來，不過劇痛已經退去，寒顫也停了，他只感到又冷又虛脫。歐布朗點了點頭示意由始至終站在一旁呆立不動的白袍男人過來，那人彎下腰去仔細檢查溫斯頓的眼珠，探了探他的脈搏，聽了聽他的胸口，這裡敲敲，那裡按按，然後向歐布朗點了點頭。

「再來。」歐布朗說。

溫斯頓全身劇痛又起，指針一定升到了七十幾度。這次他閉上了眼睛。他知道手指仍在那裡，也仍然是四隻。現在唯一重要的是把痛熬過去，他已經沒有注意自己是不是在大叫呻吟。劇痛又減退了些。他睜開眼睛。

「溫斯頓，幾隻手指？」

「四隻，我想是四隻。如果可以，我也想看到五隻。我努力想要看到五隻。」

「你比較希望怎樣：讓我相信你看到五隻，還是眞的看到五隻？」

「眞的看到。」

「再來。」歐布朗說。

指針大概升到了八、九十度。溫斯頓只能斷斷續續地想起爲什麼會這麼痛。在他緊閉的眼皮後面，多得像森林一樣的手指不斷移動，像在跳舞一般，進進出出，堆疊隱現。他努力在數有多少隻，卻不記得爲什麼要數，只知道根本不可能數得清，而且這跟五與四之間的神祕特性有關。劇痛又減退了，他睜開眼，發現眼前看到的仍是同樣的情景：數不清的手指，就像移動的樹，仍然不斷朝左右兩邊掠過，交錯再交錯。他又閉上了眼睛。

「溫斯頓，我伸出了幾隻手指？」

「我不知道，我不知道。你再來一下，就會把我弄死。四隻、五隻、六隻，說眞的，我不知道。」

「這就好多了。」歐布朗說。

一根針刺進了溫斯頓的手臂，頓時，一陣舒服、撫慰身心的暖意傳遍全身，剛才的劇痛已忘了一半。他睜開眼睛，感激地看著歐布朗。一看到那張粗壯的、皺紋滿面的臉，那麼醜陋，又那麼聰明，他的心似乎融化了。要是他可以動彈，他就會伸出手去搭在歐布朗的手臂上。他從來沒有像此刻這麼愛他，而這不僅僅因爲他停止了劇痛，以前的那種感覺，那種在他心底深處歐布朗是友是敵並不重要的感覺又回來了。歐布朗是個可以談心的人，也許比起被愛，人會更想要被了解。歐布朗把他折磨得瀕臨精神錯亂，而且可以肯定再過不久，他會送了他的命，這些都沒有關係。從某種比友情更深的意義來說，他們是知己；他們之間有某個地方，雖然實際的字眼可能永遠也說不出來，但那是他們可以交會傾談的地方。歐布朗正低頭看著他，臉上的表情顯示他心裡也是這麼想。他再開口說話時，語氣變得很隨和，像在聊天一樣。

「溫斯頓，你知道自己在什麼地方嗎？」他問道。

「我不知道。但猜得出來，在仁愛部。」

「你知道你在這裡多久了嗎？」

「不知道，幾天、幾個禮拜、幾個月——我想有幾個月了。」

「那你想我們爲什麼要把人帶進來這裡？」

「讓他們招供。」

「不對，不是這個理由。再想想看。」

「懲罰他們。」

「不對！」歐布朗叫道，他的聲音變得很不一樣，臉上表情突然既嚴峻又激動。「不對！不只是要你們招供，也不只是要懲罰你們。要不要讓我來告訴你我們爲什麼把你帶進來這裡？爲了治好你！爲了讓你神志恢復正常！溫斯頓，你要知道，我們帶到這個地方來的人沒有一個不是治好走的。我們對你犯下的那些愚蠢罪行沒有興趣，黨對外在的行爲沒有興趣，我們關心的是思想。

我們不光是摧毀敵人，我們要改造他們。你懂我的意思嗎？」

他俯身看著溫斯頓。他的臉因爲離得很近，所以顯得很大，又因爲是由下面看上去，所以醜陋得嚇人，而且充滿了一種神采飛揚、瘋子般的熱切表情。溫斯頓的心又一沉，如果有可能，他眞想深深縮進床裡去，他很肯定歐布朗就要放肆地扳動槓桿了。但是就在此時，歐布朗轉過身去，來回踱了一兩步，又開口說話了，不過語氣已沒有剛才那麼激動。

「你首先要明白的是，在這個地方是沒有烈士的。你也讀過歷史上的宗教迫害，中世紀有所謂的宗教法庭，那是失敗的，它的目的是剷除異端，結果反而鞏固了異端，因爲每燒死一個異端分子，成千上萬的異端分子就起來了。爲什麼會這樣？因爲宗教法庭公開殺死敵人，而且是在敵人還沒悔改的時候就殺死他們，其實會殺死他們也就是因爲他們不知悔改，他們至死不肯放棄自己眞正的信仰，一切榮耀自然就歸於殉難者，一切恥辱則歸於燒死他們的迫害者。後來，到了二十世紀，出現了所謂的極權主義，有德國的納粹和俄國的共產黨。俄共對異端的迫害比宗教法庭還殘忍，他們自以爲從過去的錯誤中汲取了教訓，至少他們知道了絕不能製造烈士。在公審受害者之前，他們有意摧毀受害者的人格尊嚴，以嚴刑拷打、單獨禁閉等手段把他們折磨成卑賤畏縮、匍匐求饒的可憐蟲，不管什麼罪名都肯招，把自己辱罵得體無完膚，互相指責以掩護自己。可是才不過幾年，同樣的事情又發生了，死去的人成了烈士，他們死前的墮落被大家遺忘。同樣的，爲什麼會這樣？首先，他們的口供很顯然是逼出來的，是虛假的。我們不會犯這種錯誤，在這裡所招供的一切都是眞的，我們使這些口供成爲眞的，還有最主要的，我們不讓死去的人起來反抗我們。溫斯頓，不要妄想後世會爲你昭雪沉冤，後世的人根本不會聽說有你這個人，在歷史的長河中你會被沖刷得一乾二淨，我們會把你化爲烏有，你不會留下一點痕跡，沒有任何名單有你的名字，沒有任何活人的腦中有你的記憶，不論在過去還是在未來，你都被消滅了，你從來沒有存在過。」

那幹嘛還要大費周章折磨我呢？溫斯頓想著，心中湧起一陣悲苦。歐布朗停下腳步，好像溫斯頓把想法大聲說出來了似的，他那張醜陋的大臉向前靠近，眼睛瞇起了些。

「你在想，」他說：「既然我們打算徹底消滅你，使你說的話、做的事變得毫無影響——既然這樣，我們爲什麼還要大費周章來審問你？你是不是正在這樣想？」

「是。」溫斯頓說。

歐布朗微微一笑，說道：「溫斯頓，你是白玉上的一點瑕疵，必須擦去的一個汙點。我剛才不是告訴過你，我們跟過去的那些迫害者不同嗎？我們不滿足於消極的服從，甚至最卑躬屈膝的服從也無法讓我們滿意，你最後投降的時候，必須是完全出於自願。我們不是因爲異端分子反抗我們而消滅他，只要他還在反抗，我們絕不會消滅他。我們感化他，攫取他的內心，重新改造他；我們把他所有的邪念和幻覺都燒光，讓他站到我們這一邊來，不單只是表面上的，而是眞心誠意、發自內心的；我們在殺掉他之前把他變成我們的人。我們無法容忍有一個錯誤思想存在在這個世界上，不論它是多麼隱祕、多麼沒有影響力也一樣。即使在臨死的那一刻，我們也不允許有任何的偏差思想，從前的異端分子走向火刑柱的時候仍然是異端分子，仍然在宣揚他的異端邪說，陶醉在其中；就連俄共清洗行動中的受害者在走向刑場等待槍決的時候，腦袋中也仍有可能保有反動思想。但是我們在粉碎那些腦袋之前先把它變得完美。從前的專制暴政的指令是『汝不可』，極權主義的指令是『汝必』，我們的指令是『汝是』。我們帶進來這裡的人沒有一個會再反抗我們，每個人都洗得乾乾淨淨，甚至你相信他們是清白的那三個可憐的賣國賊——瓊斯、艾倫森和魯瑟福——最後也被我們征服。我親身參與他們的審訊，看著他們慢慢消磨，趴在地上，邊哭邊求饒，到最後不是因爲他們感到痛苦或恐懼，而是因爲懺悔。等到我們拷問完畢，他們已經是行屍走肉，心裡除了對自己以前做過的事感到痛心、除了對老大哥的愛戴以外，什麼也沒有剩下了。他們是多麼愛他啊，看了眞令人感動。他們懇求我們趕快槍斃他們，這樣他們就能趁思想還是清白的時候死去。」

他的聲音變得幾乎有點像在夢遊，那種神采飛揚、瘋子般的熱切表情還在臉上。溫斯頓心想：他不是裝出來的，他不是僞君子，他相信自己所說的每一句話。最讓溫斯頓心情沉重的是，他意識到自己的智力不如對方。他看著那粗壯但優雅的身形踱來踱去，在他的視線內進進出出。歐布朗從各方面來說都是一個比他高一等的人，凡是他曾經想到過、或者有可能想到的念頭，歐布朗無不早已想到過、檢驗過、駁斥過了，歐布朗的頭腦就包含了他的頭腦。既然這樣，歐布朗怎麼會是瘋子呢？一定是他——溫斯頓自己瘋了。歐布朗停下腳步，低頭看著他，聲音又嚴峻了起來。

「溫斯頓，不論你向我們投降得多徹底，別妄想你能夠救自己。凡是出過偏差的人，沒有一個能得到赦免，即使我們決定讓你活到終老，你還是永遠逃不出我們的手掌心。你在這裡的遭遇是永遠的，你要事先明白這一點。我們要把你打擊到無法挽回的地步，你遇到的事情會讓你永遠無法恢復，即使活一千年也一樣，你永遠不可能再有正常人的感受，你心裡什麼都成了死灰，你永遠不可能再有愛情、友情、生活的樂趣、歡笑、好奇、勇氣、正直。你會變成一個空殼，我們要把你榨乾，然後再把我們填滿你。」

他停下來，跟穿白袍的男人打了個手勢，溫斯頓感覺到有一台很重的儀器推到了他的頭後面。歐布朗在床邊坐了下來，臉幾乎就跟溫斯頓的臉同一水平。

「三千。」他對站在溫斯頓頭後面的白袍男人說。

有兩塊感覺有點濕的軟墊夾上了溫斯頓的太陽穴，使他不寒而慄。一陣疼痛傳來，那是一種不同的痛。歐布朗一隻手按在他的手上，要他安心，幾乎令人感到他是和善的。

「這次不會很痛的，」他說：「眼睛看著我。」

就在此時發生了一陣驚人的爆炸，或者說感覺像爆炸，不過不確定有沒有爆炸聲，只是毫無疑問有一道刺眼的閃光。溫斯頓沒有受到傷害，只是感到筋疲力竭，雖然他本來就已經仰臥在那裡，不知怎地卻覺得好像是被撞到這個位置的，那劇烈但沒有疼痛的一擊把他打倒在那裡。還有，他頭腦裡也發生了什麼變化，當他的瞳孔恢復視力時，他仍然記得自己是誰、身在何處，也認得那張正注視著他的臉；但不知在什麼地方有一大片空白，好像大腦被挖走了一塊似的。

「這種狀況不會持久的，」歐布朗說：「看著我的眼睛，大洋國正在跟什麼國家打仗？」

溫斯頓想了想。他知道大洋國是什麼意思，知道自己是大洋國的國民，也記得歐亞國和東亞國，但是誰跟誰打仗，他就不知道了。事實上，他根本不知道有戰事發生。

「我不記得了。」

「大洋國正在跟東亞國打仗，現在記得了嗎？」

「記得。」

「大洋國一直是在跟東亞國打仗，從你出生的時候，從黨成立的時候，從有史以來，這場仗就一直在打，從來沒有間斷過，一直是同一場戰爭。記得了嗎？」

「記得。」

「十一年前，你編造了一個傳說，是關於三個因爲叛國而被判死刑的人，你自以爲看到過一張可以證明他們清白的剪報。根本就沒有什麼剪報，完全是你捏造出來的，後來你漸漸信以爲眞，你現在記得自己最初編造出這種想法來的那一刻了嗎？」

「記得。」

「我剛才在你面前伸出手指，你看到五隻手指，記得嗎？」

「記得。」

歐布朗伸出左手的手指，大拇指縮進去。

「這是五隻手指，你有看到五隻手指嗎？」

「有。」

他的確看到了，只有一剎那，在他腦海裡的景象還沒有改變之前看到了。他看到了五隻手指，而且沒有畸形。接著一切恢復正常，原來的恐懼、仇恨、迷惑瞬間又湧上心頭。可是有那麼一下，他也不知道多久，也許三十秒鐘吧，他有一種清明的確定感，歐布朗所提示的每一種狀況都塡補了他腦中的一塊空白，成爲絕對的眞理；只要有此需要，二加二可以等於五，同樣地也可以等於三。歐布朗還沒有把手放下來，這種感覺就消退了，雖然找不回來，但他記得那個感覺，就像記得生命裡某段久遠但深刻的經驗，而當時的自己是一個完全不同的人。

「你現在看到了，」歐布朗說：「至少這是有可能的。」

「是的。」溫斯頓說。

歐布朗滿意地站起來。溫斯頓看到在他左邊，那個穿白袍的男人折斷了一只安瓿，用注射器把裡面的針劑抽出來。歐布朗轉頭對溫斯頓一笑，調整了一下鼻梁上的眼鏡，姿態幾乎就像以前一樣。

「你記不記得你在日記裡寫過，」歐布朗說：「不管我是友是敵都不重要，因爲至少我是了解你、會跟你談得來的人？你說得對，我喜歡跟你交談，你的頭腦很吸引我，很像我的頭腦，只不過你的神志不正常。在結束這次審問之前，如果你想要，可以提出幾個問題。」

「什麼問題都可以？」

「什麼問題都可以。」他看到溫斯頓的眼光落在表盤上，於是說道：「已經關掉了。你的第一個問題是什麼？」

「你們把茱莉亞怎麼樣了？」溫斯頓問。

歐布朗又笑了笑，說道：「溫斯頓，她出賣了你，第一時間、毫無保留地出賣了你。我很少看到有人這麼容易投降的。你如果再見到她，一定很難認出她來，她的反叛、欺騙、荒唐、歪腦筋，統統都被剷除了。她的改造是完美的，可以當作模範案例。」

「你們對她用酷刑？」

歐布朗不回答這個問題，只說：「下一個問題。」

「老大哥存在嗎？」
「當然存在，有黨存在，就有老大哥存在，老大哥是黨的化身。」
「他的存在是像我這樣的存在嗎？」
「你不存在。」歐布朗說。
那種深深的無力感又襲上心頭。他知道，或者說可以想像，那些能夠證明他不存在的論據是什麼，但那全都是些胡說八道，只是玩弄文字遊戲而已。「你不存在」這句話難道不就包含了邏輯上的謬誤嗎？可是就算說出來又有什麼用？想到歐布朗會用那些無可辯駁的瘋狂論據來駁倒他，他心頭就揪了起來。
「我想我是存在的，」他厭倦地說：「我意識到我自己，我生下來，我會死，我有手有腳，我占據了空間中的一個點，沒有別的固體可以同時占據這個點。從這個層面來說，老大哥存在嗎？」
「這一點都不重要。他存在。」
「老大哥會死嗎？」
「當然不會。他怎樣會死？下一個問題。」
「兄弟會存在嗎？」
「溫斯頓，這你就永遠無法知道了。等我們對付完你之後，如果我們決定放了你，如果你又活到九十歲，你還是不會知道這個問題的答案。不管你活多久，這個問題都會是你心中沒有解答的謎。」
溫斯頓靜靜地躺著，他胸口的起伏加快了一些。他還沒有提出第一個出現在他心中的問題，他一定要提出來，可是他的舌頭好像說不出來。歐布朗臉上露出一絲覺得有趣的表情，就連他的眼鏡似乎都閃著嘲諷的光。溫斯頓突然想到：他知道，他知道我想問什麼！想到這裡，話也衝口而出：

「一〇一室裡有什麼？」

歐布朗的表情不變，語帶挖苦地答道：

「溫斯頓，你知道一〇一室裡有什麼，人人都知道一〇一室裡有什麼。」

他向穿白袍的男人舉起一根手指，顯然，這次審問結束了。溫斯頓的手臂給打了一針，他幾乎立即沉沉睡去。

3

「我們會分三個階段重新改造你，」歐布朗說。「有學習、理解和接受。現在是你進入第二階段的時候了。」

每次都一樣，溫斯頓仰臥在床上。不過最近束縛較寬鬆了，雖然仍然把他固定在床上，但是膝部可以稍微移動，頭可以左右轉動，手肘以下也可以舉起來。那個表盤也不那麼可怕了，只要他夠機靈，就可以避免挨痛，歐布朗會扳動槓桿，主要是他表現不夠聰明的時候。有時候整個審問過程都沒有用上表盤。他記不清歐布朗對他進行了多少次審訊，整個過程似乎拖得很長，有可能是幾個禮拜，但感覺沒完沒了；每次審訊之間的間隔有時是幾天，有時卻只有一兩個小時。

「你躺在這裡的時候，」歐布朗說：「常常納悶，甚至也問過我，仁愛部爲什麼要花這麼多時間精力在你身上。當初你還自由的時候，老想不通的也是基本上相同的問題。你可以理解你生活其中的這個社會的運轉機制，卻無法理解它內在的動機。你記不記得你在日記上寫過『我明白怎麼樣，但不明白爲什麼』？你就是在苦思『爲什麼』的時候，對自己的神志是不是正常產生了懷疑。你已經讀了『那本書』，那本戈斯坦的書，至少讀了其中一部分，它有沒有告訴你什麼你還不知道的東西？」

「你讀過嗎？」溫斯頓問。

「是我寫的。就是說，我是其中一個作者。你也知道，沒有一本書是個人的創作。」

「是眞的嗎，書中說的那些？」

「作爲描述，是眞的；但它所提出的計畫是胡說八道，什麼暗中累積知識、逐漸擴大啓蒙、最後無產階級起來反抗、黨被推翻，你還沒看也猜到它會這樣說。這都是胡說八道。無產階級絕對不會反抗，再過一千年、一百萬年也不會，他們不能反抗，我不用把理由說出來，你早已經知道了。假如你曾經懷有發生叛亂暴動的夢想，一定要放棄它。黨是沒有辦法推翻的，黨的統治是永久的，要把這個當作你的思想的起點。」

他走近床邊，重複道：「永永久久！」接著說：「現在讓我們回到『怎麼樣』和『爲什麼』的問題。你很清楚黨是『怎麼樣』維持掌權的，現在告訴我『爲什麼』我們要眷戀權力，我們的動機是什麼？我們爲什麼要掌權？來，說吧。」他見溫斯頓不作聲又加了一句。

然而溫斯頓還是沒有說話，繼續沉默了一兩分鐘。他感到極度的厭倦，歐布朗臉上又隱隱泛起了那股狂熱神色，他已經知道歐布朗會說些什麼，什麼黨要掌權並不是爲了自己，而是爲了大多數人的利益；什麼群眾是膽小懦弱的東西，既不懂得把握自由，也無法正視眞理，必須由比他們強的人來加以統治，進行有計畫的欺騙；什麼人類必須在自由與幸福之間作一選擇，而對大多數人類來說，選擇幸福會更好一些；什麼黨是弱者永遠的監護人，是一個無私奉獻的黨派，爲了善的到來而必須作惡，爲了別人而犧牲自己的幸福。溫斯頓想到，最可怕的是，當歐布朗這麼說的時候，他就會相信。你從他的表情就可以看得出來。歐布朗什麼都知道，他知道這世界的眞面目，知道人類群體的生活墮落到什麼地步，知道黨用什麼樣的謊言和野蠻手段使他們陷於那種處境，他知道得比溫斯頓還要深入一千倍。這一切他都明白，都衡量過，但結果還是一樣：爲了最終的目的，這一切都是正當的。溫斯頓心想，對於這樣一個瘋子，他比你聰明，他聽取你的論點、跟你據理辯論，但仍然堅持他的瘋狂，你又怎奈何得了他呢？

「你們是爲了我們好而統治我們，」他虛弱地說：「你們認爲人類沒辦法管理自己，所以……」

他驚了一下，幾乎叫出聲來。一陣劇痛傳遍全身，歐布朗把表盤的槓桿扳到了三十五度。

「蠢話，溫斯頓，眞是蠢話！」他說：「以你的水準不應該說出這種話。」

他把槓桿扳回來，繼續說道：

「現在讓我來告訴你我這個問題的答案。是這樣的：黨要掌權完全是爲了自己，我們對別人的利益沒有興趣，我們有興趣的只是權力，不是財富、不是享受、不是長命百歲、不是幸福，就只是權力，純粹的權力。什麼是純粹的權力，你馬上就會知道。我們跟過去所有的寡頭政體都不一樣，我們知道自己在做什麼，以往那些寡頭統治者、就連那些跟我們很像的，也都是懦夫和僞君子。德國納粹和俄國共產黨在手法上很接近我們，但他們從來沒有勇氣承認自己的動機，他們假裝，甚至有可能眞的相信，他們奪取權力是不得已的，只會維持一段有限的時間，沒多久就會出現一個人人自由平等的天堂。我們不是這樣，我們知道沒有人會爲了廢除權力而奪取權力，權力不是途徑，而是目的。建立獨裁專政不是爲了捍衛革命，反過來是發動革命好建立獨裁專政。迫害的目的就是迫害，酷刑的目的就是酷刑，權力的目的就是權力。你現在開始懂得我的意思了嗎？」

歐布朗疲憊的臉孔像之前一樣，讓溫斯頓感到觸目。這張臉是堅強的、肥厚的、冷酷的，充滿了智慧和有節制的熱情，讓他感到自己的無助；儘管如此，這是一張疲憊的臉，眼袋下垂，兩頰皮肉鬆弛。歐布朗在他頭上俯身，故意把他疲態畢露的臉靠得更近。

「你正在想，」他說：「我的臉又蒼老又疲倦，你在想我大談權力，可是我連自己身體的衰敗都沒辦法阻止。溫斯頓，你難道還不明白，個人只不過是一個細胞？一個細胞的消耗正是有機體的活力來源。你把指甲剪掉，人就會死嗎？」

他從床邊走開，一隻手插在口袋裡，又開始來回踱步。

「我們是權力的祭師，」他說：「上帝就是權力。不過目前對你來說，權力不過是一個名詞，現在該是你對權力的意義有一些了解是時候了。你要明白的第一件事情是：權力是集體的，個人只有在不再是個人的時候才有權力。你知道黨有一句口號『自由就是奴役』，你有沒有想過，這句口號是可以倒過來說的？奴役就是自由。人在單獨、自由的時候，一定會被打敗，必然是這樣，因爲人都難逃一死，這是所有失敗中最大的失敗。但是如果他能做到徹底絕對的服從，如果他能擺脫個人的存在，如果他能被黨同化，以至於他就是黨，那麼他就是全能的、永遠不朽的。你要明白的第二件事情是：所謂權力，是指對人的權力，對人身、特別是對思想的權力。對物質的權力，也就是對所謂外在現實的權力並不重要。其實我們對物質的控制已經是絕對的了。」

溫斯頓暫時顧不了表盤，他拚命想坐起來，一陣拉扯之下，結果只是弄痛自己而已。

「可是你怎麼能夠控制物質呢？」他衝口而出道：「你們連天氣或地心引力都控制不了，而且還有疾病、痛苦、死亡……」

歐布朗擺了擺手要他住嘴。「我們控制了物質，因爲我們控制了思想。現實存在於人的腦袋裡。溫斯頓，你慢慢就會明白的。我們沒有辦不到的事：隱身、騰空……什麼都行。只要我想，我可以像肥皂泡一樣從地板上飄浮起來，我只是不想，因爲黨不希望這樣。你必須丟掉那些十九世紀的自然律觀念，自然律由我們來規定。」

「可是你們辦不到！你們甚至連地球的主人都不是，不是還有歐亞國和東亞國嗎？你們都還沒有征服它們。」

「不重要。我們覺得適當的時候，就會征服它們。就算不征服，又有什麼分別？我們可以封鎖它們的存在，大洋國就是全世界。」

「可是世界本身只是一粒塵埃，而人類何其渺小，簡直毫無作用！人類存在多久了？地球有幾十億年是沒有人跡的。」

「胡說，地球的年代和人類一樣長，一點也不比人類久。怎麼可能比人類久呢？在人類的意識之外，什麼都不存在。」

「可是石頭裡有許多絕種動物的骨頭化石：長毛象、乳齒象、巨大的爬行動物，全都是在人類出現之前很久就生活在地球上了。」

「溫斯頓，你看過這些骨頭化石嗎？當然沒有。都是十九世紀的生物學家杜撰出來的。在人類出現之前，什麼都沒有；在人類出現之後——如果說人類有一天會絕跡的話，也不會再有什麼。在人類之外，什麼都不存在。」

「可是整個宇宙都是在我們之外。看看星星！有些是在一百萬光年之外，在我們永遠到不了的地方。」

「星星是什麼？」歐布朗冷淡地說：「不過是幾公里以外的小火光，只要我們想就可以去到那裡，還可以把它們抹得一乾二淨。地球是宇宙的中心，太陽和星星都繞著地球轉。」

溫斯頓又抽動了一下，這次他沒有再說什麼。歐布朗繼續說下去，好像在回應一個他提出來了的反對意見似的：

「當然，在某些用途之下，這說法是不對的。我們在海上航行的時候，或者在預測日蝕月蝕的時候，常常爲了方便起見，假設地球繞太陽而轉，星星遠在幾億公里之外。但是這又怎麼樣？你以爲我們沒有能力創造一套雙重的天文學體系嗎？星星可以很近，也可以很遠，完全視我們的需要而定。你以爲我們的數學家沒有這種本事嗎？你忘了雙重思想嗎？」

溫斯頓倒回床上。不論他說什麼，對方滔滔不絕的回應就像一記悶棍一樣打下來。可是他知道，他很清楚自己的是對的。這種認爲一切事物只存在於自己頭腦中的想法，一定有什麼方法可以證明是假的吧？不是早就有人揭露過是一種謬論嗎？甚至還有一個名字專指這種學說，可是他記不起來。這時歐布朗低頭看著他，嘴角泛起了一抹笑意。

「溫斯頓，我跟你說過，」他說：「形而上學不是你的擅長，你正在苦思的那個名詞叫做唯我論。但是你錯了，這不是唯我論，如果你高興，也可以把它叫做集體唯我論。不過，這是另一回事，事實上是完全相反的一回事，這都是題外話了。」他換了一種語氣說：「真正的權力，我們日日夜夜努力爭取的權力，並不是控制事物的權力，而是控制人的權力。」他頓了一下，又恢復了剛才那種老師誘導有潛力的學生的神氣：「溫斯頓，一個人要怎麼樣施加權力在另一個人身上？」

溫斯頓想了一想，說道：「讓他受苦。」

「不錯，讓他受苦。光是服從還不夠，他不受苦，你怎麼知道他是在服從你的意志，而不是他自己的意志？權力就在於把痛苦和恥辱加在別人身上，權力就在於把人心的思想撕成粉碎，再按你自己想要的樣子重新組合起來。那你現在開始了解我們要創建的是怎樣一種世界了嗎？這種世界跟以前的改革者想像的那種蠢愚的、享樂主義的烏托邦正好相反：一個充滿恐懼、背叛和折磨的世界，一個踐踏和被踐踏的世界，一個愈進化就愈無情的世界。在我們的這個世界裡，所謂進步就是朝著更多痛苦進步。以前的文明都標榜自己是建築在博愛和公平正義上，我們是建築在仇恨上，我們的世界裡除了恐懼、憤怒、勝利的自得和卑微的自貶以外，就沒有其他感情了。我們要摧毀其他的一切，我們現在已經打破革命以前遺留下來的慣性思維：我們切斷了父母與子女、人與人、男與女之間的關係，沒有人敢再相信自己的妻子、子女或朋友。不過將來，根本連妻子或朋友都沒有了，小孩一生下來就會從母親身邊抱走，好像把母雞生下的蛋拿走一樣。性本能會被徹底消除，生兒育女會成為一年一度的例行公事，像每年更新一次配給證一樣。我們要消滅性高潮，我們的神經學家已經在研究這個問題了。除了對黨忠誠之外，沒有別的忠誠；除了愛老大哥之外，沒有別的愛；除了打敗敵人的勝利歡笑之外，沒有別的歡笑。不再有藝術，不再有文學，不再有科學，當我們達到萬能之後，我們就不需要科學了。美與醜之間不再有分別，也不再有好奇心，不再享受生命的過程。一切其他樂趣都被消滅，只有——溫斯頓，千萬不要忘記——只有對於權力的迷醉永遠存在，而且不斷地增強，不斷地愈來愈細緻，每時每刻都將感受到勝利的興奮，感受到踐踏手無寸鐵的敵人的快感。你如果想要預知未來世界的面目，想像一隻皮鞋永遠踩在一張人臉上。」

他停下來，似乎在等溫斯頓說話。溫斯頓又想要縮進床裡面去，他說不出話來，一顆心似乎凍結了。歐布朗繼續說道：

「要記住這是永遠的，那張臉永遠會在那裡任我們踐踏，異端分子、社會公敵永遠會在那裡，任我們一而再再而三地打敗他們、羞辱他們。自從你落在我們手中以來所受過的這一切，會一直繼續下去，而且只會變本加厲。間諜活動、叛黨賣國、逮捕、酷刑、處決、失蹤，這些都會永無休止。這個世界不但是一個勝利的世界，也是一個恐怖的世界。黨愈有權力，就愈不能包容；反對力量愈弱，獨裁專政就愈嚴。戈斯坦和他的異端派系將永遠存在，但每一天，每一個時刻，他們都會被打敗、被辱罵、被嘲笑、被唾棄，可是他們還是會繼續存在。這七年來我和你共同演出的這齣戲，將會一遍又一遍、一代又一代地演下去，只是形式愈來愈微妙而已。我們將永遠有異端分子在這裡受我們的擺布，叫痛求饒、精神崩潰、可恥可卑，而到最後都會徹底悔悟，改過自新，自動爬到我們的腳下來。溫斯頓，這就是我們準備迎接的世界，一個勝利接著一個勝利的世界，一次凱旋接著一次凱旋的世界，無休無止、不斷不斷地壓迫著權力的神經。我看得出來，你已經開始明白這個世界將會是什麼樣子，但是到最後你不只會明白而已，你會接受它，歡迎它，成爲它的一部分。」

溫斯頓已經稍微振作了些，他有氣無力地說：「你們不能這樣！」

「溫斯頓，你這句話是什麼意思？」

「你們不可能建立一個像你剛剛描述那樣的世界，這是作夢，不可能實現的。」

「爲什麼？」

「文明是不可能建立在恐懼、仇恨和殘暴上的，這是不會長久的。」

「爲什麼不會？」

「它會沒有活力，會土崩瓦解，會自我毀滅。」

「胡說八道。那是因爲你以爲恨比愛更消耗能量。誰說一定就是這樣？就算是，那又有什麼關係？假設我們選擇了讓自己消耗得更快，假設我們加速生命的步伐，使得人類三十歲就衰老，那又有什麼關係？你難道還不明白，個人的死亡不是死亡，黨是長生不死的。」

又一次，歐布朗的話把溫斯頓辯駁得毫無招架之力。更何況，他害怕如果自己一再提出反對意見，歐布朗又會扳動表盤。然而他沒辦法不吭聲，於是，雖然提不出什麼論據，除了對歐布朗剛剛那番話所感到的說不出的驚恐之外，沒有任何其他後盾可以支持他，但他還是有氣無力地開口反擊。

「我不知道，我也不管，反正你們就是會失敗。你們會被什麼東西打敗，你們會被生命打敗。」

「溫斯頓，我們控制了生命，在各個方面都是。你在幻想有一種叫做人性的東西，會被我們的所作所爲激怒，會起來反對我們，但人性是由我們創造的，人的可塑性是無可限量的。也許你又回到你那個老想法，以爲無產階級或奴隸會起來把我們推翻。你還是趁早打消這個念頭，他們就像畜生一樣，一點辦法都沒有。黨就是人性，其他東西都是外在的，一點都不重要。」

「我不管，最後他們就是會打敗你們。他們遲早看清你們的眞面目，到時就會把你們打得粉碎。」

「你看到什麼跡象顯示這樣的事情就要發生了嗎？或者有什麼理由嗎？」

「沒有，但是我相信。我知道你們一定會失敗。宇宙中有什麼東西——我不知道，某種精神，某種法則——是你們永遠無法克服的。」

「溫斯頓，你相信上帝嗎？」

「不相信。」

「那麼這個會打敗我們的法則到底是什麼？」

「我不知道，或許是人的精神。」

「那麼你認爲自己是人嗎？」

「是。」

「溫斯頓，你如果是人，那你就是最後一個人了，像你這種人已經絕種，我們是繼承者。你明不明白你就只有一個人？你被歷史摒除在外，你不存在。」他的態度變了，語氣更加嚴厲：「你以爲我們撒謊，我們心狠手辣，所以你在道德上比我們優越？」

「是的，我認爲我比你們優越。」

歐布朗沒有說話，有另外兩個聲音在說話。聽了一會兒，溫斯頓認出其中一個就是他自己的聲音。那是他加入兄弟會那個晚上跟歐布朗談話的錄音，他聽到自己答應去說謊、偷竊、僞造、殺人、慫恿人吸毒和賣淫、散播性病、向孩子臉上潑硫酸。歐布朗作了一個不耐煩的手勢，好像在說不值得放這錄音。接著他扭轉一個開關，說話聲音就中斷了。

「起床。」他說。

溫斯頓身上的束縛自動鬆開了，他下了床，搖搖擺擺地站起來。

「你是最後一個人類，」歐布朗說：「你是人類精神的守護者，你應該看看自己是什麼樣子。把衣服脫掉。」

溫斯頓把繫住工作服的帶子解開——工作服上的拉鍊早被扯走了。他不記得自從被捕以來是不是曾經脫光過衣服。在工作服下面，他身上纏繞著一些骯髒發黃的破布，勉強看得出來原本是內衣褲。他把內衣褲脫下來的時候，看到房間另一邊有一個三面鏡。他走過去，但是走到一半就站住了，禁不住發出一聲驚呼。

「過去，」歐布朗說：「站在兩面鏡子中間，你就可以連側面也看到。」

他停下來是因爲嚇壞了，鏡子裡有一個彎著腰、死灰色骷髏似的東西正向他走來，那樣子本身就很嚇人，不僅僅是因爲他知道那就是他自己而已。他走上前一些，鏡子裡的人由於身子佝僂，面孔顯得特別突出，那是一張淒涼如死囚般的臉，高高的額頭與禿頂連成一片，鼻子鉤曲，顴骨高高突起，上面一雙眼睛露出充滿戒備的凶光，臉頰滿是皺紋，嘴巴癟了進去。這毫無疑問是他自己的臉，但是他感到那變化比他內心的變化還大，上面顯現出來的感情不是他內心感到的感情。他的頭已經禿了一半，他起初以爲他的頭髮也都灰白了，其實那只是頭皮的顏色。除了雙手和臉上一圈以外，他從頭到腳都因爲覆滿老垢而一片灰溜溜，汙垢之下還到處有紅色的瘡疤，腳踝周圍靜脈潰瘍紅腫發炎成一片，皮膚一層一層剝落下來。但是眞正嚇人的還是身體的消瘦程度，胸腔的肋骨就像骷髏一樣窄，大腿瘦得比膝蓋還細。他現在明白爲什麼歐布朗要他看側面，他的脊椎彎曲得可怕，瘦削的雙肩向前彎，胸口變成一個大坑，皮包骨的脖子似乎吃不消頭顱的重量而彎得更加厲害。如果要他猜，他一定會說這是一個患了重病的六十歲老人的軀體。

「你有時候會想，」歐布朗說：「我的臉，一個內黨黨員的臉，看起來又老又憔悴。你對自己的臉又有什麼看法呢？」

他抓住溫斯頓的肩膀，把他轉過身來面對著自己。

「看看你現在這副樣子！」他說：「看看你全身有多髒，看看你腳趾縫裡的汙垢，看看你腳上噁心的爛瘡。你知道自己臭得像頭豬嗎？你大概已經注意不到了。看看你有多憔悴，你看到了嗎？我的大拇指和食指可以把你的二頭肌圈起來。我可以像折胡蘿蔔一樣把你的脖子折斷。你知道嗎，從你落入我們手中到現在已經掉了二十五公斤？連你的頭髮也在一把一把地掉。你看！」他去扯溫斯頓的頭髮，抓了一把下來。「嘴巴張開來。還剩九、十、十一顆牙齒，你進來的時候有幾顆？剩下的這幾顆也搖搖欲墜了，你看！」

他用大拇指和食指有力地箝住溫斯頓剩下的一顆門牙。溫斯頓牙床一陣劇痛，歐布朗已經把那顆鬆動的牙齒連根拔下，扔在地上。

「你正在慢慢腐爛，」他說：「你快要支離破碎了。你是什麼東西？一袋垃圾。現在再轉過去看著鏡子，你看到面前的那個東西嗎？這就是最後的一個人。如果你是人，這就是人性。現在把衣服回去。」

溫斯頓用緩慢僵硬的動作慢慢把衣服穿上。在這之前，他從來沒有注意到自己變得多麼瘦弱，此時他腦子裡只有一個念頭：他在這個地方待的時間一定比他想像的還要久。他把那些破爛的布料穿上身的時候，心中對自己殘敗的身體突然湧起一股憐惜之感，他不能自已地倒在床邊的一把小凳子上放聲哭起來。他心知自己的醜態，心知自己有多不雅觀，穿著骯髒內衣褲的一副骨頭坐在刺眼白色燈光下哭泣，可是他控制不住自己。歐布朗一隻手搭在他的肩膀上，幾乎像在同情他。

「這不會是永遠的，」他說：「只要你願意，隨時可以改變過來。一切都看你自己決定。」

「都是你害的！」溫斯頓嗚咽道：「是你把我弄成這個樣子。」

「不，溫斯頓，是你把自己弄成這個樣子。你決心跟黨作對的時候就已經接受了會有這樣的結果，這全都包含在那第一步中，這一切沒有什麼是你不曾預料到的。」

他頓了一下，又繼續說下去：

「溫斯頓，我們把你打垮了，我們把你打得徹底崩潰。你已經看到自己的身體變成了什麼樣子，你的精神也是在同樣的狀態，我不認爲你還會剩下多少自尊心。你被拳打腳踢過、被鞭笞過、被羞辱過，你痛得大呼小叫過，在自己的血泊和嘔吐物中打過滾，你求饒乞憐過，你什麼人、什麼事都出賣過了。你還想得出有什麼卑鄙事情你沒做過的嗎？」

溫斯頓停止了哭泣，但淚水仍然不斷從眼裡湧出來。他抬頭看著歐布朗。

「我沒有出賣茱莉亞。」他說。

歐布朗若有所思地低頭看著他。「沒有，」他說：「沒有；一點也不錯，你沒有出賣茱莉亞。」

溫斯頓心中又充滿了對歐布朗的那種特殊敬意，似乎沒有任何事情可以破壞這種感情。他想：多麼聰明，多麼有智慧啊！歐布朗總是懂得他的話的意思，要是換作別人，任誰都會馬上回答說，他已經出賣了茱莉亞。在他們的酷刑伺候之下，還有什麼事情是他沒有說出來的呢？他已經把他所知道關於茱莉亞的一切都告訴了他們：她的習慣，她的性格，她過去的生活；他詳詳細細地招供了他們幽會時所發生的一切、他們相互間說的話、他們的黑市飲食、他們的通姦、他們不甚清楚的反黨密謀，一切的一切。然而，在他所指的那個意義上，他沒有出賣她，他沒有停止愛她，他對她的感情始終如一。歐布朗不需要他進一步解釋，就知道他的意思。

「告訴我，」溫斯頓說：「他們什麼時候槍斃我？」

「可能要過很久，」歐布朗說：「你的情況很難搞。不過不要放棄希望，每個人遲早都會治好的，最後我們必定會槍斃你。」

4

他好多了，身體一天一天胖起來，也一天一天強壯起來，如果可以用「天」來算的話。

白色的燈光和嗡嗡之聲仍然跟之前一樣，不過牢房比他以前待過的稍微舒服了一些，木板床上有枕頭、有床墊，床邊還有一把凳子可坐。他們給他洗了一個澡，還算經常地讓他用一只鋁盆擦洗身體，甚至送溫水來給他洗。他們給他換了新內衣和一套乾淨的工作服，給他的靜脈潰瘍敷上清涼的藥膏，把他剩下的爛牙都拔光，替他鑲了一副假牙。

這樣又過了幾個星期，甚至幾個月。現在只要他有興趣的話，已經有辦法可以計算時間了，因爲他們會給他送吃的來，而送飯間隔看來是固定的。他估計他每二十四小時吃三餐，有時他會依稀想到不知送飯來的時間是白天還是晚上。伙食是意想不到的好，每到第三餐就有肉吃。有一次居然還附上一包香菸，他沒有火柴，送飯來的那個從來不開口的警衛會給他點火，他抽第一根時感到噁心想吐，不過他還是繼續抽，那包菸抽了很久，每次飯後只抽半支。

他們給了他一塊白紙板，上面繫了一支鉛筆。起初他沒有用它，即使醒著的時候，他也是躺著不動。他常常吃完一餐就躺在那裡，一動不動地躺到下一餐，有時候睡著了，有時候陷入模模糊糊的遐想，懶得張開眼皮。他早已習慣在強光照射之下入睡，這似乎與在黑暗中睡覺沒有什麼不同，只是做的夢更加連貫而已。這段時間裡他夢得很多，而且總是開心的夢，他夢見自己身在黃金之鄉，或者在陽光照耀下的一大片廢墟之間，跟他母親、茱莉亞和歐布朗在一起，什麼事也不做，只是坐在太陽底下話家常。他醒著的時候想到的，也大多是夢裡的事情。沒有了疼痛的刺激以後，他似乎也失去了思維的能力。他並不感到無聊，他一點也沒有想要跟人說話或找點事情來做的欲望，只要讓他一個人，沒有人打他或盤問他，有足夠的東西吃，可以把身體洗乾淨，他就心滿意足了。

他花在睡覺上的時間漸漸減少了，但他還是不想起床。他只想靜靜地躺著，感覺體內的力氣慢慢恢復。他會在自己身上按按這裡、摸摸那裡，想弄清楚肌肉眞的豐滿了，皮膚眞的緊實了，而不只是幻覺而已。最後，他確信無疑自己眞的長胖了，因爲大腿確實比膝蓋粗了。在這之後，他開始定時運動，起初有點勉強，但沒多久就可以在牢房裡踱步子走三公里了，佝僂的背也開始挺直了。於是他嘗試做比較複雜的健身操，卻又驚又羞地發現有些動作他做不來：他沒辦法快步走；他沒辦法單手把凳子平舉起來；他沒辦法單腳站立；他蹲下去後要強忍著大腿和小腿的疼痛才能站起來；他想做俯地挺身，但完全沒辦法，連一公分也挺不起來。但是再過幾天，或者說再過幾餐飯，連這他都能做到了，最後他一口氣可以做六下。他開始眞的爲自己的身體感到驕傲，有時還相信自己的臉孔也恢復了正常，只有在不經意地摸到光禿的頭頂時，他才想起那張從鏡子裡回望著他的滿面皺紋、憔悴不堪的臉。

他的思想也活躍起來。他坐在木板床上，背靠著牆，紙板放在膝上，開始著意用心重新教育自己。

他已經投降了，這已是他跟他們之間的協議。現在回想起來，事實上，早在他作出這個決定之前，他就已經準備好要投降了。從他進入仁愛部的那一刻，是的，甚至在他和茱莉亞束手無策地站在那裡聽電幕傳來的冷酷聲音吩咐他們怎麼做的時候，他就已經看到他想要跟黨作對的企圖是多麼的輕浮淺薄。他現在知道，這七年來，思想警察一直像用放大鏡看甲蟲一樣監視著他，沒有什麼言行舉止是他們不曾注意到的，沒有什麼思路是他們無法推想到的，連他放在日記本封面上的那粒白色灰塵，他們也小心地放了回去。他們放錄音帶給他聽，拿照片給他看，其中有些是茱莉亞跟他在一起的照片，不錯，甚至……他無法再跟黨作對了。此外，黨是對的，這是必然的：不朽的、集體的頭腦怎樣會錯呢？你能用什麼外在標準去衡量黨的判斷是否正確呢？所謂神志正常是由統計數字來決定的，這只不過是學會他們怎麼想你就怎麼想的問題。只是……

他感到鉛筆拿在手裡又粗又彆扭。他開始寫下腦海裡出現的思想，先是寫下又大又笨拙的幾個字：

自由就是奴役

接著幾乎沒有停筆，又在下面寫下：

二加二等於五。

然後他的頭腦就陷入停頓狀態，彷彿想要避開什麼似的，不能集中思緒。他知道自己知道下一句是什麼，卻一時想不起來。他最後想起來的時候，完全是靠有意識的推理才想起來，而不是腦子裡自動出現這想法的。他寫道：

上帝就是權力

他什麼都接受了。過去是可以更改的。過去從來沒有被更改過。大洋國跟東亞國在打仗。大洋國一直在跟東亞國打仗。瓊斯、艾倫森和魯瑟福犯了他們被控的罪名。他從來沒有看到過證明他們無罪的照片。那張照片從來就不存在，是他自己編造出來的。他記得記憶裡曾經有相反的事情，但那都是些錯誤的記憶，是自我欺騙的結果。這一切是多麼容易！只要投降，一切跟著迎刃而解。這就好像一開始是逆流游泳，不論你怎麼用力划，水流就是把你沖得向後退，然後你突然決定掉過頭來順流而下。什麼都沒有變，就只是你自己的態度變了；那注定要發生的事情不管怎樣都會發生，他簡直不知道自己當初為什麼要反叛。一切都很容易，除了……

什麼都可以變成眞的。所謂的自然律是胡說八道。地心引力是胡說八道。歐布朗說過：「只要我想，我可以像肥皀泡一樣從地板上飄浮起來。」溫斯頓嘗試推出一個合理的解釋：「如果他認為他已經從地板上飄浮起來，如果我同時認為我看到他從地板上飄浮起來，那麼這件事就發生了。」突然間，像沉船的一角浮出水面一樣，他腦海裡湧現出這樣的想法：「這件事沒有眞的發生，是我們想像出來的，這只是幻覺。」他立刻把這個想法壓下去，這種想法的謬誤是顯而易見的，它假定了在人的頭腦之外有一個「眞實」的世界，「眞實」的事情就在那裡發生。但是怎麼可能有這樣一個世界呢？除了透過我們的頭腦之外，我們對事物又有什麼認識呢？一切事情都發生在我們的頭腦中，凡是發生在所有人的頭腦中的事情，就是眞的發生了。

他毫無困難地駁倒了這個謬論，也沒有出現相信這個謬論的危險。不過，他還是覺得絕不該再想到它，每當有危險思想浮現的時候，頭腦應該要出現一片空白才是。這個反應應該是自動的、本能的，新話裡就叫做「犯罪停止」。

他開始鍛鍊犯罪停止。他給自己提出幾個命題——「黨說地球是扁的」，「黨說冰比水重」——然後訓練自己不去看見或者不去理解那些相悖的理論。這並不容易，需要很大的推理和隨機湊合的能力；比如說，「二加二等於五」這句話所引起的算術問題，就超過了他的理解能力。此外還需要一種腦力體操的本事，能夠一下用邏輯來做最微妙的解釋，一下又完全看不到最淺顯的邏輯錯誤。蠢愚和聰慧同樣必要，也同樣不易達到。

在此期間，他腦海裡常隱隱想著，不知他們什麼時候會槍決他。歐布朗說過：「一切都看你自己決定。」但是他知道他沒有辦法有意地做些什麼來使處決早點到來，這可能是在十分鐘之後，也可能是在十年之後；他們可能把他單獨監禁許多年，可能送他去勞動營，可能釋放他一陣子——他們有時會這樣做；在他被槍決以前，他們完全有可能把整個被捕和受審的戲碼再搬演一遍。只有一點是可以肯定的：死亡總在你意想不到的時候降臨。按照慣例——不曾明言的慣例，你從來沒有聽人提起過，但就是會知道——在你從一間牢房走去另一間牢房的時候，他們會在走廊上從你背後開槍，總是命中你的後腦，事前毫無警告。

有一天——但是「有一天」這個說法是不妥當的，因爲那時也可能是半夜裡，應該說有一次——他又墜入一段奇怪的、幸福的遐想當中。他看見自己正在走廊上走著，等待子彈從背後射來，他知道再過片刻就要來了。生命中的一切都已得到解決、撫平、調和，他不再有懷疑，不再有爭論，不再有痛苦，不再有恐懼。他的身體健康強壯，走起路來很輕快，舉手投足都很開心，有一種走在陽光下的感覺。他不再是在仁愛部狹長的白色走廊裡，而是在一條充滿了陽光的寬大走道上，也就是他在藥物發作的恍惚中曾經走過的那條有一公里寬的走道。他正在黃金之鄉，在那片古老的、被兔子啃過的牧草地上，沿著一條足跡踩出來的小徑走去，他可以感覺到腳下短草的濕氣、臉上陽光的和煦。草地邊上是一排榆樹在輕輕搖擺，附近的什麼地方有一條小溪流過，柳樹下的綠色水潭中有鰷魚游來游去。

他突然驚醒過來，心中充滿驚恐，背上冒了一身冷汗。他剛剛聽到自己在大叫：

「茱莉亞！茱莉亞！茱莉亞，我的愛！茱莉亞！」

有一刻他有一種強烈的幻覺，覺得她就在身邊。她彷佛不單只是在他身邊，並且還在他身體裡面，就好像鑽進了他的皮膚組織裡。在那一瞬間，他對她的愛比他們在一起自由的時候還要深得多。他也知道她不知在什麼地方還活著，而且需要他的幫助。

他躺回床上，努力使自己鎮定下來。他做了什麼了？那一瞬間的軟弱使他徒增了多少年的奴役啊？

再過一會，他就會聽到外面響起皮靴聲。他們不會不懲罰這樣的情感爆發。他們如果本來還不知道，那麼現在就知道了，他破壞了他跟他們之間的協議。他服從黨，可是他仍然憎恨黨。以前，他在服從的外表下隱藏著異端思想，現在他退了一步：在思想上他投降了，可是他仍然希望保持內心的不受侵犯。他知道自己是錯的，可是他寧願錯。他們會了解的，歐布朗會了解的，他那一聲愚蠢的叫喊已經招認了這一切。

他將得從頭再來一遍，可能要再拖上好幾年。他伸手去摸自己的臉，想熟悉自己的新面貌：臉頰上有很深的皺紋，顴骨高聳，鼻梁塌陷，此外自從上次照過鏡子以後，他鑲了一整副新的假牙。如果不知道自己臉上長什麼樣子，就很難保持高深莫測的表情。不論怎樣，單單控制面部表情也是不夠的，他第一次意識到，要保住一個祕密，你必須連自己也隱瞞起來，你必須始終知道有這個祕密在那裡，但是不到需要的時候，絕不能讓它以任何可以名狀的樣子出現在你的意識中。從今以後，他不僅必須想得正確，還必須感覺正確、夢得正確。同時他必須始終把仇恨深深鎖在心中，像身體的一部分，但又跟身體的其他部分無關，就像一個囊腫一樣。

終有一天他們會決定槍斃他。你沒辦法預測是什麼時候，但是在事前的幾秒鐘，應該可以猜得出來。總是在走廊上走著的時候，他們從後面開槍。十秒鐘就夠了。在這十秒鐘裡，他內心的世界就會翻轉過來。然後，突然之間，他嘴上沒有說一句話，腳下沒有停下一步，臉上表情沒有一絲改變，突然之間，他的僞裝都卸除下來，砰的一聲，他的仇恨就開炮了，仇恨會像熊熊烈焰塡滿他的身心。而幾乎就在同一瞬間，砰的一聲，子彈也射出來了，可是太遲了，或者說太早了，他們還來不及改造就把他的腦袋打得粉碎。異端思想將不受懲罰，不曾悔改，永遠在他們的控制之外。他們將在自己的完美無瑕之中打出一個窟窿。在仇恨他們之中死去，這就是自由。

他閉上眼睛。這比接受思想訓練還困難，這是一個踐踏自己、摧殘自己的問題，他得投入最骯髒最下流的汙泥之中。天下最可怕、最噁心的東西是什麼？他想到老大哥，那張龐大的臉孔（因爲經常在海報上看到，他總覺得這張臉有一公尺寬）、濃濃的黑鬍子和老是盯著你轉的眼睛，似乎是自動浮現在他腦海中的。他對老大哥眞正的感覺是什麼？

走道上傳來沉重的皮靴聲，鐵門噹啷一聲打開了，歐布朗走進牢房，身後跟著那個臉如蠟像的軍官和身穿黑制服的警衛。

「起來，」歐布朗說：「過來。」

溫斯頓站到他面前。歐布朗用有力的手抓住溫斯頓的肩膀，緊緊地盯著他看。

「你有過欺騙我的想法，」他說：「這眞是蠢。站得直一點。正眼看著我。」

他頓了一下，然後用較爲溫和的語氣說：

「你有進步，在思想上你已經沒有什麼毛病了，只是感情上你沒有任何進步。溫斯頓，告訴我——記住，不許說謊，你也知道，是不是在說謊我一向聽得出來——告訴我，你對老大哥的眞實感情是什麼？」

「我恨他。」

「你恨他。很好，那麼現在是你進入最後一步的時候了。你必須愛老大哥，光是服從他還不夠，你必須愛他。」

他放開溫斯頓，順勢把溫斯頓朝警衛輕輕一推。

「一〇一室。」他說。

5

在他監禁的每一個階段，他都知道——或者說好像知道——自己身在這棟沒有窗戶的大樓的什麼地方，這可能是由於空氣壓力略有不同的緣故。警衛毆打他的牢房都在地面下，歐布朗盤問他的那個房間高高地在接近樓頂的樓層，現在這個地方則在地下幾十公尺，深得不能再深。

這個地方比他之前待過的那些牢房都要大，不過他不大能看到周圍環境，他能看到的只有正前方的兩張小桌子，上面都鋪著綠色的粗呢桌布。其中一張離他只有一兩公尺，另一張離他遠一點，靠近門口。他被綁在一張椅子上，緊得他完全無法動彈，連頭也不能轉動，有一塊軟墊從後面卡住他的頭，使他只能看著正前方。

他一個人坐了片刻，然後門開了，歐布朗走了進來。

「你曾經問過我，」歐布朗說：「一〇一室裡有什麼。我告訴你你已經知道答案了，人人都知道答案，一〇一室裡的東西是世界上最可怕的東西。」

門又開了，一個警衛走進來，手裡拿著一只用鐵絲做的像箱子或籠子那樣的東西，他把它放在門口那張桌子上。因爲歐布朗擋住了視線，溫斯頓看不到那究竟是什麼東西。

「世界上最可怕的東西，」歐布朗說：「是因人而異的，有可能是活埋，有可能是燒死，有可能是淹死，有可能是釘死，也有可能是另外的五十多種死法。有些人怕的是一些微不足道的小東西，甚至並不會致人於死。」

他往旁邊移動了一些，現在溫斯頓可以看清楚桌上那件東西了。那是一只長方形的鐵絲網籠子，上面有把手可以提起來，前面裝了一個像擊劍面罩一樣的東西，凹的那面朝外。雖然離他有三、四公尺遠，不過他可以看見籠子橫向一分為二，兩邊都有什麼小動物在裡面。原來都是老鼠。

「對你來說，」歐布朗說：「世界上最可怕的東西就是老鼠。」

溫斯頓第一眼看到那只籠子的時候，全身就有預感似的起了一陣震顫，心中感到一股莫名的恐懼。此刻，他突然懂得那籠子前面裝上的面罩似的東西是做什麼用的了，他嚇得簡直屁滾尿流。

「你不能這樣！」他聲嘶力竭地叫道：「你不能，你不能！這不是眞的！」

「你記不記得，」歐布朗說：「你以前夢中經常出現的恐慌感覺？在你面前是一片漆黑的牆，你耳邊聽到轟轟的喧鬧聲。牆的另一邊有什麼可怕的東西在那裡，你明知自己知道那是什麼，可是你不敢把它拉出來。牆的另一邊都是老鼠。」

「歐布朗！」溫斯頓說，竭力克制自己的聲音：「你知道沒有這個必要。你到底還要我做什麼？」

歐布朗沒有直接回答。當他再開口的時候，語氣又是他有時愛用的那種教書先生口吻。他若有所思地看著遠方，好像是在對溫斯頓背後的聽眾講話。

「只有痛本身，」他說：「並不一定夠，有時候一個人能熬得住痛，甚至痛死也不怕。但是每個人都有一樣不能忍受的東西，連想都不敢想的東西。這跟勇氣和懦弱無關，你從高處跌下來的時候抓住一根繩子，這並不是懦弱；你從水底浮出水面的時候大口吸氣，這不是懦弱，純粹只是你不能不服從的本能。老鼠也是這樣。對你來說，老鼠是不能忍受的東西，是你不能承受的一種壓力，即使你想也承受不來。要你做什麼你就會去做。」

「但是要我做什麼呢？要我做什麼呢？我連是什麼都不知道，叫我怎麼做呢？」

歐布朗提起那只籠子，拿到較近的那張桌子上，小心翼翼地放在粗呢桌布上。溫斯頓可以聽到耳朵裡血液奔湧的聲音，他有一種孤身一人坐在無人煙之地的感覺，彷彿身在一大片廣漠平地的中央，一片陽光照耀的平坦沙漠，遠方的各種聲音都傳進他耳裡。然而，那只關著老鼠的籠子離他只有不到兩公尺，裡面的老鼠都很大，都到了鼻口粗闊凶猛、毛色由灰轉棕的年齡。

「老鼠這東西，」歐布朗仍然在向隱形的聽眾講話：「雖說是齧齒動物，但也是肉食動物，這一點你也知道。你一定聽過市內貧民區裡發生的那些事情，在一些街巷裡，做媽媽的不敢把孩子單獨留在家裡，哪怕只有五分鐘，因爲老鼠一定會出來咬孩子，不用多久就會把孩子的皮肉啃光，只剩一堆骨頭。老鼠也會咬病人或垂死的人，牠們能知道什麼樣的人沒有還手之力，眞是聰明得令人吃驚。」

籠子裡傳出一陣吱吱的叫聲，溫斯頓聽來感覺好像從遙遠的地方傳來。原來老鼠在打架，牠們正隔著隔網互相攻擊。他也聽到一聲絕望的呻吟，連這聲音也彷彿是從他身外傳來的。

歐布朗提起了籠子，同時按了一下裡面的什麼東西，只聽見卡嚓一聲。溫斯頓拚命想從椅子上掙脫開來，但是完全沒有用，他身上的每個地方，甚至連頭都被綁得絲毫不能動彈。歐布朗把籠子拿近，離溫斯頓的臉只有不到一公尺了。

「我已經按了第一道開關，」歐布朗說：「你也明白這籠子的構造，面罩會剛好罩住你的頭，一點縫隙都不留。我一按第二道開關，籠子的門就會往上拉開，這些餓扁了的小畜生就會像子彈一樣竄出來。你見過老鼠凌空一躍嗎？牠們會躍到你的臉上，一口咬下去。有時牠們先咬眼睛，有時牠們咬穿面頰，再把舌頭啃掉。」

籠子又更近了，正朝他迎面而來。溫斯頓聽見一連串的尖叫聲，聽起來好像從他頭上傳來一樣。他拚命想把心中的恐慌壓制下來，快想想，快思考，哪怕只有半秒鐘，思考也是唯一的希望。突然間，他鼻子裡聞到了老鼠的霉臭味，他感到體內一陣劇烈的翻騰作嘔，幾乎昏了過去，眼前一片漆黑，在那一瞬間，他喪失了神志，成了一頭尖叫的畜生。然而從黑暗中掙扎出來的時候，他抓住了一個主意，有一個辦法，就只是這個辦法可以救他：他必須把另一個人，把另一個人的身體拉進來，插在他自己和老鼠之間。

面罩的圈子現在已經完全阻擋了他的視線，鐵絲網籠子的門離他的臉只有兩三個巴掌遠。老鼠已經知道是怎麼一回事了，有一隻上竄下跳，另一隻老得皮毛片片剝落，後腳支地站了起來，粉紅色的前爪抓住鐵絲，鼻尖在空氣中用力嗅聞，溫斯頓可以看到牠的鬍鬚和黃牙。黑色的恐慌又襲上心頭，他眼前一片昏暗，不知所措，腦筋一片空白。

「這是中國古時候常用的一種刑罰。」歐布朗帶著一貫的訓誨口吻道。

面罩蓋到了他臉上，鐵絲輕輕拂著他的面頰。接著——不，這不是解救，只是希望，小小的一線希望。太遲了，也許太遲了，但他突然明白了，在這個世界上，只有一個人是他可以把刑罰轉嫁出去的，只有一副肉體是他可以插在他和老鼠之間的。於是他一遍又一遍瘋狂地大叫：

「放去咬茱莉亞！放去咬茱莉亞！別咬我！咬茱莉亞！你們怎樣對付她都行，咬爛她的臉，把她啃到剩下骨頭。別咬我！咬茱莉亞！別咬我！」

他往後倒了下去，跌落深淵，遠離了那些老鼠。他的身體仍然綁在椅子上，他連人帶椅跌穿了地板，跌穿了大樓的牆壁，跌穿了地面，跌進了海洋，跌進了大氣層，跌進了太空，跌進了星際，不斷地離那些老鼠愈來愈遠、愈來愈遠。他已在光年之外，可是歐布朗仍然站在他身邊，他臉上仍然感覺到鐵絲的冰冷，但是從包圍著他的黑暗中，他聽到另一聲金屬的卡嚓聲，他知道那是籠子的門關上了，而不是打開。

6

栗樹咖啡館內客人寥寥可數。一道陽光從窗口斜斜照進來，在布滿灰塵的桌面上投下黃色的光影。這正是十五點鐘咖啡館最寥落的時光。輕音樂從電幕上流瀉出來。

溫斯頓坐在他慣常坐的角落裡，對著面前的空杯子發呆。他不時抬頭看一眼對面牆上目不轉睛地盯著他的那張大臉，上面的圖說寫著：**老大哥在看著你**。侍者沒有等他叫喚，自動過來替他斟滿一杯勝利牌琴酒，並從另一只瓶子裡倒了幾粒有丁香味的糖精在酒裡，這是栗樹咖啡店的特調口味。

溫斯頓正聽著電幕的廣播，現在只有音樂，但是隨時可能會有和平部的特別公報。非洲前線的戰事極其令人不安，他今天一整天都不時在爲這件事擔心。歐亞國的一支軍隊（大洋國在跟歐亞國打仗，大洋國一直在跟歐亞國打仗）正以驚人的速度南進，中午的新聞沒有提到具體地點，但很可能剛果河口已成了戰區，希拉薩和利歐波德維已危在旦夕。不用看地圖也知道這意味著什麼，這不僅是喪失中非的問題，從這場戰爭以來，大洋國的領土首次受到了威脅。

他忽然感到一股強烈的情緒在胸中翻騰，不能算是恐懼，而是一種莫名的激動，但很快又平息了下去。他不再去想戰爭的事。這些日子以來，不論對什麼事情，他都沒辦法集中精神在上面超過幾分鐘。他拿起酒杯一飲而盡，像往常一樣，他打了個顫，甚至感到有些反胃。這東西眞夠難喝，丁香和糖精本身就已經夠噁心的了，而且也掩蓋不了那酒的臭油味；最糟糕的是，這日夜在他身上縈繞不散的琴酒味，在他腦子裡已經無所遁逃地與「那東西」混合在一起。

他從來不說出「那東西」的名稱，即使在思想裡也不指明，也盡可能不去想牠們的樣子。牠們是在他意識裡隱約存在的東西，在他面前上竄下跳，氣味在他鼻尖上揮之不去。酒氣從他體內升上來，他從發紫的嘴唇之間打了個嗝。自從他們把他釋放出來以後，他變胖了，氣色也恢復了——說實話，比原來還紅潤。他臉上的線條變粗了，鼻子和面頰紅通通的，甚至連光禿的頭皮也太紅了一些。侍者又沒等他叫喚，自動送來棋盤和當天的《泰晤士報》，報紙還翻開到棋藝那一版；看到酒杯空了，又去拿酒瓶來替他斟滿。溫斯頓不需要吩咐，他們早已知道他的習慣，棋盤總是等著他，他這角落的桌子總是留著給他，即使客滿的時候他也獨占一張桌子，因爲沒有人想要跟他坐得太近。他甚至從來不必記自己喝了多少杯，他們不定時會送來一張髒紙條，說是帳單，但是他總覺得他們算少了。不過即使反過來算多了也無所謂，如今他總不缺錢花，他甚至還有一個工作，一個幾乎沒什麼工作要做的有薪職位，待遇比他以前的工作還要高。

電幕的音樂停了，有個聲音開始說話。溫斯頓仰起頭來聽，可是並不是來自前線的公報，只是富裕部的一則簡短公告，看來上一季第十個三年計畫的鞋帶產量又超額完成了百分之九十八。

他看了一下報上的棋局，把棋子擺開來，這是一局微妙的棋局，已快將軍了，關鍵在雙方的馬。「白子先走，兩步將死。」溫斯頓抬頭看了看老大哥的畫像，懷著一種朦朦朧朧、不可言說的感覺想著，白方總是將死黑方，毫無例外地總是如此安排，自開天闢地以來沒有一局棋是黑方贏的。這是不是象徵著善永遠、終究戰勝惡？那張大臉回望著他。白方總是將死黑方。

電幕上的聲音頓了一下，音調一變，又用嚴肅得多的語氣說：「大家注意，十五點半有重要消息要宣布，請注意收聽。十五點半！事關重大，請大家不要錯過。十五點半！」說完叮叮咚咚的音樂聲又起。

溫斯頓的心一陣攪動。一定是來自前線的公報，直覺告訴他是壞消息。今天一整天，他腦子裡時斷時續地出現在非洲大吃敗仗的念頭，想到時就一陣激動。他彷彿真的看到歐亞國的軍隊大舉越過那道從來沒有被踰越的國界，像一隊螞蟻一樣湧進非洲的下端。為什麼沒有辦法從側翼包抄他們呢？西非海岸的輪廓清晰地出現在他腦海裡。他拿起白馬往前走一步，這一步走對了地方；雖然眼前黑色大軍正往南疾馳，但是他也看到另一支軍隊不知怎地集結起來，突然出現在他們後方，切斷了他們的海陸交通。他覺得憑藉自己的主觀意願，那另外一支軍隊真的出現了；但是必須馬上行動，如果讓他們控制了整個非洲，讓他們在好望角有了機場和潛水艇基地，大洋國就要切成兩半，後果將不堪設想：戰敗、四分五裂、世界重新劃分、黨的毀滅！他深深吸了一口氣，心中五味雜陳到了極點——但也不能說是雜陳，應該說是層層堆疊，只是說不清哪一層在最下面——各種感覺在他心中拉扯著。

內心那一陣翻騰過去了。他把白馬放回來，但是一時無法定下心來認眞思考棋局，思緒又開始神遊了。他的手指幾乎不自覺地在桌面的灰塵上寫著：

2＋2＝5

「他們不能進入你的內心。」她曾經這麼說過，但是他們眞的能夠進入你的內心。「你在這裡的遭遇是永遠的。」歐布朗曾經這麼說，這話是眞的。有些事情，你自己的一些行爲，是永遠無法挽回的，你胸膛裡有什麼東西被掐死了、燒光了、腐蝕掉了。

他見過她，甚至跟她說過話，這不會有危險，他似乎直覺地知道他們對他的所作所爲已幾乎毫無興趣。如果他或她有這個意願，他本來可以安排兩人再碰一次面。其實那次見面是在很偶然的情況下，那是在公園裡，一個陰霾冷冽的三月天，地上凍得像鐵一樣硬，草都枯了，放眼不見一株新芽，只有幾朵番紅花勉力開著，但風一吹就花瓣四散。他正手腳冰凍、淚水直流地匆匆走著，忽然看到她就在離他不到十公尺的地方，他馬上覺得她不知哪裡跟以前不一樣了。他們幾乎要不露聲色地擦肩而過，但是他又轉過身來跟在她後面，只是並不很熱切。他知道沒有危險，沒有人會對他們有興趣。她沒有說話，從草地上斜斜地穿過去，好像想擺脫他，後來也就接受了讓他跟在身邊。不一會，他們來到一叢葉子掉光了的灌木之間，那枯木叢既不能當作掩護，又擋不了風，他們卻停下步來。天氣冷得厲害，寒風在枯枝間呼嘯，偶爾吹起幾瓣髒兮兮的番紅花。他把手摟住了她的腰。

周圍沒有電幕，但是一定隱藏著竊聽器，何況，他們是在光天化日之下。但是這有什麼關係，什麼事情都沒有關係了，如果他們想，還可以躺到地上去做「那個」。想到這裡，他覺得毛骨悚然，連肌肉都僵硬了。她對他的摟抱毫無反應，甚至也沒有想要掙脫他。他現在知道她哪裡變了，她的臉變黃了，而且有一道長長的疤，從前額一直到太陽穴，有一半被頭髮遮住了；但是她的改變不在於這些，而在於她的腰身變粗了，而且很奇怪，也變硬了。他想起有一次火箭彈爆炸後，他幫別人到廢墟中拖出一具屍體來，結果很吃驚地發現，那屍體不但重得令人難以置信，而且僵硬得不像人體而像石塊，很不好抬。她的身體就給人這種感覺，他不禁想到她皮膚的觸感一定也和以前不一樣了。

他並沒有去吻她，他們也沒有講話。當他們穿過草地走回來的時候，她這才第一次正眼看他，只不過匆匆的一瞥，充滿了鄙視和厭惡。他不知道她的厭惡純粹是出於過去，還是也跟他浮腫的臉和風颳得他眼淚直流有關。他們在兩張鐵椅上並肩坐了下來，但沒有靠得太近。他看到她似乎想開口說話了，只見她把笨重的鞋子往旁邊移動幾公分，故意踩斷了一根枯枝。他注意到她的腳似乎也變大了。

「我出賣了你。」她毫不掩飾地說。

「我也出賣了妳。」他說。

她又厭惡地瞥了他一眼。

「有時候，」她說：「他們用什麼東西來威脅你，你不能忍受的東西，連想都不敢想的東西。

於是你會說：『別這樣對付我，拿去對付別人吧，拿去對付某某人吧。』事後你也許可以假裝這只不過是一種詭計，你這樣說只是爲了讓他們停手，心裡並沒有這個意思。可是事實不是這樣，在事情發生的那一刻，你眞的是這個意思，你覺得沒有別的辦法可以救自己，你很願意用這個辦法來救自己。你眞的想要這件事發生在另一個人身上，他怎麼受苦你根本不在乎，你在乎的只是你自己。」

「你在乎的只是你自己。」他重複她的話說。

「從此之後，你對另外那個人的感覺就不一樣了。」

「不一樣，」他說：「感覺不一樣了。」

似乎沒有什麼別的話可以說了。風把他們單薄的工作服颳得緊貼在身上。這樣坐著不發一言馬上令人感到很尷尬，何況坐著不動也太冷了。她說要去趕搭地下鐵，說完站起身來準備要走。

「我們一定要再見面。」他說。

「是啊，」她說：「我們一定要再見面。」

他猶豫地跟著她走了一小段路，落在她後面半步。他們沒有再說話。她並沒有眞的想要甩掉他，只是走得有點快，使他沒辦法跟在她旁邊走。他決定陪她走到地鐵站，突然卻又覺得這樣在寒風中跟著很沒意思，而且也很難受。他突然有一種強烈的渴望，與其說是想離開茱莉亞，不如說是想回到栗樹咖啡館去，那地方從來沒有像此刻這樣有吸引力，他想到他那張角落的桌子，還有報紙、棋盤和不斷送上來的琴酒，不禁十分懷念，尤其那裡一定很暖和。下一刻，並不全然是意外，一小群人擋在了他跟她中間。他並不是很有決心地跟上去，漸漸慢下了腳步，然後轉身開始往回走。走了五十公尺，他回過頭來看，街上並沒有很擁擠，可是他已經找不到她了，有十幾個行色匆匆的人影都有可能是她，也許她變粗、變硬的身影已經無法從背後認出來了。

「在事情發生的那一刻，」她剛才說：「你眞的是這個意思。」他當時眞的是這個意思，他並不只是嘴上說說，他心裡也是這麼希望，他希望是她、而不是他被送上前去餵……

電幕流瀉出來的音樂聲有了變化，多了一種粗啞的、嘲笑的調子，黃色的調子。然後——或許不是眞的發生了，或許只是一個化爲聲音的記憶——有一把聲音唱道：

在高高大大的栗樹下，
我出賣了你，你出賣了我……

眼淚在他眼眶中打轉。一個侍者走過時見他酒杯已空，又去拿了酒瓶來斟酒。

他端起酒杯來聞了聞。這酒愈喝愈難喝，卻已成了他沉溺其中的命根子，是他的生命、他的死亡、他的復活。每天晚上他都靠琴酒醉得不省人事，每天早上他又靠琴酒甦醒過來。他醒來的時候通常已過十一點，總是眼皮張不開，口中乾渴如焚，背痛得像快折斷似的，如果不是他前一天晚上放在床邊的酒瓶和茶杯，他大概連從床上坐起來都沒辦法。整個中午的時光，他就神情茫然地呆坐著，手邊一瓶酒，聽著電幕的廣播。從十五點到店家打烊，他是栗樹咖啡館的常客。再也沒有人管他在幹什麼，沒有哨子聲叫他起床，電幕也不再訓斥他。偶爾，大概一個禮拜兩次，他會到眞理部一間積滿灰塵、被人遺忘的辦公室裡做一點工作，或者說所謂的工作。他被任命擔任一個小組委員會的委員，這個小組委員會上面還有一個小組委員會，後者又是從一個委員會延伸出來的，像這樣的委員會數也數不清，任務是處理編纂第十一版新話辭典時所碰到的小困難。溫斯頓這個小組要寫一份所謂的過渡期報告，但是究竟報告些什麼，他從來沒有弄清楚，好像與逗點應該放在括號內還是括號外有關。小組裡還有四名委員，全都是像他那樣的人物。有時候他們才剛召集起來，立刻又決定散會，大家都坦白地承認其實沒有什麼事情要做。不過也有一些時候，他們認眞地坐下來工作，煞有介事地做紀錄、起草備忘錄，長篇大論，可是從來沒有完成過，因爲他們對於報告要討論的問題究竟是什麼產生了爭議，爭論愈來愈複雜深入，對於定義上的細微差別僵持不下，漫無邊際地扯到題外去，吵到後來甚至揚言要請示上級；但是突然之間，他們又像洩了氣的皮球，頹然圍坐在桌邊，兩眼茫然地望著彼此，像公雞一啼就煙消雲散的鬼魂一樣。

電幕安靜了片刻。溫斯頓又抬起頭來。公報！不是，原來只是在換音樂。他的眼簾裡有一幅非洲地圖，軍隊的調動是一幅圖表：一支黑色箭頭垂直往南推進，一支白色箭頭水平向東推進，切斷了第一支箭頭的尾巴。好像爲了讓自己安心，他抬頭看一眼畫像上那張沉著冷靜的臉。有沒有辦法想像，那第二支箭頭根本就不存在？

他的興趣又減退了。他再喝了一大口琴酒，拿起白馬走了一步。將軍！但是這步棋顯然走得不對，因爲……

驀地，一個記憶自動飄進他腦海裡，他看到一間點著燭光的房間，有一張鋪著白床單的大床，他自己還是個九、十歲的孩子，正坐在地板上擲骰子盒，高興得哈哈大笑；他母親坐在他對面，也在大笑。

那大概是她失蹤前的一個月，當時的氣氛是和好的，他忘記了飢腸轆轆的感覺，幼時對母親的愛戀也暫時回到心中。他很清楚地記得，那天下著傾盆大雨，雨水在玻璃窗上傾瀉而下，屋子裡太暗，沒辦法看書。兩個孩子關在黑暗擁擠的房間裡，漸漸無聊得耐不住，溫斯頓哼哼唧唧地吵著要吃的，在屋子裡翻箱倒櫃，把東西都扯出來，在牆板上拳打腳踢，鬧得隔壁鄰居敲牆抗議，而小的那個又不斷地號哭。最後他母親說：「乖乖地不要鬧，我就買玩具給你玩，很好玩的玩具喔，你一定會喜歡的。」說完就冒雨出門，到附近一家偶爾還會開著的小百貨鋪，帶回來一個裝著蛇梯棋的硬紙盒。他還記得那濕掉的紙盒的氣味。那盒玩具很殘破，棋盤都裂了，木製的小骰子切得很不平整，躺也躺不平。溫斯頓不高興地看了一眼，不感興趣，但是他母親點了一支蠟燭，和他坐在地板上玩起來，沒多久他已經隨著棋子爬上梯子、眼看有希望達到終點、卻又碰到蛇而滑下來、幾乎回到起點，興奮得大笑大叫。他們玩了八次，每人贏了四次。他的小妹妹靠著墊枕坐著，因爲還太小，不懂得他們在玩什麼，但看到他們大笑也跟著大笑。那一整個下午，他們很開心地在一起，就像他幼年時候那樣。

他把這幅景象趕出腦海之外，這個記憶是假的，他有時會被這種假記憶干擾，不過只要知道它們是假的，就沒有關係。有的事情確實發生過，有的並沒有。他回到棋盤上，又拿起了白馬，一拿起就啪地失手掉回棋盤上。他嚇了一跳，好像身上被針刺了一般。

一陣尖銳的喇叭聲劃破寂靜。是公報！勝利！在報告消息之前吹起喇叭總意味著勝利。咖啡館裡起了一陣興奮的騷動，連侍者都跳了起來，豎起耳朵聆聽。

喇叭聲引起一大陣喧譁，電幕上一個興奮的聲音在嘰哩咕嚕地播報，才一開始就幾乎被外面的歡呼聲淹沒，消息已像魔術一般在街上傳開。他從依稀聽到的播報內容得知，一切就如他所預料的那樣發生了：一支海上大軍暗中集結，給敵軍後方出其不意的一擊，白色箭頭切斷了黑色箭頭的尾巴。人聲喧騰之中依稀可以聽到得意洋洋的勝利話語：「大規模的戰略部署……十全十美的配合……全面潰敗……俘虜五十萬敵兵……完全喪失鬥志……控制了整個非洲……戰爭結束指日可待……大獲全勝……人類史上最大的勝利……勝利、勝利、勝利！」

溫斯頓的腳在桌子底下一陣亂蹬。他仍然坐在那裡沒動，但是在腦海裡，他正在跑、飛快地跑，跑到外面跟街上的群眾一起大聲歡呼，喊得自己耳朵都快聾了。他又抬頭看一眼老大哥的畫像，這位駕馭世界的巨人！這位讓亞洲的敵軍撞得頭破血流的巨石！他想起十分鐘之前，是的，不過十分鐘之前，他在思忖前線的消息是勝是負時，心中還存有懷疑。啊！消滅的不只是一支歐亞國軍隊而已！從被抓進仁愛部的那一天起，他已經改變了許多，但是那最後的、不可或缺的、治癒一切的改變一直沒有發生，直到這一刻。

電幕的聲音仍在喋喋不休地報告俘虜、戰利品、殺戮的故事，不過外面街上的喧譁聲已經靜下來了一些，侍者們也回去工作了。其中一位端著酒瓶走過來，溫斯頓沉浸在幸福的夢想中，沒有注意到侍者又替他把酒杯斟滿了。他不再跑了，也不再歡呼了，他回到了仁愛部，一切都得到了寬恕，他的靈魂潔白如雪。他站在被告席上，招認一切，把所有人都牽連進來。他走在白色瓷磚的走廊裡，感覺像走在陽光中，後面跟著一個帶槍的警衛。等待已久的子彈穿進了他的腦袋。

他抬頭凝視那張大臉。他花了四十年的時間，才明白藏在那濃黑大鬍子後面的，是什麼樣的笑容。啊，殘酷的、沒有必要的誤會！啊，頑固的、拒絕慈愛胸懷的自我放逐者！兩道帶著酒氣的眼淚滑下了他的鼻梁兩側，但是沒事了，一切都沒事了，鬥爭已經結束，他戰勝了自己，他愛老大哥。

【附錄】

新話法則

新話是大洋國的官方語言，它的發明是爲了滿足英社（英國社會主義）的意識形態需求。在一九八四年，無論是口頭還是書面，還沒有人以新話作爲唯一的溝通語言。雖然《泰晤士報》的社論都是用新話寫成，但這是只有專家才有的本事。預計要到二〇五〇年，新話才會最終取代老話（也就是我們所謂的標準英語），不過在此之前，新話已在穩步發展，所有黨員在日常會話中都愈來愈常使用新話的詞彙和文法結構。一九八四年時使用的新話，即收錄在《新話辭典》第九版和第十版中的版本，只是臨時的版本，包含了許多多餘的詞彙和暫定的形態，最終將會淘汰。本文所談的，是新話最後、最完備的版本，也就是收錄在《新話辭典》第十一版中的版本。

新話的目的不僅是要讓英社支持者有一種合乎他們世界觀和思想習慣的表達方式，同時還要使所有其他的思想形式不可能出現，這樣一來，當新話被徹底採用、老話被遺忘之後，異端思想、也就是有違英社原則的思想，就眞的「不可思議」了，至少只要思想還仰賴詞彙，就「不可思議」。新話所收錄的詞彙，就是把黨員有可能會想要表達的每一種意思，都確切地、並且往往是微妙地表達出來，而不摻雜任何其他含義，甚至連間接地傳達出其他含義的機會也沒有。要做到這一點，部分是透過發明新詞彙，但更主要的做法是取消那些不利的詞彙，剩下少數沒有取消的，則去除這些詞彙的非正統含義，甚至盡可能去除所有的次要含義。舉一個例子，新話仍然保留了「free」❶一詞，但是只能用在「This dog is free from lice」（這條狗身上沒有虱子）、「This field is free from weeds」（這塊地沒有雜草）這類陳述中，從前所謂「politically free」（政治自由）、「intellectually free」（思想自由）當中的那種含義已經不能再用，因爲即使作爲一種概念，政治自由和思想自由也已不復存在，所以必然也就沒有這樣的名稱。減少詞彙跟廢除明確的異端詞語是兩回事，減少詞彙本身就是目的，凡是能夠捨棄的詞彙絕不會留下來。新話的目的不是要拓展、而是要縮小思想的範圍，而把詞彙的選擇減少到最低限度，也間接促成了這個結果。

新話以我們今天所使用的英語爲基礎，不過新話中有許多句子，就算沒有包含新造詞彙，今天的英語使用者仍然很難看懂。新話的詞彙可分爲A、B、C三類，其中B類詞又稱複合詞。三類詞分開討論方便一些，至於文法上的特點，由於三類詞都遵循同樣的規則，所以將放在A類詞中一併討論。

A類詞

A類詞包括日常事務中必要的詞彙，例如飲食、工作、穿衣、上樓、下樓、開車、種花、烹飪等等。這個類別幾乎全都是現代英語中已有的詞彙，例如打、跑、狗、樹、糖、房屋、草地等等，但是與現代英語相比，A類詞的詞彙量少之又少，而且詞彙的定義也受到極爲嚴格的限制，所有意義上的模棱兩可或細微差別都一概刪除。因此，新話中的A類詞通常盡可能只是一個斷

❶ Free 意爲「自由」，但也有「不含」之意。

音、只表達一個清楚明瞭的概念。想把A類詞用在文學上或政治與哲學的討論上，是不大可能的事。這類詞所要表達的只是簡單、意圖明確的思想，通常都與具體物體或實際動作有關。

新話的文法有兩大特點。第一點是不同詞性的詞幾乎可以完全替換使用。新話中的任何一個詞，都可以既當作動詞、又當作名詞、形容詞或副詞使用，原則上甚至像「if」（如果）或「when」（當……時）這樣的抽象詞語也不例外。只要是詞根相同，動詞和名詞絕不會有不同變化，這條規則把很多古字都廢除了。例如新話中沒有「thought」（思想，名詞）這個詞，因爲「think」（思想，動詞）代替了它，既作爲名詞，又作爲動詞（名動詞）。這種做法並沒有遵循什麼詞源學的原則，有時候保留的是原來的名詞，有時候則保留動詞。如果一個動詞和一個名詞在詞義上相關，即使詞源上沒有任何關聯，也經常會把其中一個廢除不用。例如，新話中沒有「cut」（切）這個詞，因爲名動詞「knife」（刀）已完全足以表達它的含義。在名動詞後面加字尾「-ful」就構成形容詞，加「-wise」則構成副詞，例如「speedful」代替了「rapid」（迅速的），「speedwise」代替了「quickly」（很快地）。現代英語中的一些形容詞，如good、strong、big、black、soft等也保留了下來，但總數非常少，需要用到的時候也不多，因爲幾乎只要給名動詞加上「-ful」就可以表示形容詞的意思了。現代英語中的副詞，除了極少數本來就以「-wise」結尾的之外，其他一律廢除不用，副詞以「-wise」結尾是不變的定律，例如「well」（很好地）就改成了「goodwise」。

此外，原則上新話的每一個詞只要加上字首「un-」（非），就可以變成反義詞；加上字首「plus-」（加）就可以加強詞義，更進一步強調就加「doubleplus-」（倍加）。例如「uncold」（非冷）代替了「warm」（暖和），「pluscold」表示「很冷」，「doublepluscold」表示「最冷」、「超級冷」。像現代英語一樣，新話中的幾乎每一個詞也都可以加上諸如「ante-」、「post-」、「up-」、「down-」等介系詞字首來改變詞義。藉由這種方式，新話得以大大減少詞彙量。比方說，有了「good」（好）這個詞，「bad」（壞）這個詞就沒有必要了，因爲用「ungood」（非好）就可以把相同的意思表達得一樣好，坦白說還更好一些。凡是碰到兩個詞義正好相反的詞，只需要決定廢除哪一個就行了，例如，「dark」（黑暗）一詞可以由「unlight」（非光明）代替，或者也可以用「undark」（非黑暗）來代替「light」（光明），全憑喜好而定。

新話文法的第二個特點是講究規則。除了下面提到的少數幾個例外，所有詞形的變化都遵循同樣的規則。於是，每個動詞的過去式和過去分詞都是同一個字，並且都以「-ed」結尾，「steal」的過去式成了「stealed」，「think」的過去式成了「thinked」，以此類推，新話中的所有動詞都是如此；而像swam、gave、brought、spoke、taken等等現代英語中的過去式或過去分詞，就都廢除了。所有的複數都視情況而定加上「-s」或「-es」，man、ox、life的複數變成了「mans」、「oxes」、「lifes」。形容詞的比較級一定都是加上「-er」、「-est」（例如good、gooder、goodest），不規則變化以及用「more」、「most」表示的形式全部廢除。

唯一仍然保留了不規則變化的詞類是代名詞、關係詞、指示形容詞和助動詞。這些詞的用法都和從前一樣，只有「whom」由於沒有必要而捨棄了，以及「shall」、「should」的時態也不再使用，而由「will」和「would」代替。還有一些詞形的不規則變化，是爲了說話的方便快速而存在的：一個字如果很難唸，或者容易聽錯，就可以說是壞字，因此有時候出於便於發音的考量，會在一個字當中插入多餘的字母，或者保留從前的形態，不過這種需要主要出現在B類詞裡。至於爲什麼發音簡便這麼重要，稍後會作解釋。

B類詞

B類詞包括特地爲了政治目的而創造出來的詞彙，也就是說，這類詞不僅有政治含義，而且用意就是要把當權者想要塑造的心態灌輸到使用者身上。對英社主義的了解如果不夠充分，就很難正確使用這些詞。在某些情況下，這些詞也可以翻譯成老話，甚至轉換成A類詞，但是通常還要加上長長的注解，而且免不了少了一些言外之意。B類詞可以說是一種口語的速記，幾個音節往往就代表一連串的概念，同時也比普通語言更加精準有力。

B類詞全都是複合詞❷，由兩個或更多的詞（或詞的組成部分）結合而成，形成易於發音的新詞。這些詞必定都是名動詞，並遵照一般的規則變化詞形。舉一個例子：「goodthink」（好思想）這個詞大意是「正統」（orthodoxy），如果要當作動詞用，就是「用正統的方式思考」，它的形態變化如下：名動詞爲「goodthink」，過去式與過去分詞爲「goodthinked」，現在分詞爲「goodthinking」，形容詞爲「goodthinkful」，副詞爲「goodthinkwise」，動名詞爲「goodthinker」。

B類詞在建構時完全沒有依照什麼詞源學的方針，組合詞彙可以是言語的任何部分，而且先後順序不拘，可以任意刪節，只要容易發音又能夠看出來源就行了。例如在「crimethink」（犯罪思想）一詞裡，「think」（思想）是在後面，但在「thinkpol」（思想警察）裡卻又放到前面，而且「police」（警察）的後一個音節也不見了。由於要做到便於發音較爲困難，B類詞的不規則形式比A類詞更常見，例如「Minitrue」（眞部）、「Minipax」（和部）、「Miniluv」（愛部）的形容詞分別是「Minitruthful」、「Minipeaceful」、「Miniloveful」，因爲「trueful」、「paxful」、「loveful」的發音不太自然。不過，原則上B類詞都可以變化詞形，而且變化的方式完全相同。

有一些B類詞的含義非常微妙，沒有完全掌握這個語言的人是很難懂的。舉《泰晤士報》社論中一句典型的句子爲例：「Oldthinkers unbellyfeel Ingsoc」（舊思想者不肚感英社），翻譯成老話，最簡短的說法是：「那些思想形成於革命之前的人沒有辦法在情感上充分理解英國社會主義的信條」，但這麼翻譯並不完整。首先，要完全理解這句新話的意思，就必須對英社有清楚的概念，而且，只有完全信仰英社的人才能夠感受到「bellyfeel」（肚感）一詞的力量所在，它指的是一種我們今天難以想象的盲目熱烈的接受；也只有完全信仰英社的人才明白「oldthink」（舊思想）一詞裡面就夾雜著邪惡墮落的意思。但是，新話中像「oldthink」這樣的詞所具有的特殊功能，與其說是要表達某種含義，不如說是要廢除某些含義。這些詞爲數不多，含義可以不斷引申，直到包含了一連串不同的詞的意思，當新詞已經足以概括這一大串詞義的時候，原來那些詞就可以捨棄不用，逐漸湮沒了。《新話辭典》編撰者的最大難題不在於創造新詞，而在於新詞創造出來之後所代表的含義，也就是說，要確保新詞出現之後足以消滅哪一批舊詞。

從前面「free」一詞的例子，我們知道有時候爲了方便起見，一些曾經有過異端含義的詞也保留了下來，只是去除了其中不利的含義。至於直接不再使用的詞彙則不勝枚舉，例如「榮譽」、「正義」、「道德」、「國際主義」、「民主」、「科學」、「宗教」等等，這些詞由幾個概括性的新

❷像「說寫器」這樣的複合詞當然就屬於A類詞，因爲它只是爲了方便而出現的縮寫，並沒有什麼意識形態色彩。

詞涵蓋它們的詞義，而一旦詞義被涵蓋之後，這些詞也就廢除了。例如，所有跟自由、平等概念有關的詞都由「crimethink」（犯罪思想）這一個詞來涵蓋，而跟客觀、理性概念有關的詞都由「oldthink」（舊思想）一詞涵蓋。過分的精確會帶來危險，黨員所要做到的，是像古希伯來人那樣，不需要知道太多，只要知道除了自己的民族以外，別的民族崇拜的都是「僞神」，他們不必知道這些神叫做巴力、俄賽里斯、摩洛、亞斯他錄等等；他們知道得愈少，或許還愈能保持信仰的正統。他們知道耶和華及其十誡，因此也就知道其他名字、其他屬性的神都是僞神。黨員的情況差不多就是如此，他們知道正確的行爲是什麼，也極其含糊籠統地知道背離正道的行爲有哪些。例如，他們的性生活完全受到兩個新話詞彙的規範：「sexcrime」（性罪）和「goodsex」（好性）。「性罪」包括所有不良的性行爲，涵蓋了姦淫、私通、同性戀以及其他變態性行爲，甚至正常的性交，只要是以性慾本身爲目的，也包含在內。這些詞義沒有分開列舉的必要，因爲全部同樣罪無可逭，原則上都要處以死刑。在C類詞中，由於都屬於科學性和技術性詞彙，可能還需要給某些離經叛道的性行爲指定專門的名稱，但是普通老百姓不需要用到這些，他只要知道什麼是「好性」，也就是夫妻之間爲了生兒育女進行的正常性交，女方完全沒有快感，其他一切就都是「性罪」。在新話中，對異端思想通常無法深究，除了知道它是異端思想之外，就不能再進一步了，因爲更進一步追究的詞彙根本不存在。

B類詞中沒有一個詞在意識形態上是中立的，其中有許多是婉轉的說法，比如像「快樂營」（強迫勞動營）或「和部」（和平部，實際上是戰爭部）這些詞，字面意思和實際所指正好相對。另有一些詞則以一種坦率而蔑視的態度，充分表明了大洋國社會的眞實面目，例如「prolefeed」

（無產飼料）指的是黨供應給民眾的那些廉價娛樂和虛假消息。還有一些詞具有兩相矛盾的含義，用在黨的時候就表示「好」，用在敵人身上卻表示「壞」。此外，還有許多詞乍看之下只是縮寫，其中的意識形態色彩並不來自詞義，而是來自結構。

凡是稍有政治意義、或者有潛在政治意義的事物，都盡可能地放到了B類詞裡。所有組織、團體、學說、國家、機構、公共建築的名稱，必定都要刪節成一種慣見的形式，也就是一個易於發音的單字，音節盡可能少，同時又保留了詞的來源。例如眞理部下面的紀錄處（Records Department），也就是溫斯頓・史密斯工作的地方，就叫「Recdep」，小說處（Fiction Department）叫「Ficdep」，電視節目處（Tele-programmes Department）叫「Teledep」，諸如此類。這不只是爲了節省時間，早在二十世紀初期，政治語言的一個特點就是使用經過縮略的詞和片語，而且使用這種縮寫式語言的現象在極權國家和極權組織裡最爲顯著，像Nazi（納粹）、Gestapo（蓋世太保）、Comintern（共產國際）、Agitprop（宣傳鼓動）這些詞就是例子。一開始，這種做法是出於自然而然，但是新話卻是有意識地加以運用，因爲後來的人發現一個名稱經過這樣的縮略，可以把原本會產生的許多聯想都加以消除，這個名稱的含義就會窄化，並且有了微妙的變化。例如「Communist International」（共產國際）讓人聯想到的是世界大同、紅旗、街壘、馬克思和巴黎公社，而縮寫「Comintern」卻只讓人想到一個嚴密的組織和一套明確的信條，所代表的事物就像一把椅子、一張桌子那樣簡單明確，用途也同樣有限。說「Comintern」的時候幾乎可以不必思考，換作「Communist International」就免不了要在詞義上躊躇片刻。同樣的，像「Minitrue」這樣的詞引起的聯想，就比「Ministry of Truth」要少得多、可控制得多。這不但說明了爲什麼新話盡可能使用縮寫的形式，同時也是新話特別講究易於發音的理由。

在新話裡，除了詞義的準確以外，聲音的和諧最爲重要，必要時文法規則都可以犧牲；也合該如此，因爲新話的詞彙主要是出於政治考量，所以必須簡短縮略、含義清楚明確，讓使用者能夠快速地說出來，又不會在心裡引起什麼反應。B類詞甚至全部都很相似，好讓它們的功能更強，諸如「goodthink」、「Minipax」、「prolefeed」、「sexcrime」、「joycamp」、「Ingsoc」、「bellyfeel」、「thinkpol」以及其他無數的B類詞，都只有兩三個音節，重音都在首尾兩個音節。這些詞會讓人養成急促而含糊的說話風格，音節短促而又缺乏抑揚頓挫，而這正是新話的目的。新話就是有意要讓言談、尤其是含有意識形態議題的言談，盡可能脫離人的意識。日常生活中的發言無疑必須先經過思考，至少有時候必須如此，但是若要一個黨員對政治或倫理問題表態，他應當能夠像機關槍掃射一般脫口說出正確的意見；他受到的訓練讓他有這種本事，語言本身又給了他幾乎萬無一失的工具，而那些詞彙的質感——符合英社精神的那種粗糙、不堪入耳的聲音，更有利他的發揮。

另一項助力是可供選擇的詞彙非常有限。跟現代英語相比，新話的詞彙量非常少，而且還不斷發明新方法來減少詞彙。事實上，新話的與眾不同之處就在於它的詞彙不是每年遞增，而是每年遞減。每減少一個詞彙，就多成功了一分，因爲選擇愈少，思考的誘惑就愈小。最終黨希望做到的是，言談只是從喉嚨發聲，而沒有高級腦部功能的參與。新話中有一個詞就很坦白地表明了黨的這種意圖，那就是「duckspeak」（鴨話），意思是「像鴨子一樣嘎嘎叫」。這個詞跟許多的B類詞一樣，具有兩相矛盾的含義：倘若嘎嘎叫出來的都是些正統的觀點，這個詞就只有讚美之意，像《泰晤士報》用「doubleplusgood duckspeaker」（雙加好鴨話者）來形容黨的某位演說家的時候，那就是一種熱烈而鄭重的恭維。

C類詞

C類詞只是其他兩類詞的補充，全都是些科學性和技術性的詞彙，這些詞與現代英語中的科學術語相似，詞根也相同，不過按照慣例，定義經過小心嚴格的限定，那些不利的含義都被刪除了。C類詞的文法規則與A、B兩類詞完全相同。這類詞很少見於日常會話或政治談話中。任何科學研究者或技術人員都可以在針對他那個專業的詞彙表上，找到他所需要的全部詞彙，但對於其他領域的詞彙，他就幾乎一無所知。只有極少數詞彙會出現在所有領域的詞彙表上，也找不到任何詞彙是超越某一門分科，把科學的功能表述爲一種思想習慣，或一種思考方法的；事實上，根本已沒有「科學」這個詞，這個詞所允許保有的含義，現在用「英社」一詞就足以涵蓋了。

從以上的說明可以看出，要用新話來表達非正統觀點，至多只能到一種很低的程度，除此之外幾乎是不可能的。要說一些粗糙的異議、一些謾罵褻瀆的話，當然也有可能，例如可以說「老大哥非好」，但是這句話在正統的耳朵聽來，不過是一種不證自明的謬誤，而由於找不到必要的詞彙，又無法用理性的論證來立論。反對英社的思想只能以一種含糊的、非語言的形式出現，而且只能以很籠統的詞彙來命名，這些詞彙把一大堆異端思想都歸併到一起做總體的撻伐，也不指明這些異端思想是什麼。事實上，要用新話來表達非正統思想，除非破格把其中一些詞彙翻譯成老話才有可能辦到。例如，新話中可以說「All mans are equal」（人人皆平等）❸，但這與老話中可以說「人人皆紅髮」是同樣的意思，這句話沒有文法上的錯誤，但說的只是一句顯而易見的不實之言，意思是人人都有同樣的身高、體重和力氣。政治平等的概念已不復存在，這一層引申義也就從「equal」一詞裡刪除了。在一九八四年，老話仍是平常的溝通語言，理論上使用新話時存在著一個危險，那就是使用者可能會想到詞彙的原始含義，實際上任何精於雙重思想的人都不難避免這一點，但只要再過兩三個世代，連這種失誤的可能性都會消失：一個從小只說新話長大的人不會知道「equal」一詞曾經有過「政治平等」這個引申義，也不會知道「free」曾經有「思想自由」的意思，就像一個從來沒有聽過什麼是國際象棋的人，不會知道「王后」和「車」還有其他含義一樣；有許多罪行、錯誤他根本沒有能力去犯，因爲這些罪行、錯誤都沒有名字，他也就無從想象。可以預見，隨著時間過去，新話的特徵會變得愈來愈明顯——詞彙愈來愈少，詞義愈來愈嚴格限定，用法不合標準的機率也愈來愈小。

一旦老話被完全取代，與過去的最後一絲聯繫就會切斷。歷史已經改寫，可是從前的文獻會有逃過審查的零星斷片留存下來，只要還懂得老話就能夠閱讀。將來這樣的斷片即使僥倖留存，看到的人也讀不懂、翻譯不出來了。用老話寫的文章要翻譯成新話，除非是關於某種技術程序，或者很簡單的日常行爲，或者本來的傾向就已經很正統（用新話來說叫做「好思想性」），否則是不可能做到的。在現實中這就表示，大約一九六〇年以前寫的書都無法完整翻譯了，要翻譯革命以前的文獻，只能把意識形態也翻轉過來，也就是不僅語言，連含義都要改變。就以《獨立宣言》裡著名的一段話爲例：

我們認爲下面這些眞理是不言而喻的：人人生而平等，造物者賦予他們若干不可剝奪的權利，其中包括生命權、自由權和追求幸福的權利。爲了保障這些權利，人類才在他們之間建立政府，而政府之正當權力，是經被治理者的同意而產生的。當任何形式的政府對這些目標具破壞作用時，人民便有權力改變或廢除它，以建立一個新的政府……

這段話要譯成新話而不失原意，幾乎是不可能辦到的，最接近的做法無非是把整個段落用「犯罪思想」一詞來概括。完整的翻譯只能是意識形態的轉化，把傑佛遜的話轉換成對專制政府的歌功頌德。

事實上，過去的文獻有許多都已做了這樣的轉化。在民族聲望的考量之下，保留某些歷史人物的記憶是有利的，不過同時還必須使他們的成就符合英社的信條。因此，諸如莎士比亞、彌爾頓、史威福、拜倫、狄更斯等作家的作品都正在進行翻譯，一旦完成，他們的原始作品與其他殘存的歷史文獻都要銷毀。這種翻譯工作是緩慢而艱鉅的工程，預計要到二十一世紀的第一個十年或第二個十年才有可能完成。此外還有大量純粹實用性的文獻，如必不可少的技術操作手冊之類，也會如法炮製。主要就是爲了讓初步翻譯工作有時間完成，最終全面採用新話的時間才會訂得這麼晚，預計在二〇五〇年才會實現。

❸ Equal 的本義爲「相等」，「平等」是引申義。

Link 05

一九八四

作　　者　　喬治・歐威爾
譯　　者　　邱素慧　張靖之
總 編 輯　　初安民
責任編輯　　張紫蘭
封面設計　　陳文德
美術編輯　　黃昶憲
校　　對　　吳美滿
發 行 人　　張書銘
出　　版　　INK印刻文學生活雜誌出版有限公司
新北市中和區建一路249號8樓
電話：02-22281626
傳真：02-22281598
e-mail:ink.book@msa.hinet.net
網　　址　　舒讀網http://www.sudu.cc
法律顧問　　漢廷法律事務所
劉大正律師
總 代 理　　成陽出版股份有限公司
電話：03-3589000（代表號）
傳真：03-3556521
郵政劃撥　　19000691 成陽出版股份有限公司
印　　刷　　海王印刷事業股份有限公司
港澳總經銷　　泛華發行代理有限公司
地　　址　　香港筲箕灣東旺道3號星島新聞集團大廈3樓
電　　話　　852-27982220
傳　　真　　852-27965471
網　　址　　www.gccd.com.hk
出版日期　　2009年 6 月 8 日　初版
2014年 11 月　　初版八刷
ISBN　　978-986-6377-00-6
定價　330元

國家圖書館出版品預行編目資料

一九八四／喬治・歐威爾（George Orwell）著；
邱素慧、張靖之譯. -- 初版. --新北市中和區：
INK印刻文學, 2009.6
面；　公分. --（Link；5）
譯自：Nineteen Eighty-Four
ISBN 978-986-6377-00-6（平裝）
873.57　　98009107